'그분의 별'이 되어
나를 이끌어준 아이들

'그분의 별'이 되어 나를 이끌어준 아이들

윤병훈 신부

다밋
DAMEET

'그분의 별'이 되어 나를 이끌어준 아이들

필자는 하느님께 선택된 사람으로 가톨릭 '사제'요, '교육자'로 살아왔다. 그러면서 '학교 밖 학생들'과 만났다. 그들을 만난 것은 신앙 여정에서 큰 행운이었다. 그들을 만나지 못했다면, 예수그리스도를 머리로만 이해하고 살았을 것이다.

그들을 만나 믿음 안에서 환희와 고통, 빛과 영광을 반복하며 살았고 예수님을 더 잘 만날 수 있었다. 그리고 그들을 통해 예수님을 특별히 체험했다. 그들 덕분에 삶이 풍요로웠고, 그들은 내 기쁨이 되었다.

예수님께서는 유다 땅 작은 고을 베들레헴에서 태어나셨다. 예수님의 탄생을 보기 위해 동방박사들이 먼 곳에서 길을 떠났다. "동방에서 본 별이 그들을 앞서가다가, 아기가 있는 곳 위에 이르러 멈추었다. 그들은 그 별을 보고 더없이 기뻐하며 아기를 보고 땅에 엎드려 경배하였다. 또 보물 상자를 열고 아기에게 황금과 유향과 몰약을 예물로 드렸다."마태2,9-11 동방박사들이 아기에게 드린 예물은 아기에 대한 그들의 신앙고백이었다.

'그분의 별'이 되어 사제로서 내가 가야 할 길을 비추어주고 이끌어준 이들은, 신자들과 청주의 작은 고을 옥산 환희리에서 만난 아이들이었다. 그들과 함께 지내며 그들을 돕고자 했는데, 그들을 통해 오히려 한 수 배운 셈이다. 그들을 통해 예수님을 만났고, 그분께 엎드려 경배를 드렸다. 그들 덕분에 예수님께 진한 신앙고백을 드릴 수 있게 된 것이다. 그들과의 만남은 축복이고 은총이었다.

　　주님께서는 내 안의 고통을 씻어주시고 기쁨을 담아 주셨다. 고통 속에서 피어난 아름다운 그림들을 하나씩 꺼내어 보며 많은 이들에게 그 이야기를 꼭 들려주고 싶다. 이제 먼 길을 걸어온 이야기를 쓰려고 한다.

2019년 9월에
원로 사제 윤병훈 신부

나의 은인, 나의 스승이 되어준 아이들

청주교구가 대안교육 특성화 학교인 '양업고등학교'를 개교한 지 20년이 훌쩍 지났습니다. 이 학교를 시작한 윤병훈 교장 신부님은 '학교 밖 아이들'을 만나며 2001년 『뭐 이런 자식들이 다 있어』라는 책을 출간한 바 있습니다. 신부님은 그 책 속에 개교 후 3년 동안 학생들과 지내면서 겪은 학생들의 엄청난 반항에 관한 충격적인 이야기들을 여과없이 담았습니다.

신부님은 그로부터 3년이 두 번 더 지나는 동안 학생들의 반항 이면에 내재된 깊은 상처와 아픔을 느끼게 되었습니다. 그리고 학생들의 반항, 그 깊은 문제점은 강압적인 부모와 학교 선생님들의 역할 부족에서 비롯되었다는 것을 알게 되었습니다. 부모와 교사들의 외적 통제, 비난, 설교로 이루어지는 무리한 교육이 그 근원이었음을 알게 된 것입니다. 신부님은 학생들의 대변자가 되어 두 번째 책 『너 맛 좀 볼래』를 출간했습니다.

한편 신부님은 우리 교육의 현실을 직시하며 학생들의 문제 해결을 위한 교육 방안을 끊임없이 찾았습니다. 신부님은 예수님의 사랑으로 학생들을 끊임없이 기다려주고, 그들 눈높이까지 내려가 연민을 갖고 그들의 입장이 되었습니다. 학생들에게 자유를 주었고 책임의 중요성을 일깨워 주었습니다.

그리고 교육 과정의 결손을 자발적이고 주도적으로 해결할 교육 방법을 찾으려고 노력했습니다. 들로 산으로 해외로 비상하며 놀이를 통해 많은 체험을 할 수 있게 해주었고, 체험을 통해 배움에 이르도록 이끌었습니다. 그러자 학생들은 인성이 바로 서고 발소리가 큰 아이들로 바뀌었습니다. 그리고 세 번째 책 『발소리가 큰 아이들』이 태어났습니다.

이제 윤 신부님은 은퇴 사제이자 은퇴 교육자로 살면서 네 번째 책 『'그분의 별'이 되어 나를 이끌어준 아이들』을 내어놓게 되었습니다. 이 책은, 사제이며 교육자로서 신자들, 특히 학생들과 함께 지내면서 성숙한 신부님 자신의 삶과 신앙의 이야기를 담고 있습니다.

사무적이고 의례적으로 사제의 직무를 우직하게 수행하던 사제, 하느님의 일이 아닌 사람의 일만 골똘히 생각하며 살아오던 사제가 어느 날 하느님으로부터 부르심소명을 받습니다. 그 후 신부님은 대안학교를 설립하고 운영하며 기쁨과 희망, 극도의 절망과 환멸을 경험합니다.

그리고 사제이며 교육자로서 멀고도 힘든 길을 걸어오면서 학생들이 자신의 은인이요, 스승이었음을 자각합니다. 그들이 '예수님을 살아계신 하느님의 아들 그리스도'마태16,16로 무릎 꿇어 고백할 수 있도록 '그분의 별'이 되어 인도했음을 깨닫습니다.

이제 신부님은 지나온 삶을 되돌아보며 모든 것이 하느님의 크신 은총이요, 안배였음을 고백합니다. 아무쪼록 네 번째 책 『'그분의 별'이 되어 나를 이끌어준 아이들』이 신자들뿐만이 아니라 교육 현장에서 일하는 분들에게도 도움이 되기를 기원하며 일독을 권합니다.

2019년 10월 1일
아기 예수의 성녀 데레사 동정학자 기념일에,
청주교구장 장봉훈 주교

차례

📘 먼 길을 시작하며

＊＊＊＊＊ '나에게 예수님은 누구인가?' 베드로가 예수님의 부르심을
받고 예수님을 바라보다가 이런 질문을 예수님으로부터 받았고 답을
드렸다. "스승님은 살아계신 하느님의 아드님 그리스도이십니다." 마태
16,16 베드로의 답은 예수님도 놀랄 정도로 완벽했다. 나도 예수님이
내게 주신 질문에 답을 해야 했다.

그러나 그 답은 먼 길을 걸어온 뒤에 가능했다. '그분의 별'이 되어
내 길을 비춰주고, 삶을 이끌어준 아이들과 함께 지내며 비로소 나는
예수님을 바라볼 수 있게 되었고, 그 삶 속에서 나도 확신에 찬 신앙고
백을 할 수 있게 되었기 때문이다.

예수님은 베드로로부터 신앙고백을 들었을 때 처음으로 베드로에게
'수난과 죽으심'을 말씀하셨다. 마태16,21 참조 그러나 베드로는 '수난과
죽음'의 의미가 무엇인지 그때는 정확히 알지 못했다. 그래서 그 무렵
의 신앙고백은 자기 안에서 사람의 일만 생각하는 그런 고백일 수밖에

없었다. 그리고 신앙고백은 먼 길을 걸어간 후에 비로소 완성되었다.

'그분의 별'이 되어 나를 이끌어준 아이들을 만나기 전까지 나의 신앙고백도 마찬가지였다. 그들과의 만남이 나에게 축복이고 은총이라는 사람의 일만 생각하는 처지를 넘어 하느님의 일을 하게 되었기 때문이다.마태16,23 참조 베드로는 십자가상의 예수님을 바라볼 때 스쳐 가는 주마등처럼 예수님의 일상이 생생히 살아났을 것이고, 비로소 수난과 죽음의 의미가 무엇인가를 알아차렸을 것이다.

나도 학생들을 만나며 숱한 고통에 직면했고 그들과 경험한 기억들을 떠올리며 그제야 예수님의 수난과 죽음의 의미가 무엇인지 볼 수 있게 되었다. 예수님께서 '수난과 죽음'을 예언하자 이를 말리던 베드로에게, "사탄아, 내게서 물러가라. 너는 나에게 걸림돌이다.!"마태16,23 하신 말씀이 무엇을 뜻하는지 나도 감感을 잡을 수 없었다.

그런데 학생들을 만나 '하느님의 일'을 조금씩 하면서 예수님의 일상을 보았다. '수난과 죽음'이 생명을 만드는, 파스카의 신비를 헤아릴 수 있게 된 것이다. 하느님께서 나에게 새롭게 주신 소명으로 말미암아, 예수님이 '스승이시며, 살아계신 하느님, 그리스도'마태16,16임을 고백했고, 예수님이 "길이요 진리요 생명이신 주님"요한14,6이심을 믿어 의심치 않게 되었다.

내가 학생들을 드높여주는 방법을 모르고 있을 때 예수님을 바라보았고, 그럴 때 예수님은 나에게 '참스승'이 되어 주셨다. 무던히 기다려주시고 함께 하시며, 그들 눈높이에 맞추어주려고 다가가셨던 예수님을 보았다.

학생들과 지내며 어쩔 수 없는 위험에 노출되었을 때도 보호를 받았다. 불 속에 있는 어린아이를 꺼내려고 황급히 몸을 던져 기어코 아기를 꺼내오는 아기 엄마처럼 우리를 지켜주신 하느님, 물 위를 황급히 걸어오시며마태14,25 학생들을 위험에서 건져주시는 하느님의 보호를 수없이 체험하며 '살아계신 하느님'을 확신했다.

학생들과 함께 했을 때 기존의 세력은 우리를 끊임없이 빈정대고 철저히 외면했다. 그럴 때마다 우리는 '수난과 죽음'을 견디어내며 예수님의 일상을 바라보고 학생들을 일으켜 세우며 '예수 그리스도'를 만날 수 있었다. 이보다 확실한 신앙고백이 또 있을까? 학생들과의 만남은 진정으로 은총과 축복의 좋은 시간이었다.

🏛 신자들 속으로, 아이들 속으로

✱✱✱✱✱ 사제로 수품 되고 중견 사제가 될 때까지 사람의 일만 생각하고 살았다. 신자들 속에 머문다고 했지만, 그 시간은 '나'라는 틀에 갇혀있는 시간이었으며 예수님의 일상은 없었다. 사제가 신자 속으로 들어가지 못했고 내 방식대로 사람의 일에만 파묻혀 살았던 것이다.

나는 공식에 대입하듯 살면, 그것이 사제로 잘 사는 것인 줄 알았다. 그래서 본당에서 건강한 신자들만 쉽게 만났다. 어둠 속에서 앞이 캄캄한 신자들을 만나는 법을 잘 몰랐기 때문이다. 예수님 안에서 나만을 생각하며 태평성대를 누린 셈이다. 사제가 다람쥐 쳇바퀴 굴리듯 그렇게 하루하루를 지내며 오래도록 그렇게 무덤덤하게 살아온 것이다.

그러던 어느 날, 청주교구 총대리였던 고 이한구 신부님이 가톨릭 안에서의 'M.E.Marriage Encounter 운동'을 소개해주시면서 부부 일치와 쇄신을 위해 지도신부를 해보지 않겠느냐고 청했다.

그 청에 선뜻 응했고, 1987년 'M.E.'교육을 받기 시작했으며 1991년에 지도신부가 되었다. '나는 이 시간, 왜 부부들 가운데 함께 있어야 하는가?'라는 내적 질문을 받았던 그 첫 시간을 잊을 수가 없다.

나는 이 질문에 대한 정확한 답을 교육이 끝날 때까지 찾지 못했다. 그 이유가 신자들과 함께 있으면서 신자들을 건성으로 바라보았기 때문이었다는 것을 알아채고, 그 순간 깜짝 놀랐다. 그동안 한 번도 부부들의 속마음을 들여다보지 않았다는 것과 신자들 가운데 있으면서 홀로 지냈다는 것을 비로소 알게 된 것이다.

예수님과 함께 지내면서도 예수님의 일상과 거리가 멀었으니, 신자들과의 거리도 멀 수밖에 없었던 것이 당연한 일이 아니었겠는가. 목자가 양과 친밀하게 지내며 책임을 져야 할 제 몫을 다하지 못했다는 자성을 하게 된 시간이었다.

M.E. 지도신부를 하며 사제의 신원을 찾는 계기가 되었으니, '그분의 별'이 되어준 부부들에게 감사드린다. 부부들의 아름다움 속에 숨겨진 실망과 환멸을 보기도 했다. 건성의 자리에서 구체적인 자리로 옮겨 앉겠다고 마음먹었더니, 부부들의 마음을 아프게 하는 일들이 비로소 조금씩 보이기 시작했다. 이는 구원에 관한 하느님의 일이었다.

또 다른 변화 속에서

＊＊＊＊＊ 이것은 또 다른 변화에 관한 이야기이다. 사제가 되어 '예수 그리스도, 당신은 누구신가?'를 주제로 예비 교우들을 가르칠 때면 남모르게 식은땀이 났다. 삶 속에 구체적인 주님의 일상이 없었으니 예수님이 반가울 리 없고 생소했다.

예비자 교리를 마칠 때면, 예수님은 내게 다가와 이렇게 부탁하셨다. '베드로야! 예비 교우들에게 나에 관해 좀 더 속 시원하게 그들이 잘 알아들을 수 있도록 화끈하게 가르칠 수는 없는 거니? 잘 좀 가르쳐다오!'

M.E. 지도신부를 하면서 그 운동의 창시자인 스페인의 칼보 가브리엘 신부를 만난 적이 있다. 그는 불우 청소년들을 만나면서 그 원인이 부모에게 있음을 알고 부부 일치와 쇄신을 위한 교육으로 'M.E. 운동'을 시작하게 되었다고 들었다.

M.E. 운동 지도신부를 따라 하다가 '학교 밖 학생들'을 떠올렸다. 학생들의 문제는 자녀교육의 역할과 책임을 다하지 못하는 부모에게서

비롯된다는 것을 공감하기 시작한 것이다. 그리고 신자들과 함께한다면, 그들이 내게 '그분의 별'의 역할을 해줄 것이라는 생각이 들었다.

또한 자녀 문제로 고통받는 부부들과 함께하며 자녀들을 교육한다면, 그들에게 자녀들이 '그분의 별'의 역할을 해줄 것이다. 그러면 그들이 나를 예수님께 데려다주고 나는 그분께 엎드려 경배하게 될 거라는 확신이 들었다.

그 후 그들과 먼 길을 함께 걸어왔다. 힘이 드는 '학교 밖 학생들'이었지만, 그들은 나에게 '그분의 별'이 되어준 아이들이었다. 그리고 M.E.를 통해 부부들 가운데로 들어감으로써 사제가 왜 부부들 사이에 함께 있어야 하는지 그 답을 찾았다.

그들 가운데 머물며 하느님의 일을 하기 시작했고, 학생들도 만났다. 때때로 실망과 환멸이 들 때면 '구원'이란 단어를 떠올렸다. 주님을 따라 그들의 구원을 생각했을 때 예수님이 비로소 보이기 시작했다. 그리고 그들은 하늘을 향해 마음을 드높여 갔다.

🏛 이제 써야 한다

* * * * * 2017년 서울 강남성모병원에서 시한부 간암 판정을 받았다. 곧 죽을 거라고 했는데 건강하게 2년이 흘러갔다. 신자들, 학생들과 함께 사랑을 나눈 시간이 있었으므로 죽음이 두렵지는 않았다. 암과 함께 살자고 타협했다.

그리고 많은 분의 기도 덕분에 여전히 건강한 모습으로 살아가고 있다. 하느님께서 아직 살아 있게 해주시는 까닭은, 아마도 꼭 써야 할 이야기가 남아 있기 때문이리라.

은퇴한 후 여러 분야의 사람들과 만나게 되었고, '그분의 별'이 되려는 또 다른 사람들을 위해 움직이며 살아가고 있다. "신부님의 체험이 너무 아름다워서 그냥 잠재울 수가 없습니다. 꼭 나누어야 합니다." 그들은 또다시 나를 사회 속으로 끌어들였다.

'놀이체험 인성학교놀체인 양업' 사회적 협동조합을 만들고 교육부 장관으로부터 인가를 받았다. 양업고에서 학생들과 지낼 때 먼 길을 걸어가며 익혔던 좋은 경험을 이제 청소년들과 학부모와 교사들에게 나누어 주고 싶다.

'대안학교' 초창기 20년 전이나 지금의 교육상황은 조금도 달라지지 않았다. 이제부터 생명이 다하는 날까지 학교가 아닌 학교 밖에서 하느님의 일을 계속하려고 한다. 우리가 경험했던 것을 교육 쇄신과 개혁의 방법으로 교육 현장에서 더 적극적으로 펼칠 것이다.

'제4차 산업 혁명시대'를 열어나가려면 지금의 교육 방법으로는 불가능하다. 대한민국은 고학력 전문인들이 너무 많아서 교육의 다양성이 아직도 인정받지 못하고 있다. 그리고 주입식 입시 위주의 교육이라는 획일적인 주장만 거듭하고 있으니 안타깝기만 하다. 10년 후 우리 교육의 미래는 과연 희망적인가.

얼마 전 대구 대교구에서 사제 피정 지도를 해달라는 요청을 받고 지난 6월 피정 지도를 마쳤다. '그분의 별'이 되어준 아이들을 주제로, '학교 밖 학생들'과 함께 했던 나의 사제생활 이야기를 성경 말씀에 비추어 신부님들에게 들려주었다.

신부님들은 피정 내용이 큰 감동으로 다가왔다며 좋은 반응을 보여주었다. 덕분에 사제의 삶, 그 안에 교육자로의 삶이 아름답게 어우러져 있었음을 확인할 수 있었다. 행복한 사제의 삶을 잘 정리해 볼 수 있는 좋은 기회였다.

이제 그 이야기를 써보려고 한다. 그리고 선생님, 졸업생, 학부모의 체험담을 함께 실으려고 한다. 함께 했던 모든 분, 특히 수많은 은인에게 감사드린다.

🏛 양업고 설립에 어머니가 계셨다

✶ ✶ ✶ ✶ ✶   나는 중·고등학교 물리 교사인 아버지와 초등학교 교사인 어머니 사이에서 육 남매의 둘째 아들로 태어났다. 오늘을 살 수 있도록 부모님은 교육과 신앙이라는 소중한 문화유산을 선물로 남겨주셨다. 그리고 신앙과 교육의 영향으로 제대로 된 삶을 살 수 있게 해주셨다.

부모님은 가난하시면서도 마음은 부자이셨다. 자녀들의 고등교육이 이를 뒷받침한다. 또한 부모님은 우리의 마음을 건강하고 풍요롭게 가꿔주셨다. 가족은 믿음으로 함께 했으며, 형제자매들은 행복하게 자랐다. 부모님은 그러한 신앙의 기틀을 만들어 주셨다.

성당과 집 사이의 거리는 12km, 주일이면 가족들은 믿음으로 먼 길을 오고 갔다. 아버지는 집 가까이 있는 초등학교를 마다하고, 초등학교 1학년 때부터 읍내 학교에 다니게 했다. 그때부터 나는 먼 길을 걷는 선수가 된 것 같다.

형제들은 모두 반듯하게 자랐다. 전자 공학박사인 형, 혼인한 두 여동생과 공무원이었던 여동생 세실리아, 예수성심시녀회 마리아 수녀, 우리 육 남매의 신앙은 어머니의 마음과 닮아있었다. 아버지는 엄격하시면서도 자상하셨고, 어머니는 자상하시면서 강인하셨다. 우리는 부모님에 대한 좋은 기억을 많이 간직하고 있다.

시골에서 자란 덕분에 나는 자연을 많이 닮았고, 특히 생명 가꾸기를 좋아해서 고등학교 시절 광활한 대지에 트랙터를 운전하는 큰 농사꾼을 꿈꾸며 살았다.

그런데 농과대학 3학년 초에 아버지가 쉰한 살의 일기로 갑자기 세상을 떠나셨다. 어린 시절 림프샘(임파선) 결핵으로 중학교 2학년 때까지 투병할 때, 의사가 장래 희망이셨던 아버지의 조치로 나는 건강을 회복했었는데…….

청천벽력 같은 아버지의 타계 소식은 우리 가족에게 큰 슬픔으로 다가왔다. 어머니는 혼자 육 남매를 감당해야 할 처지에 놓이게 되었다. 어머니는 길게 늘어선 자녀들 교육이 큰 걱정거리였다.

가정경제는 바닥이 났고 자녀교육은 7부 능선을 넘고 있었으니 엄청난 십자가를 만난 것이다. 자녀들이 정상에 오를 수 있도록 돕느라 얼마나 힘드셨을지, 어머니의 마음을 지금에서야 헤아려 본다.

어머니는 봉두난발 모습으로 갑자기 농부가 되셨다. 그리고 온갖 고생을 다 감당해야 했다. 그리고 어머니의 고생 덕분에 우리 형제들은 반듯하게 자랄 수 있었다.

어머니는 여든아홉 살의 일기로 아름답고 건강하게 지내시다가 주무시는 듯이 묵주를 들고 세상을 떠나셨다. 어머니는 늘 자녀들을 위한 든든한 버팀목이 되어 주셨으며, 내가 사제가 된 동기도 어머니의 신앙 덕분이었다.

그래서 지금도 나는 아름답고 행복한 삶을 살고 있다. 입버릇처럼 '부모님 뒤를 따라 교육자가 될 거야' 다짐하며 살았고, 그리하여 교육자가 되었으며 신앙이 자라 사제가 되었다.

여기 우리 어머니의 이야기가 있다.

최영희 카타리나 어머니 장례미사 강론

_ 김원일 도나도 신부

어머니! 어머니라는 이름은 누구에게나 마음이 찡하게 느껴져 오게 하는 명칭입니다. 누구에게든지 세상에서 어머니라는 분의 사랑에 견줄만한 사랑이 있겠습니까? 어머니야말로 자식을 위해 자신의 모든 것을 다 내어주신 분이시지요.

그런 사랑의 어머니를 보내드리려니 너무나 애통할 수밖에 없는 유가족 여러분들에게 마음의 위로를 드리고 싶고 슬픔을 함께하고 싶습니다.

성직자 수도자들은 부모 이외에는 직계가 없기에 성직자 수도자들의 어버이를 우리 모두의 어버이로 모십니다. 최 카타리나 어머님은 그냥 하기 좋은 말로서가 아니라, 정말 사제들의 어머님이셨습니다. 오송 본당에 부임하셨던 모든 신부님이 한결같이 느끼는 것입니다.

사제관에 들려서 부족한 것이 없는지 살펴주시고 어려운 일이 있으면 같이 걱정해 주시고 마치 아들을 위하듯이 사제들을 생각해 주시고 항상 기도해 주셨습니다. 이십 리 밖에 사시면서도 누구보다 열심히 성당을 마음의 고향으로 생각하시고 찾아오셔서 기도하셨습니다.

최 카타리나 어머니의 삶을 살펴보면 하느님께 모든 것을 봉헌하시고 사신 분, 하느님께 의지하고 하느님께만 희망을 두시고 사시는 분, 그래서 평범한 삶 속에서 어떻게 열심히 하느님을 공경할 수 있는가 그 모범을 볼 수 있는 분이라고 생각됩니다.

더욱 하느님께 가까이 가게 된 계기는 교직 생활을 하시던 남편을 갑자기 잃고 육 남매를 책임져야 하는 무게를 느꼈을 때일 것입니다. 저에게 언젠가 말씀하시기를 그때 앞이 참참하고 하늘이 무너지는 것 같았다고 하셨습니다. 육 남매 공부시키는 것은 물론이지만, 먹여 살리는 일이 더 걱정이어서 옆도 뒤도 돌아볼 여지 없이 그저 닥치는 대로 일을 할 수밖에 없었다고 합니다.

그런 고되고 바쁜 생활 중에서 빼놓을 수 없이 철두철미했던 것은 신앙생활이었습니다. 청원군 오송읍 상봉리에서 조치원을 돌아 오송까지 걸어오는 한이 있더라도 주일미사를 빠지는 일이 없었고, 자녀들에게는 엄격하게 신앙 교육을 가르치셨습니다.

생활고 해결에 지치고, 자녀들 학업 뒷바라지에 힘이 모자라도, 하느님께 모든 것을 맡기고 희망을 잃지 않았습니다. 하느님 안에서 힘과 용기를 가지고 일생을 살아가시는 동안 여든아홉 명이나 입교 세례 시켰다고 합니다. 하나, 둘 입교 세례 시키기도 힘든 마당에 일생 여든아홉 명이나 됩니다. 그것만 보아도 그분 생활은 신앙생활 자체였다고 할 수 있습니다.

그리고 양업고 탄생에 보이지 않는 산파였습니다. 옛날에 교직 생활을 하셨던 최 카타리나 어머님의 교육적 인품과 하느님께 대한 신심이 양업고를 탄생시키는 내적인 씨앗임을 누가 부인할 수 있겠습니까?

정규 학교에서 소외되고 적응하지 못하는 학생들에게 그리스도교적인 따뜻한 사랑으로 훌륭한 인격 교육을 통하여 하느님이 보시기에 좋은 인간 형성을 할 수 있다는 생각은 바로 교육자이셨던 아버지 어머니의 이상과 그리스도교 사랑이 합작하여 만들어낸 결과물입니다. 이미 부모의 교육 이상과 신앙 안에 양업의 교육이념은 잉태되어 있었습니다.

그러니 양업의 이념은 윤병훈 베드로 신부님이 태어나기 이전부터 이미 시작되었습니다. 또 딸 수녀님은 특수 발달 지체아 교육전문가로 특수 발달 지체아 복지시설에서 그리스도교 사랑의 정신으로 교육하는 수도자의 삶을 살고 있으며 그 일을 담당하고 있습니다.

이 모든 것이 고인의 신앙적 삶이 어떠했는가를 잘 말해주고 있습니다. 그리고 신앙 안에서 자녀들을 가르친 열매가 오늘날 꽃을 피우고 있는 것이라고 생각됩니다. 언제나 뵐 때 한국의 어머니상으로 우아하고 단아하셨듯이 한 생애가 하느님께 바치는 찬미가였습니다.

지난 토요일 여든아홉 살 생신을 맞이하여 가족들과 함께 축하 감사를 봉헌하시고 사흘 만에 하느님께 돌아가셨습니다. 너무나 갑자기 준비도 없이 떠나셔서 가족과 주변 분들은 힘들겠지만, 그러나 그분은 참으로 복이 많으신 분입니다.

점심 잘 잡수시고 수박을 드시며 이야기도 하시다가 잠깐 묵주기도 하신다고 누우셨는데 딸들이 담소 중에 머리가 베개에서 떨어져 있어서 베개를 잘 받쳐드리려고 하니, 축 늘어지시더랍니다.

본인도 모르게, 옆에서 이야기하던 딸들도 모르게 한순간의 고통도 없이 편안히 가시니 하느님께서 평생의 고생을 이런 크나큰 복으로 갚아 주셨다는 생각이 듭니다. 8자만 그려도 호상이라는데 아홉 9자를 앞에 그리셨으니 호상 중의 호상이 아닙니까?

우리는 모두 하느님에게서 왔습니다. 하느님이 계신 곳이 우리의 본고향입니다. 우리들의 고향은 편안하고 아늑하고 따뜻하고 아쉬움이 없는 곳이지요. 그곳이 하느님의 품 안입니다.

인간적으로 고인의 죽음이 슬프고 애달프고 고통스럽지만, 신앙적으로 보면 고인께서는 이제 행복의 시작입니다. 기쁨과 즐거운 나날의 시작입니다. 축젯날이지요. 그 점을 생각하고 유족들은 위로로 삼으시기 바랍니다. 최 카타리나 어머님은 평생을 하느님께 봉헌하는 삶을 살아오셨으니 고향으로 돌아가는 길이 외롭지는 않으실 것입니다.

'나는 부활이요 생명이니, 나를 믿는 자는 죽었을지라도 살아날 것이요, 무릇 살아서 나를 믿는 모든 이는 영원히 죽지 아니하리라'요한 11,25 이런 주님의 약속을 믿은 바대로 고인은 세상의 온갖 어려움을 벗어 내려놓고 편안히 고향 천국에 드셨습니다. 죽음이 끝이 아니라, 새로운 행복한 삶의 시작임을 믿는 것이 우리의 신앙입니다.

최 카타리나 어머님께서 하실 말씀을 다 못하시고 가셨다 하더라도 우리는 그분의 뜻이 무엇인지 미루어 알 수 있습니다. 지난 주일 89세 생신 미사에서 어머니의 유산은 신앙과 교육이라고 하셨다고 합니다.

그러니 어머님의 유언은 첫째로 하느님을 알아 공경하여라, 둘째로는 이 세상에서 남에게 해를 끼치지 말고 착하게 살아라, 그리고 이다음에 하늘나라에서 다시 만나자 하는 것일 것입니다. 그리고 어머니께서 선종하는 날까지 독신으로 어머님을 모신 딸 윤 세실리아 자매님께도 고마움을 잊지 않으실 것입니다.

이제 우리는 고인의 유지를 받들어 다시 한번 하느님 안에서 신앙의 삶을 더욱 충실이 살 것을 다짐합시다. 그리고 더욱 형제적 사랑으로 유족을 위로하고 슬픔에 함께하며, 더욱 하느님 사랑을 느끼는 계기가 되도록 합시다.

이 미사를 통하여 고인에게는 영원한 안식을 유족에게는 크신 위로와 사랑을 주시기를 정성을 다해 기도드립시다. 주님! 주님을 믿으며 선종한 최 카타리나에게 영원한 안식을 주소서. 영원한 빛을 그에게 비추어 주소서. 아멘.

🔔 한 권의 책을 만나다

* * * * *　사제로 교육자로 살면서 나의 신원에 대해 자주 생각하고 지냈다. 예수님의 일상으로 들어가자고 마음을 굳힌 계기는, 한 권이 책이 내게 영향을 주었기 때문이었다.

'학교 밖 학생들'을 위한 학교를 마음속에 그리던 1997년은 김영삼 정부 시절이었다. 나라 경제는 IMF국제통화기금의 구제 아래 놓였다. 나라 경제는 혼수상태였고 생산라인은 멈춰 섰고 근로자들은 감원 바람에 시달렸다.

조기유학을 떠났던 해외 유학생들은 환율이 급등하자 대거 귀국을 서둘렀다. 그 시기의 조기 유학생들은 통제하는 교육을 잘 견디지 못하는 자유형 유럽식 학교에 익숙한 학생들이었다. 그때 부적응 학생들이 특히 많이 늘어난 것은 이러한 원인 때문이었다.

공장은 멈춰 섰고, 근로자들이 출근은 했지만 일감이 없었다. 그들의 직장 해고는 현실이 되었다. 노동자들에게 찬바람이 일었다. 근로자들이 앉았던 책상과 의자는 사무실 밖 창가로 하나씩 내몰렸다. 회사에서 퇴출당한 근로자의 신세처럼 자녀들의 위기도 마찬가지였다. 다들 벼랑 끝에 선 느낌이었다.

1997년 IMF 상황은 회사 밖, 학교 밖, 가정 밖에서 모두에게 위기였으며 사회는 우울하기 짝이 없었다. 신문은 온통 '붕괴'라는 단어로 가득 찼고 직장 붕괴, 가정 붕괴, 학교 붕괴 나아가 교실 붕괴로까지 이어졌다. 정부는 갑자기 닥친 일이라 이에 대한 아무런 대안이 마련되어 있지 않았다. 그렇지만 우수한 우리 국민이 이러한 상황을 그냥 지나칠 수는 없었으므로 '금 모으기'를 하며 나라를 살렸다. '위기가 곧 기회'가 되었으며, 위대한 국민정신이 대한민국을 살린 것이다.

교육의 위기 상황도 마찬가지였다. 10만 명 이상의 학생들이 학교 밖에서 서성거렸다. 이를 극복하기 위해 정부보다 국민이 먼저 대안을 찾아 나섰다. 그때 나도, 교구도 이를 실감하고 대안을 찾아 나섰다. 그때 학교 밖 어린이를 소재로 한 책 한 권을 만났다. 『창가의 토토, 구로야나키 테츠코 저, 프로메테우스』였다. 이야기는 이러했다.

주인공 어린이 '토토'는 초등학교 일학년 여학생이다. 어린이는 어머니의 손을 잡고 한 공립 초등학교에 입학했다. 그런데 토토가 앉아 있던 책걸상이 창가로 내몰렸다.

토토가 문제아가 된 발단은 토토의 단순한 행동 때문이었다. 교실의 책상 서랍은 토토가 늘 사용했던 서랍과는 그 형태가 달랐다. 앞으로 잡아 빼고 밀어 넣는 수평식 서랍이 아니라 위, 아래로 여닫는 수직적 책상 서랍이었던 것이다.

토토는 새로운 서랍장이 신기해서 들었다 놓는 행동을 반복했다. 그런데 이를 지켜본 담임 선생님은 토토를 정서불안 부적응 문제아로 단정했고 어머니를 불러 특수학교로 전학하기를 권했다.

어머니는 담임교사의 부정적 판단에 내색 한마디 없이 딸을 데리고 나왔다. 그리고 자신의 딸에게 알맞은 학교를 찾아 나섰다. 어머니는 한 대안학교를 찾아냈고, 딸에게 전학을 권유했다. "토토야! 네가 다니는 학교보다 너에게 꼭 맞는 학교가 있단다. 가보지 않겠니?"

어머니는 딸의 손을 잡고 가서 산속에 있는 숲이 우거진 이상한 학교를 보여주었다. 그 학교 건물은 일반 학교에 익숙한 통제형 일직선 형과 'ㅁ'자형 건물이 아니었다. 울창한 숲속에 객차 차량이 여기저기 자유롭게 흩어져 있는 이상한 학교였다.

토토는 속으로 '여기는 학교가 아닌데…'라고 생각하며, 고개를 저었다. 그런 토토에게 어머니는, "얘야, 이곳도 학교란다." 어머니의 말에 딸은 호기심 어린 눈으로 학교를 바라보며 한동안 말이 없었다.

"엄마 이것도 학교야?" 숲이 우거진 자연환경은 마음에 들었지만, 이상해 보이는 학교가 토토는 썩 마음에 내키지 않았다. 그러나 토토는 인내심이 많고 자상한 어머니의 권유로, 새로운 학교로 전학 와서 그곳에 적응하며 지내게 된다.

그런데 사춘기가 되어 신체적 변화를 겪게 되자, 여러 문제와 부대낀다. 혼자 고민하던 토토는 용기를 내어 교장실을 찾는다. 교장 선생님은 토토를 반가이 맞아 주었다. 토토는 조심스럽게 자신에 관한 이야기를 꺼냈고 교장 선생님은 토토를 사랑스럽게 바라보며 토토가 문제를 잘 해결할 수 있도록 도와주었다.

토토는 교장 선생님과 자주 만나 상담하며 자신의 여러 가지 문제들을 하나씩 풀어갔다. 학년이 오르게 되자, 선생님과 함께 한 시간은 토토에게 좋은 기억으로 남게 된다. 토토의 마음속에서 학교는 세상에서 가장 친근하고 좋은 곳으로 자리 잡게 되었고, 자신의 의견을 존중해 준 든든한 교장 선생님이 있다는 것이 토토에게는 큰 행복이었다.

토토가 이 학교에서 겪었던 일들은 좋은 기억으로 마음속에 남게 되었다. 그리고 하나, 둘 쌓여 아름다운 그림으로, 긴 이야기로 가득 차게 되었다. 토토는 초등학교를 졸업하며 교장 선생님에게 말했다. "저도 이다음에 교장 선생님처럼 훌륭한 선생님이 되겠습니다. 그리고 훗날 제가 어른이 되면, 어린 시절 행복했던 학교생활을 책에 담아 교장 선생님께 선물로 드릴게요."라고 약속했다.

어른이 되자 토토는 교장 선생님과 한 약속을 지켰다. 훌륭한 교사가 되지는 못했지만, 그 대신 의사가 되어 교육서 한 권을 펴낸 것이다. 그 책이 대안학교 이야기를 담은 『창가의 토토』다. 책을 예쁘게 포장해 교장 선생님에게 선물하고 싶었지만, 이미 교장 선생님은 돌아가신 뒤였다. 토토는 그의 영전에 예쁘게 포장한 책 한 권을 봉정했다.

🏫 학교 밖 학생들을 위한 학교를 세우자

***** 『창가의 토토』 책을 읽으며 나도 학교를 세워 학생들을 존중하고 사랑으로 마음을 드높여주는 교사가 되고 싶은 마음이 일어났다. 그래서 학교 밖 학생들에게 관심을 두게 되었으며, 훌륭한 교장이 되어야 한다고 각오했다.

처음 찾은 학교 터청주시 청원구 옥산면 환희리 181의 모습은 이러했다. 시냇가 양지바른 다랑이논은 묵 논이 되어 있었다. 그리고 원시림으로 나무들이 자라나 우거진 숲은 자연과 어우러진 바람 소리, 산새 소리, 두꺼비 개구리들의 울음소리, 소름 돋게 하던 독사들, 그리고 다람쥐들의 천국이었다.

학교 터는 바라만 보아도 위로가 될 것 같았다. 장마가 끝난 무더운 여름날, 시냇가 물속으로 텀벙 뛰어들었다가 물뱀들이 엉킨 모습을 보고 혼비백산하여 물 밖으로 나온 기억도 있다. 그만큼 그곳은 재첩이 살 정도로 1급수가 흐르는 청정지역이었다. 송사리가 계곡에서 놀았고, 가재가 계곡 바위 사이를 훑으며 돌아다녔다.

이런 곳에 학생들이 자유롭게 뛰놀 수 있는 학교 천국을 만들자고 다짐했다. 먼 훗날 나도 그곳에서 학생들과 함께 살았던 교육체험 이야기를 묶어 『창가의 토토』 같은 대안 교육서 한 권을 펴내어 은인들과 함께 지도한 선생님들과 내 제자들에게 선물하겠다고 약속했다.

그리고 중등 교감 자격연수 내내 동료 교사들에게 '학교 밖 학생들을 위한 학교'를 세울 것이라고 말했다. 연수가 끝난 1996년 봄날, 전남 영광에 있는 학교법인 '영산성지학교'를 찾았다.

원불교의 성지가 된 '영산' 이름을 붙인 '영산성지학교'는 대한민국 최초의 비인가 대안학교였다. 우리 학교 설립보다 15년이나 앞선 이름 없이 자라난 들꽃 같은 학교였다. 이 학교는 '학교 밖 학생들'만을 보듬고 있었다. 학생의 다양성이 인정되고 여유롭고 행복한 분위기였다.

소설가 조정래가 쓴 『풀꽃도 꽃이다』라는 책이 있다. 현재의 교육 현실을 꼬집으며 대안학교를 소재로 쓴 장편 소설이다. '풀꽃'은 꽃 중의 꽃이다. 자연적인 꽃내음이 얼마나 향기로우면 저 깊은 산 속으로 벌과 나비가 저리 찾아오겠는가.

우리가 방문하던 날, 많은 이들이 그 학교를 방문했다. 들꽃처럼 소박하고 풋풋한 교육의 향기를 맡으러 다들 벌 나비가 되어 학교를 방문한 것이다. 교감 자격연수에서 '학교 밖 학생을 위한 대처방안'을 주제로 학자들의 강의가 있었다. 원론적인 강의여서 지루했는데 이곳에 직접 와 보니, 이론만 나열한 다른 연수 때와는 달리 구체적인 대안을 마련해둔 현장이었다.

학교에서 학생들이 동료들과 어울려 놀이를 통해 체험하고, 인간관계를 돈독히 하며 인성을 드높여 가는 모습이 행복해 보였다. 많은 내 방자가 대안학교의 향기를 흠뻑 맡고 돌아갔다. 그 후 그들과 자주 교류하며 들꽃 향기가 나는 행복한 교육을 배웠다. 그리고 꿈을 꾸며 미래의 학교를 계획했다.

방문을 마치고 돌아오면서 함께 갔던 현직에 있는 한 교장이 말했다. "저도 교육자이지만, 교직관(敎職觀) 중에 '교사는 성직'이란 부분이 무엇인지 그곳 선생님들을 보면서 느꼈습니다. 신부님이 이런 학교를 한다면 교육이 더 잘 될 겁니다."라며 내 의지에 힘을 보태주었다.

풀꽃 향기가 나는 새로운 학교를 만들어보려고 이 학교를 커닝하다가 이 대안학교를 모델로 더 소박한 대안학교를 만들어야겠다고 다짐했다. 그리고 때가 이르자 학교를 세우기 위해 정든 본당을 떠나야 했다.

그때 이미 교육경력은 20년이 더 되었지만, 교육관은 다른 이들과 별로 다르지 않았다. 교육은 수재들을 양성하기 위한 것이라 여겼고, 학생들에게 피라미드의 정점을 가리키며 1등을 하지 않으면 인생을 실패한 것이라고 말했다. 내적인 바탕이 되는 인성의 향기보다, 외적으로 드러난 결과인 1등으로 키워내는 것이 교육이라 여긴 탓이다.

그런데 교육의 향기를 맡은 내 교육관이 조금씩 달라지기 시작했다. 다양성이 존중되고, 나름대로 향기를 뿜어내는, 그래서 코끝이 찡한 감동적인 인성을 지닌 풀꽃을 닮은 인간이 되도록 가르치자. 그러한 토양에서 자신을 스스로 가꿀 줄 아는 행복한 인간이 될 수 있도록 학생들을 교육하자고 다짐했다. 놀이를 통해 체험하고, 서로 존중하고 배려하며, 자신의 소질과 적성을 찾아 창의성을 높이고 통합해가는 행복한 교육을 펼치겠다는 교육관으로 서서히 바뀌게 된 것이다.

⛪ 대안학교 설립을 위한 청신호

* * * * * 교육경력 20년이 되던 해 겨울, 1995년 교감 자격연수가 끝났다. 그리고 1996년 4월 어느 봄날, 교구장 정진석 주교님을 찾아가 인사를 드렸다.

"주교님, '학교 밖 학생들을 위한 학교'를 해보고 싶습니다." 주교님은 나를 바라보시며, "이 일은 교회가 꼭 해야 할 일입니다." 하시더니, "그런데 그 일을 어떻게 감당하려고요?" 하셨다.

주교님의 그 말씀을 긍정적으로 받아들였다. '그래 맞아. 이 일은 교회가 꼭 해야 할 일이지. 시작도 하지 않고 어떻게 감당하려는가 하는 문제는 지금으로서는 의미가 없는 거야.' 하며 마음속에 담아두고, 그 원의를 소명으로 받아들였다.

주교님 집무실을 나와 곧바로 도교육청으로 향해 내달려 지금은 고인이 되신 김영세 교육감님과의 면담을 신청했다. 교육감님은 초면인데도 정중하게 반겨 주셨다. 나는 방문 이유를 말씀드렸다.

"제가 교감 관리자 연수를 하는 동안 내내 '학교 밖 학생들'을 떠올렸습니다. 연수가 무르익었을 때 연수 동기생들에게 이런 학교를 하면 어떻겠냐고 운을 떼어 보았습니다. 동기들은 저의 제안에 박수를 보냈습니다. 그리고 적극적으로 응원하겠다며 좋아했습니다. 교육감님, 저는 꼭 이 일을 하고 싶습니다. 조금 전에 이 일에 관해 주교님께 상의를 드리고 곧장 교육감님께 달려왔습니다."

교육감님은 환하게 웃어 보이시며 말씀하셨다. "학교 밖 학생들이 10만 명을 넘고 있는데 솔직히 정부도 대안이 없었습니다. 그런데 신부님이 나서서 해주시겠다니 참으로 고마운 일입니다. 이런 일은 발빠르게 정부가 나서서 해야지요. 저는 천주교 청주교구 주교님의 뜻을 존중하며 신부님의 제안을 적극적으로 검토해 보겠습니다."

차 한 잔을 나누며 들려준 교육감님 말씀을 그대로 옮겨 본다. "내가 고등학교에서 오래도록 교사 생활을 했습니다. 그 후 나는 학교 관리자가 되었습니다. 늘 마음에 걸리는 후회스러운 일이 있습니다. 내 손으로 학생들을 학교 밖으로 많이 쫓아낸 것입니다. 제가 충청북도 교육수장이 되고 보니, 교육자로서 그들에게 못 할 짓을 많이 했구나 하는 후회감이 들었습니다. 스승의 날에 저를 '스승님'이라고 찾아온 제자들을 보면, 모두가 위기 청소년 '학교 밖 제자'들이었습니다. 제자들이 저를 찾아와 인사하는데, 뜻밖에도 명문대 출신 엘리트 제자는 없었습니다. 학교 밖 그 제자들이 선물을 들고 저에게 찾아왔어요. 그럴 때 몸 둘 바를 모를 정도로 저 자신이 부끄러웠습니다."

그리고는 잠시 멈추시더니 다시 말씀을 이었다. "그 제자들이 지금은 당당히 살아갑니다. 공부 잘한 수재들이 출세해 찾아온 경우는 그리많지 않았습니다. 위기 학생들을 위한 학교를 하시고 싶다 하니, 제가 신부님의 뜻을 도울 방법을 찾아보겠습니다. 저와 현장에 있는 많은 선생님이 학교 밖 제자들에게 했던 잘못을 기워 갚기 위해서라도 꼭 살펴보겠습니다."

나는 교육감님의 후원 의지를 읽고 기뻤다. 이렇게 대안학교 설립을 위한 조그마한 꽃눈이 생기게 되었다. 이제 곧 꽃이 피어나겠구나 하는 생각에 하느님께 감사드렸다.

교육감실을 나와 다시 주교님을 찾아뵈었다. 마치 승전보를 전하는 전령처럼 발 빠르게 달려가 기쁜 소식을 전했다. 연수가 끝난 것이 불과 몇 달 전의 일인데 마음속의 생각이 이렇게 빠르게 자라나다니……. 학교설립을 위한 청신호가 켜지고 있었다. 하느님의 일인 것이 분명했다.

🏛 구원의 기쁜 소식이 빵! 터지다

✱✱✱✱✱ 우리 일은 숨은 생각일 뿐이었다. '그 일이 뉴스거리가 되어 빵! 터져 세상에 드러나야 한다'고 생각하며 그날이 오길 기다렸다.

드디어 충북 도의회가 소집된 날, 도정질의가 있었다. 도의회 송옥순 의원한국병원 이사장은 교육감에게 '도내에 방치된 폐교 학교의 활용방안은 무엇인가?'를 두고 질의했다.

교육감은 교육 현실을 설명하며, "많은 학생이 위기 청소년이 되어 학교 밖에 방치되고 있습니다. 폐교를 활용해 그들을 살리는 교육의 대안으로 활용하겠습니다. 마침 천주교 청주교구 측과 도교육청이 '학교 밖 학생들을 위한 대안학교' 설립구상에 관해 협의 중입니다."라고 답변했다.

이는 주요 뉴스가 되어 전국으로 퍼져나갔다. 언론은 즉시 나를 찾아와 학교설립과 관련된 주제로 인터뷰를 했다. 이 소식을 접한 교구가 놀랐다. 신부님들이 전혀 몰랐기 때문이었다. 공개가 되지 않았던 새로운 교회 일이 발표되니, 한국천주교회가 놀랄 수밖에 없었다.

연수 중에 몇몇 신부님들에게 의견을 물어보긴 했지만, 대부분의 교구 사제들은 모두 "이게 뭐야?" 하며 의아해했다. 때를 맞추어 김대중 정부 안병영 교육부 장관이 공교육 대안학교 설립방안을 정책으로 내놓았다. 그제야 신부님들이 감을 잡았다.

학교 밖 학생들이 10만 명에 육박하고 있다는 소식을 듣게 되자 그 일은 교회가 할 일이라며 함께 공유하는 계기가 되었다. 학부모들이 자녀들의 구원에 문이 활짝 열리게 되었다고 쌍수를 들어 환영했다.

대안 교육에 대한 새로운 정책을 김대중 정부가 발표하자 일제히 환영하고 나섰다. 교회 안팎에서 이 소식은 큰 반향을 일으켰다. 교구는 이 소식을 그렇게 접하게 되었다. 청주교구는 이를 의제로 다루고 사제평의회를 거쳐 1998년 교구설정 40주년 기념사업으로 교구장은 이를 승인하고 학교설립을 확정 지었다.

김영삼 정부와 김대중 정부에서 두 차례나 교육부 수장을 지낸 안병영 장관은, 학교 밖 청소년들을 위기에서 탈출시키려고 '공교육 대안교육 특성화고등학교'를 교육법 시행령에 넣어 제도화한 최초의 장관이었다. 안병영 장관은 처음으로 학교 밖 학생들을 위한 공교육 대안교육 정책을 채택했다. 학교 밖 학생들을 다시 제도권 학교에서 품어 안아주기로 방침을 세우고 교육법시행령 제91조에 '특성화고등학교'를 삽입했다. 이 일이 합법화된 시기는 1997년 가을이었다.

하느님의 섭리로 우리 대안학교 설립의 꿈과 교육부의 계획이 자연스럽게 접합이 되고 구체화 되고 있었다. 그들은 우리의 일, 즉 구원에 이르게 하는 일이 빵! 터지게 하는 협력자들이었다. 교구장 주교와 교육감, 그리고 도의회의 일로 학교설립 의지는 꽃눈이 잉태되고 있었다. 그때의 일은 적시안타를 한 방 멋지게 날린 것처럼 절묘했다.

든든한 후원자들의 후광을 업고 일이 시작되었다. 학교설립에 관한 어떠한 주장도 하지 않았지만 언론과 행정자치부, 그리고 각 기관에서 좋은 반응을 보였다. 충청북도 도지사, 도의회, 행정자치부, 도교육청, 제37사단장, 각급 기관과 교회 기관이 모두 하나로 의견이 모였다. 설립을 위한 자발적 후원이 이들을 통해 교구로 답지하고 있었다. 설립 의지는 이렇게 가속도가 붙기 시작했다.

학교설립 추진 준비위원회 발족

***** 학교설립 추진 준비위원회를 발족했다. 주교님은 T.F.T.task force team, project team이라고도 부른다. 추진위원장으로 교육학에 관심이 많은 정충일 신부를 임명했다. 운영 회의가 빈번히 열리며 학교 교육 로드맵을 만들게 되었다. 교구는 사제들과 교우분들의 공감대가 커지도록 힘을 모았다.

학교설립을 누구보다 더 크게 바랐던 분이 있는데, 청주교구 정진석 주교님과 고 이한구 총대리 신부님이었다. 주교님은 기존의 음성군 감곡에 있는 매괴고등학교 외에 청주에도 고등학교가 신설되기를 평소에 간절히 바라며 기도하셨다.

그리고 총대리였던 이한구 신부님은 우리 학교설립을 적극적으로 도와주신 분으로, 사목 전 분야 중에서 특히 교육 분야에 관한 관심이 남달랐다. 신부님은 교구 신자교육은 물론, 각종 교육프로그램을 교구에 도입해 적용했다. 그리고 사랑이 남다른 분이어서 헌신적으로 관심을 보였다. 신부님은 학교설립의 강력한 멘토였다.

나와 신부님과의 관계도 특별했다. 우리 가족은 신부님을 마음속에서 늘 기대고 살았다. 내가 사회생활을 시작했을 때 본당신부님이었고, 내가 서품 후 첫 사제생활을 충주 교현동 성당에서 할 때 신부님의 보좌로 시작했었던 터다.

신부님은 언제나 자상했고 친근한 미소로 신자들을 대해주었으며, 무언의 대화로 친근감을 더했다. 모든 이에게 자상한 사제로 모든 이의 모든 것이 되어 주셨던 분이었다. 내가 학교를 설립하고자 힘을 보태달라고 처음 말씀드렸을 때도 길게 말씀하지 않았다. 몇 번 나를 툭툭 치며, "윤 신부, 우리 잘 해보자고!" 그 응원의 말씀이 다였다. 잊지 못할 후원자였는데 끝내 개교식을 보지 못하고 떠나셨다.

주교님은 양업고 개교식을 끝으로 1998년 서울대교구로 교구장 자리를 옮겨 가셨다. 그리고 총대리로 김원택 신부가 임명되었다. 학교 설립 T.F.T.로 야전군 역할을 한 이현로 관리국장 신부, 안광성 신부, 실무를 담당한 고 사영권 바오로양업고 행정실장, 고 반필환 사무국장, 평신도 위원 다수가 참여했다. 그때의 구성원 중에 벌써 고인이 되신 분들이 많다. 학교 교육이론을 담당한 분은, 서강대학교 명예교수 겸 한국심리상담연구소 김인자 소장이었다. 학교는 이분의 노고를 잊을 수가 없어서 명예 교장으로 위촉했다.

학교설립이 어디 쉬운 일인가. 교명과 교훈, 교육목표, 교육과정은 T.F.T.에서 결정했으며, 교가는 고 박기현 신부님, 학교상징을 담을 교표는 유민정 엘리사벳, 학교 교육이론은 김인자 상담소장을 포함한 여러분이 교육 철학을 완성하는 데 중요한 역할을 맡았다. 참으로 고

마우신 분들이다. 이런 분들을 만난 것은, 모두 하느님의 든든한 도우심 덕분이었다.

또한, 개교를 돕고 혼란스러운 첫해 1년을 학생들과 함께 지냈던 네 명의 마리스타교육수도회 수사님들, 그리고 오늘날까지 양업고의 역사 안에 함께하는 노틀담수녀회 세 명의 수녀님들, 특히 초창기 어려운 시기부터 학교가 자리를 잡을 때까지 학교 행정과 교육과정 체계를 잡기 위해 헌신적으로 일하며 노고를 아끼지 않았던 조현순 교감 수녀님, 그 외 파견되었던 모든 수녀님의 자발적이고 적극적인 헌신에 이 자리를 빌려 깊이 감사드린다.

학교 틀을 짜기 시작하다

* * * * * '양업'은 한국의 두 번째 방인 사제인 최양업 토마스 신부님의 함자이다. 최양업 신부님은 교황청으로부터 한국교회가 공경해야 할 가경자로 인정받았다. 또한, 시복시성이 되도록 한국교회는 물론 우리 학생들이 열심히 기도하고 있다.

한국의 두 번째 방인 신부님이셨던 최양업 신부님은 청주교구와 충청북도에 특별한 인연이 있는 분이시다. 최양업 신부님은 충북 진천의 '배티성지'를 생활의 근거지로 삼고, 전국의 교우촌을 두루 다닌 땀의 순교자이다.

배티성지는, 우리나라 최초로 신학생 양성을 위한 '소신학교'1851, 한국교회사 기록를 운영했던 곳이기도 하다. 교육과정과 배출된 학생에 관한 자료가 남아 있다면 한국의 최초의 근대학교가 될 텐데, 자료가 남아 있지 않은 점이 아쉽다.

원주교구 관할이지만 충북 제천에 있는 '베론성지'는 최양업 신부님이 묻혀있는 곳이다. 그분은 프랑스 외방선교수도회 소속으로 마카오에서 수학한 한국 최초의 유학생으로 1849년 사제가 되어 12년간 전국을 순회하며 사목한 백색의 순교자로 칭송받고 있다.

그래서 그분의 함자에서 '양업'을 학교 이름으로 정했다. 이는 대안교육 특성화고등학교를 통해 교육의 쇄신과 개혁에 '좋은 업적'을 남기는 '양업'이 되라는 의미를 담고 있다.

학교교육이론으로는 윌리엄 글라써 학회에서 정립한 '현실요법'과 '선택이론'을 채택했다. 그 이론의 정점은, '좋은 학교Quality School'였다.

'양업'과 '좋은 학교'가 만나 학교 이름을 '양업고등학교'로 정했다. 사람들은 '양업'이란 이름이 익숙지 않았다. 처음에 주민들은 나에게 물었다. "농업, 공업, 상업은 알겠는데 양업은 어떤 학교입니까?" 머릿속에서 꺼낸 해석은 누에고치를 생산하는 양잠 학교 정도였다. 중등교장 회의에서 실업계고등학교 교장들이 우리 학교를 실업계로 분류해 나를 그들 교장단에 초대했던 에피소드도 있었다.

　＊＊＊＊＊　양업고등학교는 학생들의 소질과 적성을 고려한 다양한 체험교육을 통해 훌륭한 인재를 양성하고 민주시민으로의 육성을 목표로 태어나게 되었다.

그리고 그 과정에서 무엇보다 학생들을 행복하게 만들어 주고 싶었다. 교육과정은 일반 교과와 특성화 교과로 이루어졌다. 특성화 교과는 체험 수업으로 인간관계 형성, 자아존중과 배려, 선택과 책임감을 높여 인성을 함양케 하고, 이들이 경험한 체험을 학습동력으로 활용하여 학업 성취도를 높여 자존감과 자유로운 영혼으로 자기를 만들어 가게 함으로 행복을 이루도록 했다.

스스로 선택하고 행동하며 자기를 만들어 가는 과정에서 행복을 찾아야 한다. 그리고 우리는 학생들이 교육의 주체가 되어 자유로운 선택을 하기 바라며, 그에 따른 책임을 중요시한다. 그러기에 학생들이 방종하더라도 자유를 처음부터 인정해 주었다. 학생 스스로 진정한 자유가 무엇인지 체험하도록 해주기 위해서였다.

우리는 최소한의 규칙 이외에는 외적통제는 하지 않기로 했다. 강제, 비난, 판단, 설교, 언어적 · 물리적 폭력을 사용하지 않았다. 놀이를 통한 다양한 체험, 존중과 배려, 섬김의 삶을 살며 토론하고 정보를 모으고 분석하고 실행하고 평가하고 재투입을 하며 심미적 체험의 깊이를 더하도록 도왔다.

체험의 효과는 자기 깨달음이며 깨달음은 자발성과 자기 주도성을 갖는 동력이다. 이 동력은 자기만의 피라미드를 꿈꾸고 자신을 최고에 오르도록 돕는 교육을 했다.

지금까지 학생들은 교실이란 좁은 공간에서 교과서를 펴고 날마다 고정식을 먹으며 문제지를 풀었다. 그러나 우리는 학생들에게 학교 밖 현장의 교과서를 통해 많은 것을 입체적으로 보고 배우게 해서 행복한 학교, 가고 싶은 학교, 머물고 싶은 학교로써 학생들이 미래를 디자인할 수 있도록 도왔다.

이는 소설이 아니라 실화다. 정부는 우리에게 학교를 세우도록 허락했고 수용의 개념 정도로 '소극적 대안학교'로써 자리매김 해주었지만, 우리는 최고로 행복한 적극적인 대안을 가진 '좋은 학교 양업'을 만들기를 꿈꿨다.

교훈

＊＊＊＊＊ '사랑으로 마음을 드높이자', 양업고등학교 교훈校訓이다.

학생들을 예수님의 사랑으로 바라보기로 했다. 고통이 그들에게서 사라지는 날, 기쁨을 노래하게 할 것이다. 그들이 오늘 이 시간에 무엇을 바라고 있는지, 무엇하기를 원하는지, 그리고 현 실태를 알아내는 작업이 필요했다.

왜 울고 있는지, 그들이 웃고 있다면 왜 웃고 있는지 액면 그대로 현실을 파악하고자 했다. 어떤 문제건 판단은 하지 않기로 했다. 학생들의 현실을 놓고 부모와 학생을 살폈다. 현실태의 원인이 어디에서 비롯되는지 정확히 욕구를 파악하는 일이 우선이었다.

그리고 문제점을 해결하기 위해 처방전을 마련했다. 문제를 놓고 문제를 따지는 것이 아니라, 적절한 해결방법을 모색하려고 노력했다. 학교는 그런 문제들의 해법을 축적했고, 적용하며 변화의 정도를 평가했고, 또다시 경험한 것을 투입했다.

그렇게 모인 자료들을 소홀히 다루지 않았다. 사진 한 장, 평가지 하나, 설문지 하나도 소중하게 여겼다. 우리의 일상을 하나도 놓치지 않고 모았다. 모든 자료는 '학교 역사실'에 소중히 간직되었다.

매년 작성되는 학교 교육계획서는 이를 바탕으로 만들어졌다. 계획서는 학생 수준에 맞추어, 바라는 만큼 목표치를 계획했다. 그리고 매일의 교사모임, 학생들과의 전체 모임을 통해 함께 모여 교육계획서를 점검했다.

교훈은 추상적이지만, 서로를 바라보며 함께 하는 여러 체험 행사를 통해 현실치료를 하며 하나씩 이루어져 갔다. 그것이 모이고 쌓여갈 때 '사랑으로 마음을 드높이자'라는 교육의 목표치가 완성되어 갔다.

학교 터를 찾아나서다

＊＊＊＊＊ 부정적인 호칭은 안 된다. '학교 밖 학생들', 지금은 많은 사람들이 순화된 이 단어를 주로 사용하고 있다. 그러나 그 당시 학생들에 대한 호칭은, '중도탈락, 부적응, 퇴학생'이었다. 나도 그들을 무심코 그렇게 불렀다. 그런 그들을 어느 지역에서 누가 환영하겠는가?

도시전출로 시골 학교 학생 수가 급격히 줄어들게 되자 폐교하게 된 학교가 많았으므로 우리는 폐교된 학교 건물을 활용하려 했다. 그러나 지역에서 원하지 않았다. 기부한 땅이니 국가 땅이긴 하지만 마땅히 동네 허락이 있어야 한다며 '학교 밖 학생'들을 배척한 것이다. 무려 세 군데에서 우리 꿈은 좌절되고 말았다.

지역의 한 곳에서는 험악한 말을 여과 없이 현수막에 담아 마을 입구에 내다 걸었다. '쓰레기장이 들어온다더니 인간쓰레기 학교 웬 말인가? 청주교구는 학교 설립을 즉각 철회하라.' 마을회관에 할머니들이 방안 가득 앉아 있었다. 그리고 할머니들은 나를 보자마자 내 말문을 원천 봉쇄했다. "안 돼! 무조건 안 돼!" 그 할머니들의 외침이 20년이 지난 지금도 내 귀에 쟁쟁하게 들려오는 듯하다.

그렇게 2년 동안 쓴맛을 보았다. 학교 밖 학생들이 머물 곳은 그 어디에도 없는 것 같았다. 아쉽지만, 폐교에 학교를 설립하는 계획을 접어야 했다. 이런 고생을 한 근본적인 원인은, '중도탈락, 부적응, 퇴학생'이라고 불렸던 청소년들에 대한 부정적인 호칭이 갖는 지역의 거부감 때문이었다. 이 일은 값진 경험이 되었고 그 과정을 통해 우리는 많은 것을 배웠다.

그래서 주교님은 학교를 신축할 부지를 사들이기로 했다. T.F.T. 신부님들은 학교 터를 찾아 나섰다. 여기서 고마운 은인 한 분을 소개하려고 한다. 그분은 청주시 한일측량사 대표, 장천호 분도 형제였다. 측량사로 일하면서 청주 근교의 땅 사정을 누구 보다 잘 알고 있는 분도 형제의 안내로, 신부들 몇이 청주 근교의 여러 땅을 찾아다녔다.

그리고 신부님들이 지금의 이 좋은 터를 찾아냈다. 신부님들이 "여기다, 여기야!" 한목소리로 소리쳤다. 폐교를 놓고 지루한 싸움을 하다가 찾아낸 축복의 땅이었다. 마을 이름은 신기하게도 '환희리'였다. 대안학교를 '환희'로 시작하게 되었다며 함께 그 땅에서 기도하고 나니, 마음이 진정되었다.

매입한 대지는 IMF로 부도난 공장이 있던 곳이었는데, 공장 건물 한 채와 사택 한 채가 우리를 맞이했다. 학교 터는 지목변경이 되어 대지였고, 전기와 통신, 수도시설이 갖춰져 있었다. 청주교구는 3,305㎡ 1,000평 면적의 대지를 현시가보다 훨씬 높게 매입했다. 이름도 아름다운 '환희리'에 학교가 들어설 땅이 준비되었다. 먼 길을 걸어온 셈이다. 이제 고통이 끝나려나. 모두 하느님께 감사를 드렸다.

⛪ '환희'는 '고통'이 되고

***** 학교는 '환희리'까지 와 닿았다. 그런데 나는 전 사목지인 충주를 여전히 떠나지 못하고 있었다. 떠나야 하지만 선뜻 떠날 수 없는 이유가 있었다. 학교가 설 자리인 청주시 흥덕구 옥산으로 주교님이 나를 파견할 명분이 아직 없었기 때문이었다.

주교님을 찾아가 면담을 청했다. "학교터가 있는 오송 본당 옥산 공소를 본당으로 승격시켜 저를 파견해 주셨으면 합니다."

주교님은, "나도 윤 신부님과 꼭 같은 생각을 하고 있었어요. 신부님을 그곳에 파견하겠다는 생각을 하고 있었지만, '아직은 아니다'라고 생각하며 기다리고 있었습니다."라고 말씀하셨다.

"파견 이유를 말할 수 없는 처지에서 윤 신부님을 그곳에 파견한다면 윤 신부님이 어떤 잘못을 해서 이런 곳으로 오게 되었나 하며 신자분들이 오해하지 않겠어요? 그런데 신부님이 먼저 그곳으로 파견되길 자청하니 아직 때가 되지는 않았지만, 그곳에서 개교 준비도 해야 할 테니 즉시 인사발령을 내겠어요!" 하시며 주교님도 기뻐하셨다.

며칠 후 인사발령이 있었다. 부임하던 날 주교님은 공소 신자들에게 나를 소개하시며 잘 도와주라는 말씀을 하시고 자리를 떴다. 나는 옥산 본당 첫 주임신부가 되었다. 그날이 1997년 7월 14일이다.

옥산 본당은 오송 본당 관할로 내가 사제로 태어나게 도와준 출신 본당의 공소였다. 신학생 때 옥산 공소에 파견되어 교리를 가르친 적도 있었다. 그때 공소에 관한 기억이 지금도 새롭다. 출신 본당의 공소를 그것도 여든 명의 신자 공동체를 본당으로 승격한 것은 극히 드문 일이었다. 그리고 수품 후, 출신 본당 사제를 출신 본당으로 파견하는 일도 예외적이었다.

이런저런 이유를 숨기고 부임을 하긴 했는데, 4개월이 지나도록 신자들은 나와 말을 잘 나누려고 하지 않았다. "저 신부가 무슨 잘못을 했기에 그것도 출신 본당 작은 공소로 쫓겨오게 된 걸까?" 나를 오해한 신자들은 4개월 동안 자기들끼리 멋대로 추측하고 웅성거렸다.

처음부터 '학교설립을 위해 여러분 곁에 왔습니다.' 하고 속 시원하게 말할 수 있었으면 오해가 없었을 것이다. 그러나 그 말을 할 수 있는 때가 아직 오지 않았으므로, 본당신부로 파견되고 나서도 한동안 서로 가슴앓이를 해야 했다.

부임하던 날, 기쁨도 있었지만, 비보도 날아들었다. 간암 투병 중이던 교구 총대리 이한구 신부님이 세상을 떠나신 것이다. 신부님의 이별 소식에 신부님을 사랑하던 모든 교구민이 넋을 잃고 애통해했다. 나는 특히 더 심했다.

부임 전날 어머니와 함께 신부님 병문안을 갔는데 간암으로 복수가 차 황달이 심했다. 신부님은 내 손을 꼭 잡아주시며 고통 중에도 환하게 웃으셨다. 복수가 차올라 배가 불러온 신부님은 동행했던 어머니에게 농담도 하셨다.

"카타리나 회장님! 아기를 출산해야 하는데 배가 부르기만 하고 나오질 않아요, 어쩌지요?" 고통 중에도 신부님은 여유를 보여주셨다. 그리고는 나를 바라보며 "윤 신부! 많이 걱정되지? 학교 잘 될 거야, 내가 하늘나라에서 기도할게." 헤어지는 순간까지 학교 걱정을 하셨다.

"신부님, 그동안 감사했습니다. 꼭 하느님의 뜻을 담아 좋은 학교를 만들겠습니다. 기도해 주십시오. 저도 신부님을 위해 기도하겠습니다." 신부님은 무언의 대화로 내 손을 힘껏 잡아주셨다. 그 사랑은 서로에게 전해졌고, 나는 병실 밖에 나와 울며 한참 동안 복도에 멍하니 서 있었다. 교구는 훌륭한 신부님 한 분을 잃고 말았다. 당신의 자리가 너무 컸으므로 이별 또한 그만큼 아쉽고 슬펐다.

옥산에 내가 파견된 이유를 신자들이 알게 된 것은 두 달이 지나서였다. 지역 언론이 일제히 '옥산에 다시 대안학교 불씨 살아나'라는 기사를 싣자 그제야 신자들은 내가 옥산에 파견된 이유를 알아챘다. 신자들은 내게 달려와, "신부님, 죄송해요."라며 오해를 풀었다.

여든 명의 신자 공동체가 본당으로 승격되었으며 교구 학교가 생기게 되었다고 본당은 함께 기뻐하며 잔치를 했다. 그 후 옥산 본당 교우들은 큰 은인이 되어 주었다. 지금도 그때의 고마움을 잊지 못한다. 신자분들은 발 벗고 나를 도왔다. 일 당 백이라고 했던가? 여든 명이 모든 몫을 다해 주었다.

그런데 뉴스가 지역에 퍼지자 이상한 기류가 생겨났다. 신자들과는 달리 지역민들이 들고일어난 것이다. 특히 정보에 빠른 청년회가 결사 반대했다. '세 곳에서 얻어터지고 왜 옥산이냐? 옥산이 호구냐?' '환희'에 걸었던 기대가 다시 '고통'으로 바뀌어 우리 앞에 마주 섰다.

혹독한 통과의례

* * * * * 사제 수품 후 16년이 지나 고향 본당에 다시 나타난 셈이다. 그 사이 고향은 생소한 곳이 되어 있었다. 사람들도 낯설어 그저 전설의 땅과 같았다. 군 제대 후 딱 한 번 찾았던 증조부, 고조부가 묻혀있는 곳일 뿐이지만, 땅을 마련했으니 우리 땅에 마음 편히 집을 짓고 살게 될 것이라고 기대했다.

그런데 혹독하게 이방인으로 푸대접을 받아야 했다. 고향이라 하더라도 오랫동안 자리를 비우게 되면 그런 것 같다. 고향이라는 말을 끝내 꺼내지 않았더라면 좋았을 뻔했다. 고향 덕을 보려다가 더 혹독한 통관절차를 치르게 된 셈이었다.

지역 주민들은 학교설립을 결사반대할 태세였다. 우리가 기대했던 '환희의 꿈'도 조각나기 시작했다. 특히 지역 이장단과 청년회가 결사반대했다. 지역 주민들은 연일 비상대책회의를 열었다. 기관장들은 주민들을 설득하는데 역부족이었다. 내가 입주한 사제관이 있던 아파트 주민들도 반대에 나섰다.

이때 야전군 교구 관리국장 이현로 신부, 교구 재단 재무담당 고 반필환 사무국장, 우리의 든든한 지원군이었던 도 교육청 안용균당시 주무관 행정계장이 옥산면 사무소로 출근해 주민 설득에 나섰다.

지역 주민들과 지루한 싸움이 3개월 동안 이어지게 되자 결사반대를 하던 주민들도 미운 정 고운 정이 생겼는지 어느새 우리와 친구가 되어가고 있었다. 그러다 보니 매일 주민들과 만나면 눈인사를 할 정도로 가까워졌다. 주민들과 이장단, 청년들을 만날 때면 그들도 감정이 많이 누그러져 예를 갖춰 우리를 대하기 시작했다.

우리는 포기하지 않았다. 고통 속에서 간혹 빛을 보기도 하며 영광의 시간을 기다렸다. 일의 성사를 위해서는 죽어야 한다고 다짐하며 마음으로 다가갔다. 그리고 서로 입장을 양보하며 설 자리를 찾아갔다.

그때 나는 내 명함 한 장을 꺼내 들었다. 명함을 받아든 지역 주민이 말했다. "이분이 여기 고향 맞네!" 고향 사람이라는 통관절차가 끝나자, 지역 사람들은 그제야 나를 고향 사람으로 인정해 주었다. 죽음을 넘어선 생명으로 기쁨을 끌어내게 된 것이다.

교구 사제들과 신자들이 얼마나 기도를 많이 했는지 모른다. 학교 일 때문에 체험한 무게가 너무나 대단했으므로 하느님께 감사를 드리며 지내지 않을 수가 없다. 오래전부터 마음속에서 키워왔던 학교는 1997년에 가시화되었다.

그리고 어느새 학교 개교 20주년이 지났다. 이제야 글로써나마 교구 사제들과 신자분들과 지역 주민들에게 감사를 드린다.

🏛 희망의 빛을 보다

* * * * * 날마다 벌어지는 지역 주민과의 싸움으로 저녁이면 파김치가 되었다. 어머니는 내가 힘들어 보였는지 주민들을 향해 집을 나서는데, "사랑하는 아들아, 함께 기도해요. 힘내세요."라고 말씀해주셨다. 어머니의 격려는 큰 힘이 되었다.

어머니의 묵주는 다 닳아 묵주 알이 깨져 있었다. 어머니의 기도에 힘입어, 하루에 이장 이십여 명의 집을 찾아가 인사를 나누기도 했다. 그들의 마음은 쉽게 열리지 않았지만, 친근감으로 나를 존중해주었다.

본당 신자들과 주일미사를 봉헌하고, 옥산 본당 평협회장 황병규 알비노와 함께 '환희마을' 이장님을 만나러 갔다. 누구를 만나기 전에 그처럼 긴장한 적이 없었다. 그 장면을 묘사해 본다. '인간 구원을 위해 천사 가브리엘이 시골 처녀 마리아를 찾아 나서는 장면' 말이다.

천사 가브리엘이 예수님의 강생을 준비하기 위해 마리아를 찾아가 첫 대면하고, 예수님의 잉태 소식을 알리는 천사의 인사말루가1,28이 있었다. 예수님께서 오시는 때는 세상이 가장 어두운 때였다.

여러 곳에서 퇴짜를 맞고 옥산까지 왔을 때는 앞이 보이지 않을 정도로 캄캄하고 암울했다. 나는 천사 가브리엘이 되어 마리아 역을 맡은 이장 권오일 님을 찾아가 학교 잉태 소식을 전하는 시간을 맞고 있었다.

내가 이 소식을 알릴 때 마을 이장님은 과연 어떤 반응을 하실까. 성모님과 같은 응답을 해주시기 바라며 식당에 도착했다. 도착해보니 이장님이 식당에 먼저 와 계셨다.

이장님에게 첫 대면인사를 드렸다. 그리고 식사를 시작하며 조심스럽게 말문을 열었는데, 이장님이 내가 말을 꺼내기도 전에 선수를 잡았다. 이장님은 나를 바라보며 빙그레 웃었다. 순간 내 마음에서 긴장감이 사라졌다. 이장님은 무언의 대화로 긴장된 나를 녹여주셨다.

이장님이 말문을 열었다. "신부님, 반갑습니다. 저를 찾아오시다니요! 제가 찾아뵈어야 할 분인데 저의 마을에 잘 오셨습니다. 저는 개신교 신자여서 목사님을 존경하지만, 천주교 신부님을 더 존경합니다. 신부님이 우리 마을에 학교를 세우려 하신다고 일찍이 언론을 통해 듣고 있습니다. 저희는 이미 학교가 마을에 선다는 소식을 듣고 기뻐했습니다. 신부님이 하시고자 하는 일은 정부가 나서서 할 일인데 천주교가 나서서 해주신다니 얼마나 고마운 일입니까? 저희가 나서서 잘 도와드려야지요. 신부님은 자녀가 없으시지만, 우리 모두 신부님의 자녀들 아닙니까? 저희를 돌봐주신다니 반대할 이유가 없지 않습니까? 신부님의 뜻을 하느님의 뜻으로 여기고 싶습니다. 저와 저희 마을 주민은 이미 찬성입니다."

교육감님을 처음 찾았을 때 내게 들려주신 응답과 이장님을 통해 들게 된 응답은 학교설립의 시작을 알려주었다. 가장 큰 기쁨이었다. 드디어 학교가 옥산이란 지역의 이름값을 하며 환희리 마을에서 '환희'가 되어 잉태되고 있었다. 이장님은 내 손을 꼭 잡아주었다. 옆에 있던 새마을 지도자도 정중히 인사를 하며 "저도 함께 찬성입니다." 하고 내 손을 잡아주었다.

이장님의 응답에서 성모님의 응답을 보았다. "주님의 뜻이 오니 저희 마을에 학교설립이 꼭 이루어지길 바랍니다." 회장과 성당으로 돌아오며 "하느님 감사합니다."를 얼마나 많이 되풀이했는지 모른다.

이제 하늘이 열리고 성령께서 임하시고 하느님의 뜻이 이루어지는 아름다운 시간이 가까이 다가오고 있었다. 이 일로 학교설립은 본격적으로 불씨가 당겨지기 시작했다. 이장님의 후원은 가장 큰 후원이었다. 그날 이장님은, "신부님은 저희 마을에 찾아오신 귀한 분이십니다." 하며 식삿값을 내주셨다. 환희리 마을 권오일 이장님은 그 지역 이장단협의회 회장이기도 했다.

이장님은 학교가 들어서고 난 후에도 관심이 남달랐다. 학생들이 어떻게 지내나 걱정되어 조석으로 학교 밖 길을 산책하며 기도해 주시는 큰 은인이 되셨다. 무엇보다 이장님은 나를 정식으로 환희마을 사람으로 인정해 주셨다. 이장님 덕분에 고집스러운 지역의 반대도 수그러들고 있었다.

⛪ 주민 버스 관광

* * * * *　지역에 본당이 설립되었음을 알릴 겸 지역 주민들과 관광을 가기로 하고 전단지를 뿌렸다. 교세가 미약한 옥산지역에 천주교를 제대로 알리고 싶었다.

"친애하는 주민 여러분! 천주교를 알려드립니다. 여러분을 성당으로 초대하고 싶습니다." 나는 천주교를 알리는 방법으로 교구 내 특수학교와 일반 교육기관과 꽃동네를 보여주기 위해 '주민버스투어'를 계획하고 관광버스 스무 대를 준비했다.

"점심과 간식은 저희가 준비합니다. 편안한 마음으로 오시면 됩니다.' 천주교를 지역에 알리는 최소한의 노력이라 여기며 2주일 동안 열심히 전단지를 배포했으므로, 주민들이 얼마나 많이 반응을 보일지 궁금했다.

그런데 관광을 가기로 한 날, 면장님과 동네 유지 일곱 분만이 면사무소 앞을 서성거리고 계셨다. 오신 분들은 나를 보자 먼저 미안한 표정을 지어 보였지만, 나는 실망하지 않았다. 그리고 와 주셔서 감사하다는 인사를 드렸다.

관광버스를 모두 돌려보내고 작은 차로 천주교기관 투어를 시작했다. 버스 한 대에 본당 교우 여덟 명이 탑승해 자리를 보탰다. 청주교구가 운영하는 특수학교인 충주성심학교 청각장애인, 충주성모학교 시각장애인를 방문했다. 충주 교현동본당 교우 조청운 안드레아와 사무장과 여러 사람이 우리를 반갑게 맞이했고 맛있는 점심과 간식을 마련해 주었다. 충주에서 8년 동안 사목하며 정들었던 교우들이 함께하며 사랑을 담은 마음으로 후원했다.

점심 후 일행은 음성군 감곡면에 있는 교구 신앙의 모교회인 '감곡성당'을 찾아 기도하고 '매괴중고등학교'를 방문했다. 그리고 16년 동안 이 학교에서 윤리교사로 재직했다고 소개했다. 지역 주민들은 그제야 내가 사제이면서 교육자로 학교설립에 준비가 된 사람이라는 것을 인정하고 신뢰하는 것 같았다. 참석자들은 학교를 꼼꼼하게 돌아보았다. 이때부터 지역 대표들의 표정이 진지해졌다.

학교탐방을 마치고 마지막으로 들른 곳은 청주교구가 운영하는 빈자들의 공동체인 '꽃동네'였다. '꽃동네' 방문은 많은 시간이 소요되었다. 이곳이 지역 주민의 마음을 변화시키는데 결정적인 역할을 했다. 지역 유지들은 '음성 꽃동네'를 돌아보고 난 후 천주교에 대한 호감을 느끼기 시작했고 닫힌 마음을 열었다.

이 자리를 빌려 우리를 안내해주신 '꽃동네' 창설자 오웅진 요한 신부님에게 감사를 드린다. 신부님의 도움은 양업고 탄생의 큰 동력으로 작용했다.

그러나 그 후 세상을 떠들썩하게 했던 횡령사건 보도는 신부님께서 쌓아 올린 모든 것을 궁지에 몰아넣었다. 무죄로 판결이 나기까지 마음고생이 얼마나 크셨을까 생각하며 그 고통을 헤아려 본다. 그 고통이 '꽃동네'를 더 크게 발전시키는 반석이 되었으리라.

교구시설 투어를 마치고 돌아오는 버스 안에서 지역유지분들이 내 손을 잡았다. "신부님, 이번 기회에 천주교를 잘 알게 되었습니다. 저희가 학교설립에 무례하게 반대해서 죄송합니다. 저희의 반대로 많이 늦어졌지만, 내일이라도 기공식을 하시기 바랍니다."라고 말헸다. 마을 이장님과의 만남, 지역 기관장들과의 천주교시설 방문은 지역 주민들을 설득하는 중요한 계기가 되었다.

가까워지기 시작하다

＊＊＊＊＊ 2년여 동안 혹독한 통관절차를 치렀다. 우리가 환희리에 학교를 세우겠다는 뜻을 주민들이 이해해 주기까지 참 많은 어려움이 있었다. 지역유지들과 천주교 시설을 방문하고 그분들의 마음이 누그러지게 된 후, 하느님께서 이루신 일이니 감사미사를 봉헌하며 기쁨의 눈물을 흘렸다.

그날 이후 지역 주민들이 나를 알아보고 친절하게 인사했다. 고향 사람으로 인정받을 만큼 공감대가 커져 있었다. "신부님도 여기가 고향이라면서요?" 주민들이 반갑게 다가와 친교의 인사를 했다. 나는 그제야 진짜 고향 사람이 되었다.

지난 일들을 회고하며 하느님의 뜻을 헤아렸다. 왜 세 곳의 폐교에서 우리 계획이 물 건너가게 되었는지, 3개월 동안 고향 주민들이 나에게 왜 혹독한 통관절차를 거치게 했는지 그제야 알았다.

환희리 마을의 단단하고 좋은 터를 우리에게 주시려고, 지역 주민들과 한마음이 되게 하시려고, 마음 놓고 학교를 세워주시려고 하느님께서 바라시고 계획하신 바람에서 비롯된 것임을 알게 되었다.

나는 하느님의 섭리를 보았다. 폐교된 기존 건물을 다시 손질해 학교를 세웠다면 고통은 없었겠지만, 이는 하느님께서 바라시는 일이 아니었던 것 같다. 우리의 바람대로 이루어졌더라면 어떤 모양으로라도 또 다른 고통을 직면하게 되었으리라.

어느 대안학교 개교식에서 있었던 일이다. 폐교를 활용해 학교를 설립하고 개교식을 하는데, 입학생들이 리모델링 한 학교 유리창을 쇠파이프를 휘둘러 다 깨부수었다고 한다.

입학생들은 '우리를 이렇게 다뤄도 되는 거냐?', '이게 우리를 위한 대안학교란 말이냐?', '대안학교를 하려면 새 건물에 제대로 해야 하는 것 아니냐?', '우리는 새 건물에서 시작하고 싶다.'고 말했다고 한다. 그 소식을 듣고 있으려니 간담이 서늘했다.

'우리가 그동안 겪은 어려움 속에서 학생들을 새로운 땅에서 새롭게 담으시려는 하느님의 의도가 있었구나!' 하는 생각이 들었다. 하느님께서 왜 나를 옥산이란 고향까지 이끌어 주셨는지, 이름도 아름다운 '환희리' 마을에 우리를 뿌리내리게 하셨는지, 이 모두가 하느님의 뜻이었음을 깨닫고 마음의 평정을 찾았다.

그리고 여러 차례 십자가를 지고 오르던 언덕들과 어둠의 긴 터널을 지나온 시간을 되돌아보았다. 여기까지 무사히 왔다는 안도감에 눈물이 날 정도로 고마웠다. 하느님의 현존, 그분의 자비로운 손길과 지극한 사랑과 돌보심에 감사를 드리지 않을 수가 없었다.

'우리가 그러한 구원의 손길을 더 잘 느낄 수 있도록 예수님께서 이런 고통을 특별히 마련하셨구나' 생각하며, 오랜만에 신앙고백다운 고백을 내 입으로 새로이 했다. 이는 성사가 되지 못한 미성숙한 사제를 성숙한 성사의 사제로 만들어 주는 축복의 시간이었다.

과정은 고통스러웠지만 아, 아름다운 결과여! 지금은 그 덕분에 할 이야기가 많아져서 하느님께 찬양의 노래를 한다. 그리고 모든 분에게 감사를 드리고 있다.

⛪ 무지개가 뜨다

＊＊＊＊＊ 학교 탄생에 목말라 있던 중에 무형의 학교에 낭보가 날아들었다. 1997년 9월 충청북도 교육청이 학교설립계획을 승인한 것이다. 1997년 11월 21일에 기공식이 있었다. 공사 기간이 촉박했지만, 그해 겨울은 따뜻했다. 덕분에 밀린 공사가 순조롭게 진행되었다.

이듬해 1998년 1월 21일 도 교육청에서 공문을 통해 '양업고등학교' 남녀 각각 스무 명씩 마흔 명의 '특성화고등학교'로 설립을 인가한다고 알려왔다. 그리고 곧이어 교육법시행령 제69조의 2에 의해 대안교육 특성화고등학교 지정승인이 있었다.

학교가 무형의 상태에서 유형의 상태로 비로소 태어나게 된 것이다. 이런 예는 대한민국에서 유일무이했다. 지역에서 "이제 마음 놓고 기공식을 하세요!" 하니, 그 말이 꿈인지 생시인지 믿어지지 않았다.

학교 건물 기공식이 있던 날이었다. 날씨가 예사롭지 않았다. 기공식 시간에 맞춰 내빈들과 자리에 함께하려는데 난데없이 세찬 바람이 일더니 천둥 번개를 동반한 소나기가 내렸다.

이스라엘 백성들이 이집트 탈출할 때의 장면을 떠올렸다. "모세가 바다 위로 손을 뻗었다. 주님께서는 밤새도록 거센 샛바람으로 바닷물을 밀어내시어, 바다를 마른 땅으로 만드셨다."탈출기14,21 갑자기 불어닥친 돌풍과 소나기는 기공식을 하려는 순간, 본부석 텐트를 날려버렸다.

기공식 절차는 모두 생략되었다. 이사장 인사 말씀도, 내빈들의 축사도 날아가 버렸다. 역경을 딛고 하게 된 기공식이라 이사장이신 주교님과 내빈들이 축사를 잘 준비했을 텐데, 아쉬웠지만 접을 수밖에 없었다. 첫 삽을 뜨는 것으로 끝을 맺으려는데, 돌풍과 세찬 비가 이상하게도 곧바로 멎었다. 식이 끝나자 아무 일도 없었다는 듯 구름이 걷히고 무지개가 선명하게 떠올랐다. 내빈들이 기뻐하며 박수로 답했다.

학교행사에 무지개가 떠오른 것은 두 번이었다. 첫 번째는 첫 삽을 뜨던 기공식 날이었고, 두 번째는 우리 학교가 2013년에 미국 국제교육학회인 윌리엄 글라서 학회로부터 세계 쉰세 번째로, 아시아권에서는 첫 번째로 '좋은 학교'Quality School 인증마크를 받던 날이었다.

요란한 돌풍과 빗줄기 세례는 그동안의 고통을 깨끗이 씻어주었고, 무지개는 새로운 출발을 알리는 하느님 현존의 표징이었다.

기공식이 끝나고 인사차 면사무소를 들렀을 때 지역 청년들의 숨겨놓았던 계획에 관해 얘기를 들었다. 우리는 전혀 눈치채지 못했는데, 여전히 학교설립을 반대하며 앙금이 남아 있던 일부 지역 주민들이 기공식 하는 날 방해 공작을 준비했었다고 한다. 기공식 전날 학교로 이어지는 도로를 경운기와 트랙터로 차단하고 기공식을 위해 찾아오는 내빈들의 진입을 방해해 행사를 무산시킬 계획을 세운 것이다.

그런데 하느님께서 돌풍과 세찬 비를 통해 그들의 계획을 무력화시켜버리고 말았다. 반대하는 이들의 생각을 완전히 묶어 놓은 셈이었다. 비가 오던 그 시간에 젊은이들이 모여 회의를 했다고 들었다. '이렇게 비가 세차게 내리는데 기공식을 하겠어?' 하며 기다렸던 모양이다.

이 말을 전해 듣는 순간 고통스러운 지난 일들이 머릿속에서 주마등처럼 스쳐 지나갔다. 우리는 가슴을 쓸어내렸다. 도와주신 하느님께 감사드리며 다함께 모여 감사미사를 드렸다.

일 진행이 지지부진할 때마다 계획되어 있던 미래가 불투명해져서 하느님께 원망도 많이 했다. 그런 원망은 당연한 일이라 여기며 일이 더디다고, 앞이 너무 캄캄하다고 하소연을 하곤 했다. 1996년 4월에 시작한 학교 설립과정은 첫 삽을 뜰 때까지 이렇게 한 사제를 철들게 했다.

우리와 함께 하느님께서는 살아계셨고 우리의 구세주가 되셨고 성령께서 우리의 마음을 뜨겁게 달궈 그 모든 과정이 하느님의 보살핌 속에 이루어진 것임을 깨닫게 해주셨다. 무지개가 뜬 양업고의 기공식, 마치 빛의 신비를 본 듯 감개무량하여 지금도 그 기억이 생생하다. 하느님께 감사드리고 또 드린다.

그 후 내가 정년이 되어 학교를 떠나며 '좋은 학교Quality School' 인증마크를 선물로 받던 날 또 한 번 무지개가 떠올랐다. 그날의 무지개는 영광을 노래한 기쁨의 선물이었다. 학생과 부모와 선생님들은 큰 박수로 하느님께 답했다.

⛪ 학생들과 만나다

★★★★★ 20년이 지난 지금도 여전히 우리 교육은 무리수를 두고 있다. 유치원부터 시작되는 선행학습, 선수학습, 수월성교육, 조기교육 등, 이 모든 것이 무리수 교육이다. '제4차 산업 혁명시대'를 준비하면서도 교육은 여전히 무리수 교육만을 고집한다. 귀동냥해서 얻은 정확하지 않은 정보에 의존한 교육전문가들 때문이다.

개개인의 다양성은 인정받지 못한 채 모두 한 방향으로 피라미드 정점을 향해 나아가고 있으며 1등 천재만을 고집하고 있다. 인문계 1등은 무조건 S대 법대를 가야 하고, 이공계 1등은 S대 의대밖에 모른다.

부모들은 교육의 다양성을 인정해 주고 인간존중에서 출발해 자녀가 행복할 권리를 누릴 수 있도록 해야 한다고 말하지만, 이를 용납하지 않는다. 그리고 교육과정을 무시한 무리수 교육을 통해 지루한 경쟁이 이어진다. 희생된 학생들을 곁에 두고 있는 이들은 그 학생들과 함께 감당하기 어려운 고통을 겪을 수밖에 없다.

그런데 드디어 그 학생들을 만난 것이다. 고통의 시간을 용케 견디며 16년을 살아온 학생들이었다. 학교현장은 언제나 풍랑이 일렁거리는 바다 위에 뜬 배와 같았다. 학교라는 배가 뒤집힐 듯한 위기는 매순간 찾아왔다. 나는 만나는 신자분들을 붙잡고 애원하듯이 기도를 부탁했다.

그러나 주님께서는 늘 우리를 지켜주셨고 무수한 고비를 지나 지금은 제 자리를 찾은 교육의 부활을 보며, 감사한 마음으로 주님 앞에 엎드려 무릎 꿇고 경배를 드린다. 학교를 가꾸어가며 학생들을 만나 신앙고백의 완성을 볼 수 있게 된 것이다.

놀이는 체험이며 체험은 교육이다

* * * * * 대한민국 구석구석 들로, 산으로, 또 해외를 누비며 수많은 체험 현장에서 학생들을 일으켜 세웠다. 그리고 그 현장에서 우리는 학생들이 놀 수 있게 해주었다. 놀이를 통해 교육은 유리수有理數, rational number에서 무리수 교육無理數, irrational number으로 옮겨 갔다. 나의 교육 슬로건은 '교육은 체험이다. 체험은 교육이다'인데, '다양한 놀이 체험'은 높은 산에서 그 절정을 이루었다.

학생들은 야트막한 산에서 시작해 제일 높은 산으로 올라갔다. 중국의 광활한 만주 벌판에서 좁은 마음을 큰마음으로 키워내며 새롭게 했다. 거칠어진 마음은 농촌과 어촌에서 부드럽게 다듬어졌다. '히말라야' 설산을 오르며 인내심을 키웠고 성취감을 느끼게 되었다.

그리고 현장에서 보고 만지고 듣고 세상을 체험하며 인성을 다졌다. 인성을 키우기 위해 인간관계를 넓히고 세계관을 익혔다. 그들은 우르르 교실로 돌어와 높이 오른 만큼 넓게 본 만큼 자신도 높여지고 넓어

져야 한다며 공부를 시작했다.

체험을 통해 실컷 놀이를 하며 유리수 교육에서 시작해 무리수 교육을 감당할 수 있도록 끌어 올렸다. 새싹이 돋아나는 봄날에 초목이 기지개를 켜듯, 학생들도 매번 봄이 오면 당당히 스스로 서보겠다는 변화의 움직임을 보여주었다. 학생들은 놀이 체험을 하다가 미래를 바라보며 마음의 허기를 느꼈나 보다.

잠만 자던 학생들이 일어나 나에게 대들었다. 방종하던 학생들이 미래를 생각하기 시작한 것이다. "신부님! 그동안 이 학교가 우리에게 무엇을 가르쳐 주었습니까?"라고 따져 물었다.

오랜 시간 기다렸던 그 날이 온 것이다. 나는 그 질문을 자유와 책임을 배웠다는 희망의 청신호로 알아들었다. 그 항변이 야속하게 들리지 않았고, 그들이 깨어나는 것이라 느꼈다.

학생들은 자기들끼리 신바람이 났다. 학교 밖에서의 체험교육 후 텅 빈 교실로 들어와 밤을 새워가며 공부하기 시작했다. 그들에게 이러한 학습동력이 생겨날 때까지 우리는 많은 시간을 기다려야 했다.

그러나 고통 속에서의 긴 기다림은 학생들을 아름답게 변모된 모습으로 만들었다. 우리 학생들이 즐겨 염색했던 가을 단풍을 닮은 머리빛깔은 3년을 지내는 동안 까만빛 머리칼로 바뀌었다.

부모님은 이를 지켜보느라 숱하게 속이 뒤집히는 일을 겪어내며 애간장을 녹였다. 까맣던 아버지의 머리칼은 자녀가 졸업할 무렵이면 백발로 변해 있었다. 고통의 빈도가 높아질 때면 암에 걸릴 것 같았다. 그런데 우리는 '고통'과 '죽음'의 위기를 넘으며 교육의 '부활'과 '영광'과 '빛'을 만들어낸 것이다.

⛪ 홀로서기

＊＊＊＊＊ 사제는 교구장이신 주교님과 사제단을 이루며 언제나 함께한다. 교회는 평소에는 추상적이지만, 전례를 통해 주님 앞에 백성들이 모이면 구체적인 교회로 생생하게 살아난다. 교구는 주교님을 중심으로, 본당은 파견된 사제를 중심으로, 하느님이 백성과 더불어 교회공동체를 이룬다.

그러나 특수 사목지에 파견된 사제는 교구장과 긴밀히 연결되어 기관과 시설에서 관리자로 일하게 된다. 이런 특수 사목 사제는, 본당이라는 교회공동체의 협력 속에 홀로 서야 한다. 그만큼 특수 사목 사제들은 사목하기가 힘들고 외롭다.

그런데 나는 본당을 떠나 특수 사목을 하는 사제로 홀로서기를 자처했다. 예수님의 일상을 바라보다가 나도 일반 관리자가 아닌 좀 더 어려운 현장에서 삶의 관리자가 되길 바랐다. 그리고 학교 관리자가 된다면 그중에서도 좀 더 척박한 곳의 관리자가 되겠다고 결심했다.

그렇게 바란 덕분에 드디어 현장으로 들어가 맨땅에 헤딩하며 홀로 서기를 오랜 시간 이어온 셈이다. 그런데 20년이 지난 오늘 되돌아보니, 하느님께서 바라시는 일이 놀라운 결실이 되어 그곳에 있었다. 홀로서기는 힘들었지만, 하느님을 만나게 되었으니 사제로 산다는 것이 얼마나 축복의 길인가도 알게 되었다.

가는 곳곳마다 존경을 받았지만, 그 모든 것은 신자분들의 희생에서 비롯된 것이었다. 교육청에서, 국회에서, 종합청사에서 사람들을 만날 때마다 하느님의 사람, 사제라는 이유 하나로 존경을 받았다. 그럴 때마다 내가 맡은 일 안에서 섬기는 종이 되어야 한다는 마음을 더 많이 갖게 되었다.

🏛️ 건축 후원금을 모금하기 시작하다

* * * * * 학교 건축을 위한 자금이 본격적으로 필요해졌다. 후원금을 모금하기로 했다. 교회에서 자발적 후원에 불이 붙었다. 교회 내 첫 후원은 충주 갈멜봉쇄수녀원에서 시작되었다. 수녀원 미사를 마친 후, 갈멜 수녀님들이 후원금을 주시며 기도를 약속해주었다.

수녀님들의 기도가 시작되자 공적公的인 기도문이 만들어졌다. 기도에 불이 붙고 자발적 후원금이 본당과 전국에서 답지했다. 학교설립의 욕구가 그토록 급박했던 것이다. 『매일 미사』 책에 전면 후원광고가 실렸다. 『매일 미사』 책을 활용한 광고는 그 효과가 엄청났다. 교구를 훌쩍 뛰어넘어 전국으로 확산되었다.

학교를 한다고 했을 때 도 교육청 담당자는, '학교를 건축할 재정이 교구에 마련되어 있느냐?'고 물었다. 나는 아무런 말도 하지 않고 웃고만 있었다. 그리고 '하늘에 계신 그분께서 학교를 지어 주실 거야.'라고 속으로 말했다.

그런 질문을 받을 때면 구구하게 답을 해줄 수가 없다. 나는 방법을 알지만, 그들이 알아들을 수 있는 답은 아니기 때문이다. 망망대해에서 재원을 마련할 방법을 고민하고 있을 때였는데 갑자기 나에게 들려오는 소리가 있었다. "자네는 전국구 신부야! 전국의 신자들이 네 신자란다." 하느님께서 나에게 들려주신 말씀이었다.

어머니께서 내가 힘들어 보였는지, "성직자가 뭐가 걱정이냐? 하느님이 계시고 신자들이 있지 않니?"라며 신앙의 선조 아브라함에게 하느님이 하셨던 말씀을 인용했다. '하느님께서 손수 마련해 주신다'라는 뜻이었다. 믿음의 어머니는 늘 그렇게 기운을 북돋아 주셨다.

학교 건물 건축현장에서 일하시는 분들에게 임금을 드리려고 은행에서 7천만 원을 빌렸다. 그런데 이튿날, 교도소 소년원 교정 사목 지도를 맡은 교구 총대리 김원택 신부님과 관리국장 이현로 신부님이 성가소비녀회 소속 김현남 힐데갈드 담당 수녀님과 함께 나를 찾아 왔다.

그 자리에서 수녀님은 통장을 하나 주셨다. 통장에는 7천만 원이 들어 있었다. 웬 성금이! 총대리 신부님은 '교정 사목 기금' 7천만 원 전액을 건물신축에 쓰도록 의견을 모았다고 했다. 교정 사목 담당 수녀님이 총대리 신부님에게 제안했다고 한다.

'이런 학교를 후원해야 교정 사목이 더욱 편해지는 것 아니냐?'며 수녀님이 제안했고 신부님은 수녀님의 의견을 기꺼이 받아들여 후원하게 되었다고 설명해주었다. 이 후원금에는 학교 밖 청소년이 밝게 자라나 선한 학생으로 태어나라는 뜻이 담겨 있었다.

통장을 전달해준 수녀님은 어제 내가 체불 임금을 지급하기 위해 은행에서 7천만 원을 빌렸다는 말을 듣고 놀랐다고 한다. 하필이면 7천만 원인가. 우연이 아닌 필연으로 하느님의 손길이 느껴지더라는 것이었다.

이 귀한 뜻이 자라났다. 20년이 지날 무렵 수녀님은 교정 사목의 아름다운 결실에 관한 내용을 담아 책을 펴냈다. 『겨울 빨래 수녀님한테 걸렸니?』라는 책이다. 그 글 속에 수녀님은 이 후원금에 관한 이야기도 자세히 써놓았다. 수녀님은 2018년 법무부에서 수여하는 교정 사목 대상을 받았다.

본격적인 후원금 모금에 시동을 걸었다. 말주변도 없고 돈 이야기라면 죄인처럼 주눅이 들었지만, 용기를 내기로 했다. 서울, 대전, 광주, 부산, 수원 등지에서 모금 강론을 하며 후원금을 모았다. 내가 처음 빌린 돈은 13억 원이었다. 미국 LA 한인 성당, 일본 동경 한인 성당, 호주 시드니 한인 성당도 나서서 도와주었다.

모금 덕분에 1차 공사는 3개월 만에 마무리되었지만, 그 후 본관동, 양업관, 수녀원, 여학생기숙사 등 6년간의 공사가 계속 이어졌다. 그런데도 한날한시에 태어난 건물처럼 학교 교사 동이 차례대로 예쁘게 완성되었다. 기단 건축사 정경수 소장의 마스터플랜 설계 덕분이었다.

학생들이 자유롭게 지낼 수 있는 학교 공간을 마련하고 싶었지만, IMF 상황이라 교구 역시 재정난에 허덕이고 있었고, 대지면적은 협소한 데다가 준공을 서둘러야 했으므로, 그 꿈을 펼칠 기회를 포기할 수밖에 없었다. 일자형, 'ㅁ'형 건축물이 되고 만 것이다. 대안학교 건물을 지으며 일본의 잔재인 통제하기 쉬운 건물구조를 그대로 답습한 셈이니, 지금까지도 아쉽다.

본관동 2차 증축공사를 다시 해야 하는데 돈이 부족해 1년을 기다려야 했다. 학생들은 증축이 대책 없이 지연되자, 후배들을 뽑지 않을 거냐고 조심스레 물었다. 1년이 다 지날 무렵 또 겨울 공사를 하게 되었다.

그때는 교육부의 특별교부세와 도 교육청 지원이 있었다. 그리고 미사 때마다 신자분들이 낸 정성 어린 헌금으로 학교가 예쁘게 만들어지고 있었다. 학생들은 증축공사로 불편해했고 수녀님들은 나와 함께 주일마다 저녁 늦게까지 타 교구 본당에 다니며 건축헌금을 모금해 돌아오곤 했다. 적은 금액이었지만, 학교가 서서히 틀을 갖추어가고 있는 것을 보는 것이 큰 기쁨이었다.

처음에는 학생들도 모금에 동참했다. 그 수고는 학생들을 변화시키는 힘이 되었다. 학부모들도 자발적으로 봉사에 참여했다. 학교가 증축되는 것과 비례해, 학생들도 미미하긴 했지만 조금씩 좋은 모습으로 변해가고 있었다.

선생님들의 기도

* * * * * 입학식이 끝났다. 유형의 학교가 태어나 학생들을 품어 안게 된 것이다. 그러나 새로운 학교에 입학한 학생들의 통제할 수 없는 행동들로 인해 날마다 새로운 하루가 시작된다는 것이 두려워 잠을 설쳤다. 시작한 일과가 천길 벼랑 끝을 걷는 것처럼 불안했다. 이러다가 폐교가 되는 것은 아닌지? 위기감에 시달렸다.

입학식이 끝나고 한 달쯤 지났을 때 주교님이 학교 소식을 들으셨는지 성목요일 성유축성미사에서 강론을 통해 우리 학교를 언급하며 기도해달라고 부탁하셨다. 예측불허, 동시다발, 돌발적 사건 사고가 하루 중에도 숫자를 세지 못할 정도였다. 학교는 격랑에 시달렸다.

초창기에는 학생들을 2주에 한 번 집으로 귀가시켰다. 그러나 귀가하지 않고 학교에서 지내게 되는 주말에는 학생들의 일탈이 많아졌고, 사건 사고가 새벽까지 이어졌다. 선생님들은 그들을 책임져야 했으므로 3년 동안 퇴근을 반납한 상태였다. 이는 근로기준법 위반이어서 노동부에 제소되면 관리자는 해고감이다. 다행히 선생님들이 모두 헌신적인 마음으로 학생들을 돌보면서 이 시기를 견뎌내 주었다.

학교를 세웠다는 기쁨은 있었지만, 훌륭한 선생님들을 모셔 놓고 참으로 미안했다. 시간외근무수당도 줄 수 없는 형편이었고, 선생님들도 쉴 시간이 필요했는데 3년이 지나서야 매주 집으로 귀가할 수 있게 되었다. 그제야 교사들과 수녀님들이 주말에 집에서 쉴 수 있게 된 것이다.

첫해 학생들은 학교에 적응을 잘하지 못했다. 전체 학생 중에서 절반 정도가 다시 학교 밖으로 나가 끝내 학교로 돌아오지 않았다. 개교 후 한 학기가 지날 무렵에는 재학생이 없어 학교 문을 닫게 되면 어쩌나 하는 걱정도 생겨났다. 우리가 가졌던 하느님의 일이란 약속이 뿌리째 흔들렸다. 하느님께 모든 일을 맡긴다며 날마다 하늘을 우러러 미사를 드릴 뿐이었다.

학생들은 마음속의 깊은 상처 때문에 앓았다. 낮에는 창문에 커튼을 치고 깊은 잠에 빠졌고, 해가 지면 스멀스멀 일어나 불나비가 빛을 따라 움직이듯 돌진하다가 부딪히고 주저앉았다. 그 모습을 보고 있으려니 마음이 너무 아팠다.

선생님들과 나는 그 학생들의 행동이 몹시 낯설었다. 통제가 안 되는 그들을 대책 없이 바라보며 멍청히 지낼 뿐이었다. 우리는 학생들을 위해 몇 가지 원칙만 정했다. '그들을 판단하지 말자, 비난하거나 설교하지 말자, 그들을 강제하지 말자, 언어적 폭력은 금물이다.'

그러나 우리는 통제하고 지시하고 명령하는 분위기에서 자라와서 그런지 한 번씩 열불이 나는 것을 참기 어려웠다. 마음이 급한 부모님은 여전히 자녀를 통제하고 지시하며 명령하려 했지만, 선생님만은 그래

서는 안 된다고 다짐했다. '기다려주자', '그들과 함께하자', '그들 수준으로 우리가 내려가자.'

그랬더니 우리를 얕잡아 본 것인지, 정제되지 않은 언어로 분노를 폭발하며 마구잡이로 대들었다. 교사, 학부모, 자기들을 부정하고 관심을 두지 않았던 모든 기성세대에 대한 반항이었다. 학생들은 우리도 그들과 한 패거리라고 여기며, "우리를 사랑한다고? 어디 한번 해봐라. 웃고 있네!" 그동안 당했던 모든 분풀이를 우리에게 해댔다. 선생님들의 자존감과 삶의 질이 형편없이 망가졌다.

그래도 '언젠가는 공휴일에 집에 돌아가 쉬며 좋은 곳에서 커피를 여유롭게 마실 날이 오겠지' 하는 꿈을 꿨다. 그리고 '행복하여라, 마음이 가난한 사람들'로 시작하는 예수님의 진복팔단을 마음에 새기고, 예수님의 일상을 배우며 용기를 내어 기도할 뿐이었다.

그 후 긴 시간이 지나고 내가 정년이 되어 학교를 떠날 때, 하느님께서는 "기뻐하고 즐거워하여라. 하늘나라에 받을 상이 크다.마태5,12"라고 하셨다. 그런데 그 상을 미리 지상에서 받게 되었다. 대안 교육 특성화 학교인 양업고등학교에서 지내며 대통령 표창, 포스코 청암 교육상, 충북의 최고 단재 교육상, 국가가 수여하는 35년간의 교직자 상인 근정훈장까지 받게 된 것이다. 그리고 미국 윌리암 글라써 학회로부터 '좋은 학교' 인증마크까지 수상했다.

이는 내가 잘해서 받은 상이 아니라, 나와 뜻을 함께하며 끊임없이 고민하고 인내하며 그 시간을 견뎌온 선생님들과 공동체가 수상한 의미 있는 상이었다.

🏛 초창기 선생님들

***** 개교 첫해에는 수사님, 수녀님으로만 교사진이 이루어져 있었다. 그런데 학생들의 이해할 수 없는 방종이 수사님, 수녀님들을 견뎌내지 못하게 했다.

학생들은 '너희들 맛 좀 볼래? 너희가 우리를 사랑한다고?' 하며 수시로 수사님들과 수녀님들을 십자가에 매달고 시험했다. 어느 수녀님은, "여기서 지내다가 암에 걸릴 것 같아요."라며 하소연했다. 그만큼 힘들었다.

개교 1년 후 교감 수녀님 한 분만 남고 다른 수사님들과 수녀님들은 학교를 떠나기로 결정했다. 종업식이 있던 날, 학생들은 수사님들과 수녀님들이 떠난다는 소식을 들었다.

"떠나지 마세요. 잘못했어요. 잘 할게요." 학생들이 교장실 바닥에 앉아 선생님들이 떠나지 않도록 해달라고 울었다. 학생들이 눈물을 흘리며 애원했지만, 이미 수도회의 소임 결정이 내려졌고, 학생들의 요청은 받아들여지지 않았다.

그렇게 학생들을 보듬고 사랑했는데, 수사님들과 수녀님들에게 악몽을 꾸게 하고 그로 말미암아 떠나게 되었다는 이야기는 학생들이 자신들의 행동을 되돌아보게 하는 계기가 되었다. 그 충격으로 학생들은 방종을 접고 '진정한 자유'를 향한 새로운 삶을 시작하게 되었다. 학교가 조금씩 변화되어가고 있었다.

교실이 싫고 교과서와 연필을 지워버린 학생들이 보여준 오감만족의 방종이 이제는 멋으려나. 일반 교사들을 공개 채용했다. 훌륭한 교사들이 대거 찾아 왔다. 물론 그 선생님들 일부는 얼마 견디지 못하고 다른 삶의 현장으로 떠났다.

예수님께서는 제자를 선발하실 때 어떤 제자들을 뽑으셨을까? 어부들이 대부분이었다. 농부 출신도 있을 법한데 농부는 없었다. 세관장 마태오, 혁명당원 시몬, 재정에 능통한 이스카리옷 유다도 있었다. 어부 출신이 많은 것은 그들의 삶이 변화무쌍하기 때문이었을 것이다. 삶의 공식을 예측할 수 없는 망망대해에서의 삶.

그런데 농부들은 삶의 공식이 나와 있는 사람들이다. 농부는 성실한 사람들의 대명사이다. 그래서 어부 출신 제자들이 대거 예수님의 제자들로 선발된 것이 아닐까. 그들은 모두 중간 그룹의 사람들이었던 것 같다. 예수님은 제자들도 양성이 되면, 위와 아래를 고루 살피고 바라보며 수준을 헤아릴 줄 아는 인재가 될 것이라고 여기셨을 것이다.

교사들은 국가고시인 임용시험에 합격한 엘리트들이다. 그 엘리트들이 학교현장에 서면 학생들 앞에서 공부 잘한 자랑을 할 것이고, 문제를 일으키는 중 하위권 학생들을 보게 되면 문제나 그 해결방법을 살피기 전에 무시하고 강제하는 복고적인 태도를 벗어나기 어려울 것이라는 생각이 들었다.

그래서 선발된 그룹에서 교사들을 뽑기는 했지만, 중 하위권 학생들을 이해하고 품어주며 이끌어 줄 수 있는 교사를 선발했다. 자기소개서에서 여유롭고 넉넉한 마음의 소유자이며 학창시절에 경험을 많이 한 교사인지부터 먼저 살펴보았다.

학교현장에서 교사들이 학생들로부터 상처를 많이 받아, 치유를 받아야 할 교사가 많다는 말도 들었다. 학생을 다스릴 줄 알아야 하는데 공붓벌레인 교사를 선발해 현장에 서게 하고 있으니 그 현장이 얼마나 어렵겠는가.

학부모의 욕구는 더욱 강해지고 학생들은 교사들을 존경하지 않으니 샌드위치처럼 그사이에 끼어 곤욕을 치를 수밖에 없을 것이다. 이 문제는 교육 부재의 큰 원인이기도 하다. 어디 교육 부분만 그런가. 각 부서의 관료들 또한 현실감각이 없고 법전만 뒤지며 융통성이 없는 것은 마찬가지이다.

✱✱✱✱✱　우리 학교에 근무했던 선생님들은 그때 힘은 들었지만, 보람이 있었다고 말한다. 교사들도 학생들과 함께 세상을 바라보는 시야를 넓히고 사고의 폭을 넓혀갔다. 지리산, 백두산, 한라산, 설악산에서 나아가 세계의 지붕이라는 히말라야까지 올라갔다.

야트막한 들판에서 유리수를 헤아리기 시작했다. 그런데 학생들의 마음이 산만큼 높아지고 커지자 어느새 그들은 무리수를 만나도 두려워하지 않게 되었다.

제일 고양(高揚)된 점은, 그들이 철학적인 사고를 하게 되었다는 점이다. 생리적 욕구만 중요하게 여기며 동물적 인간 상태에 머물러 먹고 마시고 피워대고 잠자며 지내던 학생들이 높은 산 같은 좋은 그림으로 머릿속을 물갈이하게 되었다. 철학적인 사고를 할 줄 아는 인간으로 성장하게 되었으니, 자신들의 변화가 누구보다 기뻤을 것이다.

바닥에만 집착했던 계곡 바닥형, 자존감이 없고 열등감으로 뭉쳐 자기를 학대하는 자아 포기형, 나도 교사들도 처음에는 우리도 엘리트인 지라 그런 학생들에게 혹독하게 비난했다.

그런데 학생들이 달라지자 그들을 비난했던 나의 잘못도 깨끗이 사라져버렸다. 학생들이 동력을 찾고 미래를 바라볼 힘이 생겨났을 때 사제로서, 교사로서 내 마음가짐도 깊어졌다.

🏫 동고동락한 양업고 교사들

* * * * * 개교식과 입학식 후, 첫해 일 년 동안 수고한 수도자들이 정말 고맙다. 첫해에는 학교생활이 가능한 학생들을 선발한 것이 아니라 지원한 학생 마흔 명을 모두 용감하게 입학시켰다. 학교에서 가정에서 버림받고 상처받아 나병환자가 되고 중풍병자가 된 학생들이었다. 내적으로, 외적으로 병이 난 학생들이어서 야단을 칠 수도 없었다. 누가 이 청소년들을 이 지경으로 만든 건지 안타깝고 슬펐다.

그 수도자 선생님들은 제일 감당하기 어려운 아이들과 맨땅에 헤딩하며 사랑으로 함께했던 분들이다. '그래, 그동안 상처가 컸으니 너희들 하고 싶은 대로 한번 해보렴.' 하는 마음이 들기도 했다. '해', 혹은 '하지 마!' 하는 명령과 통제를 할 수가 없었다. 아이들은 다 무너져내린 건물 같았다. 그런데 그분들이 아이들을 끌어안고 일 년을 살았다.

그저 잠시라도 쉴 수 있는 공휴일이 그리웠다. 그런데 십자가만 지고 고통만 겪으며 빛도, 영광도 보지 못하고 꿈도 꾸지 못한 채, 그분들은 양업고등학교를 떠났다. 그래도 나처럼 오래도록 있다 보면 빛도 보고 영광도 보았을 텐데, 양업고등학교에 대한 좋지 못한 기억만 안고 살아갈 그분들을 위해 기도한다. 그리고 그들의 고통 덕분에 훗날 그릴 수 있게 된 좋은 그림을 대신 입력시켜 드리고 싶다.

두 번째 해에 새로운 교사들이 자리를 잡았다. 세속함과 거룩함이 부딪혔다. 16년 동안 교실에서 양성된 교사들과 선택된 마흔 명의 학생들2년 차부터 지원자가 3:1의 경쟁률을 보였다이 함께 지내게 되었다. 그때만 하더라도 예비교사들이 넘쳐났다. 너도나도 대안학교에 투신하겠다고 찾아 왔다.

그러나 그들은 누군가를 위해 투신해 본 적이 없는 사람들이었으며 오로지 교실과 학원에서 지낸 교사들이었다. 생물 선생님은 명문여대 출신이었는데, 그분의 화분에 식물이 죽어 있었다. 선생님은 나를 찾아와, "신부님, 이거 살았어요? 죽었어요?"라고 물었다. 삶의 현장에 대한 경험과 사랑은 없고 오르지 시험 문제지만 풀다가 찾아온 교사였다.

노작을 담당한 교사는 논밭을 만나 본 경험이 없는 엘리트 교사였다. 그들은 얼마 후 좋은 학교(?)로 떠났지만, 큰일 났다 싶었다. 예수님은 어부, 세관장, 혁명당원을 제자로 뽑아 세웠다. 그들은 삶의 현장에서 살았던 사람들이었다. 그들은 예수님께서 중하위권 사람들과 지내시며 생명을 만들어 내는 것을 가까이에서 보았으며, 그들이 사도가 되었을 때 중하위권 사람들과 함께하며 그들을 보살폈다.

엘리트 교사들은 과연 우리 학생들을 경험한 기회도 없었고, 그들을 사랑해본 기회도 없었다. 공부 잘한 것, 칭찬받은 것을 자랑하며 교사가 된 사람들인데, 과연 그들이 투신할 수 있을까? 불가능하다고 여겼다. 왜냐하면, 실전 경험이 전혀 없는 현장 파견자들이기 때문이다.

공부는 이론으로 했겠지만 현실 적용과는 엄청난 괴리가 있었다. 교사들은 말한다. 학생들에게 존경받지 못하고 늘 고통 속에서 지내며 하는 말이 있다. "내가 이러려고 교사가 되었나 자괴감이 듭니다." 교사들의 얼굴은 편치 않았다.

초창기에는 나 또한 마찬가지였다. 사제이면서 관리자로서 여유가 없었다. 그때 내방자들은 이렇게 물었다. "신부님은 왜 그리 얼굴이 늘 어둡습니까?" 그만큼 마음의 여유가 없다는 표시였다.

엘리트가 관료가 되면 생명이 될 수가 없다는 것을 깨닫게 된 소중한 경험이었다. 그들은 위에서 놀았기 때문에 그들의 아래를 모른다. 관료들은 아래를 알고 살펴야 할 사람들이다. 그러나 그들은 언제나 기득권자일 뿐이다. 그들은 저잣거리의 사람들을 모른다. 그들을 위해 일하겠다고, 투신하겠다고 하면서 직업관을 익히고 공직에 서지만 힘들어서 견디질 못한다.

그래도 학생들과 오래도록 함께 지낸 사람들은 그곳에서 사랑하는 법을 배우고 익혔다. 수녀님 한 분은 양업고에서 10년을 살았고, 또 다른 한 분은 14년을 살았으며, 나는 16년을 살고 그곳을 떠났다.

그곳에 살며 나는 위, 아래를 살피며 생명이 되어줄 방법을 체험으로 터득하게 되었다. 그리고 내게 슬로건이 생겼다. '놀이는 체험이다. 체험은 교육이다.' 덕분에 나도 학생들도 환히 빛나게 되었다. 삶이 두렵지 않다. 얼굴이 확 펴졌고 여유가 생겼다. 이제 우리는 또 다른 대안을 마련해야 한다. 죽는 날까지 말이다.

🔔 약속하고 기다려주어라

***** 개교를 하고 난 다음부터 아침 5시에 일어나 아침기도를 하고 미사를 할 때까지 학생들이 마구잡이로 버린 꽁초를 주우러 학교 안을 돌아다녔다. 운동장이고 복도, 화장실, 교실에까지 꽁초가 버려져 있었다. 그들에게 담배는 무료함을 달래주는 유일한 수단이었다. 책보다 교실보다 학교보다 담배를 더 좋아했다.

그러나 언젠가는 꽁초를 줍고 청소하는 교장의 마음을 그들이 헤아려 줄 것이라고 생각한다. 누가 꽁초를 줍고 청소를 하는지, 누가 이런 일을 하고 있는지 그들도 알고 있을 것이다. 그런데 아직은 변할 마음이 없는 것 같다.

변하지 않는 그들의 현실을 보다가 화가 치밀었다. 그들의 수준이 바닥이기 때문이 아니라, 담배의 타르가 바닥에 뱉어낸 그들의 가래침과 범벅이 되어 봉 걸레로 그 더러움을 닦아내기가 쉽지 않았기 때문이다.

'도대체 누가 이런 학생들이 되도록 만들어 놓은 것일까?' 그러다가 생각을 달리했다. 그때부터 담배를 태우는 학생들을 나무라고 싶지 않았다. 그들의 마음을 보다가 그들의 마음을 읽게 되었다. 학생들을 탓하기보다 이 문제의 근본적인 원인을 탓하게 된 것이다. 그것이 나의 첫 변화였다.

곤충에게서 촉각을 제거하면 방향감각을 잃는다. 첫해의 학생들은 방향감각이 심하게 고장이 나 있었다. 아니, 고장 난 것이 아니라 아주 많이 망가져 있었다. 학생들은 학생이 아니었다.

교사들은 텅 빈 교실에서 혼자 서성였다. 학생들을 기다렸지만 아무도 들어오질 않았다. 아니, 들어 올 수가 없었다. 교과서 안에 든 지식을 전혀 이해할 수 없으니, 학생들에게 교실은 지옥이었다.

학생들은 교사의 주파수에 맞춰지지 않았다. 얄팍한 쾌락만을 찾아 학교 밖으로 움직였다. 낮에는 기숙사 안에서 자취를 감추고, 밤에는 기숙사 밖에서 영롱한 별처럼 빛나고 있었다.

밤새껏 피워대던 담배는 껌벅거리며 바닥에서 뒹굴고 연기는 학교 전역에서 피어올랐다. 그것을 그들에게서 강제로 빼앗을 수도 없었다. 그들에게 금연을 강제한다면, 흡연을 위해 즐겁고 편안한 장소를 찾아 학교 밖으로 나갈 것이 분명했기 때문이다.

학생들의 흡연은 학교에서 온종일 지내야 하는 무료함을 달래줄 유일한 수단이었다. 나는 그들에게서 담배를 빼앗기보다 흡연을 해야 한다는 쪽이었다. 그들의 마음을 헤아렸기 때문이다.

물론 그들에게 금연을 강제해 보기도 했지만, 그것은 무리였다. 학생들은 흡연을 위해 산으로 숨어들었고 그곳에서 담배를 피우다가 산불을 냈다. 불은 사흘 밤낮을 걸쳐 타다가 꺼지기를 반복하더니, 기적적으로 꺼졌다.

연속해서 세 번 산불로 다 타버린 학교 숲을 생각하며 가슴을 쓸어내렸다. 그리고 다시는 그런 일이 일어나지 않도록 해야 한다고 마음먹었다. 소 잃고 외양간을 고치는 대신, 그 일 이후 그들에게 흡연 터를 마련해 주었다.

"애들아, 여기서만 태우거라!" 하고 컨테이너를 하나 마련해 주었다. 학생들은 그 일만은 약속을 잘 지켰다. 강제하지 않고 자신들의 마음을 존중해주어서일까?

나는 새벽에 일어나 흡연 터를 날마다 청소하고 구석구석에 그들이 버린 꽁초를 주웠다. 금방 청소한 자리에 학생들은 우르르 다 달려와 한바탕 흡연을 하고 타다 남은 꽁초를 버렸다. 꽁초가 바닥을 뒹굴며 연기를 피워내고 있었다.

그러나 흡연 문제로 학생들을 비난하지 않기로 했다. 비난하면 내가 먼저 마음이 뒤집히니까, 생각을 바꾼 것이다. 그들이 다양한 체험으로 인생 목표가 생겨나고 인성이 기초를 다져 고양될 때까지 그들은 꽁초를 버릴 것이라는 생각이 들었다. 그런데 3년이 지나자 흡연 터 외에는 그 어느 곳에서도 담배를 피우지 않았다. 그것만으로도 성공적이었다.

초창기에 교육청 관리자들이 학교를 방문했을 때 흡연 터가 있는 것을 보고 말했다. "흡연 터가 있는 이곳은 학교가 아니잖아요?" 학생들은 모범이 되는 기성세대들을 몹시 싫어했다. 그들을 보면 피가 거꾸로 솟는지 반항이 격해졌다. 외부인사의 방문도 아랑곳하지 않고 보기 좋게 피워댔다.

1998년 첫해에 교육부 장관인 이해찬 장관이 학교를 방문했을 때의 일이다. 방문객의 주차를 위해 운동장이 주차장으로 변했다. 학생들은 자신들의 공차기를 방해했으며, 자신들을 존중하고 배려를 해주지 않았다고 그 앙갚음으로 수북이 쌓인 꽁초 재떨이를 들고나와 깨끗이 청소한 화장실 바닥에 쏟아붓고 갔다. 예의만을 강요하는 기성세대에 대한 반발이었다.

술 문화

＊＊＊＊＊ 학생들은 술을 마셨다 하면 밤새껏 마셔댔다. 3층 건물이 학생 기숙사인데 밤이면 식당 배달부가 통닭과 술병을 두레박에 담아 올려주었고 학생들은 두레박에 돈을 담아 내려보냈다. 사제관에서 멀리 떨어진 학생 기숙사가 아니면, 화장실에서, 혹은 강가에 나가 거창한 회식 판을 벌였다. 남학생들이 특히 그랬다.

이런 행동을 바라보는 교사들은 속이 타들어 갔지만, 일일이 그러한 장소를 적발할 수도 없었다. 그런 일을 감당하고 교육하는 것은 교장인 내 몫이었다.

여학생들은 화장을 진하게 하고 무단으로 학교 밖으로 내달리며 일탈을 했다. 그들의 달라진 모습은, 그들이 무사히 돌아오기만을 애타게 기다리고 있던 우리를 질리게 했다. 마음이 숯처럼 타들어 갔다.

그들은 밤새워 놀았던 게임방과 음식점에서 외상을 곧잘 하곤 했다. 그러다가 그 돈을 갚으라고 하면 '게임방을 계속하고 싶으냐?', '음식점을 계속하고 싶으냐?'며 업주에게 엄포를 놓거나 공갈을 치거나 협박했다. 어느 한 곳 인성이 제자리를 잡은 곳이 없었다.

원초적인 본능만 살아 욕구가 발동하면, 제멋대로 행동하면 그만이었다. 양질良質의 특성을 뜻하는 'Quality'와는 거리가 멀었다. "왜, 저희는 술을 못 마십니까? 설득이 되게 답을 해 주십시오." 초창기 학생들의 항변이었다.

무질서에서 질서로

＊＊＊＊＊ 어느날, 기숙사를 들여다보고 놀랐다. 학생들이 샤워를 한 후 물기를 닦지 않고 방에 들어와, 벗어놓은 옷을 밟고 그 위에 서서 물기를 닦고 있었다. 물 묻은 옷가지들이 방바닥에 널려 있었다. 세탁물은 쌓여있고, 이부자리는 방바닥에 나뒹굴고, 방안은 온통 쓰레기장을 방불케 했다.

선생님에게 기숙사 정리정돈을 부탁했다. 그러자 선생님은, "학생들이 스스로 선택할 때까지 기다려주라고 하셨잖아요. 기다리는 중입니다."라고 대답했다. 교사들의 태도에 놀랐다. 학생들의 '자유'에 대한 해석에 오류가 심각하다면 교사는 대안이 있어야 하는데, 교사의 생각에 오류가 심각하다고 느꼈다.

끊임없이 기다려주기만 한다면, 학생들에게 교사의 역할은 과연 무엇인가? 묻고 싶었다. 학교 관리자로서 또 다른 걱정이 생겨났다. '자유'는 행복의 조건이다. 모두가 행복하길 바란다. 그리고 그 '자유'는 원칙으로부터 자유로워야 한다.

축구선수가 경기 중 자유로우려면 규칙에 충실해야 한다. 그 규칙 속에서 공수를 하고 목표인 골문을 공략하며 득점을 얻어내야 한다. 만일 축구선수가 규칙을 따르지 않고 공수를 하며 볼을 찬다면 엄청난 무리수가 발생하게 된다. '탈脫학교 운동'을 말하는 교육학자들이 있다. 신선한 것 같지만, 이는 일고 考의 가치도 없다.

한국교원대학교 대학원에서 '자유의 교육적 의미'를 주제로 논문을 썼다. 이는 함께하는 교사와 학생들에게 '자유'를 분명하게 제시해야만 했기 때문이다. 특히 우리나라 같은 상황에서 '자유'란, 정의적 해석을 하기 어렵다. '자유'라는 개념이 어떤 것인지 구체적으로 배워서 알고 성장하지 않았기 때문이다.

자유에 대한 의미도 문화적 관습 안에서 전혀 훈련되어 있지 않은 탓에 생소하기만 했다. 적극적인 자유를 펼쳐주기를 기다려봤지만, 방종에 가까운 소극적 의미만 누리는 모습을 보며 실망할 수밖에 없었다.

보는 곳에서는 잘 지켜지지만, 안 보는 데서 모두 눈속임을 하는 것을 보면 쉽게 이해할 수 있다. 어떻게 하면 자발적이고 자기 주도적인 자유를 만들어 낼 수 있을까, 고민이 되었으므로 공부를 시작한 것이다.

선생님들도 '자유'의 의미를 제대로 이해하지 못하고 있는 것 같았다. 먼저 선생님들이 자유의 의미를 제대로 이해할 때, '자유로운 학교'가 될 것이다. 매일 교사회합을 열었다. 회의會議가 자주 열리면 구성원은 회의적懷疑的일 수밖에 없지만, 그래도 회의를 열어 주제 파악을 하며 대안을 숙의해야 했다.

그리고 전체 학생회의 통해 양업공동체가 행복하게 살길을 찾아내기로 했다. '왜, 학생들은 술을 마시면 안 되나요?' '왜, 흡연을 하면 안 되나요?' 안건이 상정되었고 서로 공감하는 답을 찾아갔다. 흡연을 '흡연터'에 고정시켰다. 그 이외의 어떤 장소에서도 흡연은 용납되지 않도록 의견을 모았다. 그리고 학생들은 '술과 외부 음식 반입을 금지한다'고 스스로 결정했다.

난상토론 전체회의

* * * * * 학생들이 흐트러진 자신을 스스로 세우고, 무엇인가 바람을 가지기 시작했다. '이것이 학교다'라는 주제로 교사들과 학생들이 함께 모여 난상토론 전체회의를 하기로 계획을 세웠다.

주제는 학교 교칙에 관한 것이었다. '나도 좋다. 너도 좋다. 공동체도 좋다. 파괴적이어서는 안 된다. 목표가 미래지향적이어야 한다. 최종적으로 학업 성취도가 향상되어야 한다.'는 것이 '좋은 학교Quality school'의 기준이었다.

다 함께 모여 공동체가 굴러가기 위한 최소한의 규칙을 정하기로 했다. 한가지 예로, '우리는 언제 취침할까?'에 관해 얘기를 나누었다. 기숙사에서 밤새도록 말똥말똥한 학생들과 선생님의 가치가 일치되어야 했다. 여러 의견이 나왔다. 오후 11시와 새벽 4시 사이를 오가며 서로 결말이 나지 않았다.

의견을 조율했다. 그렇게 해서 결정한 취침시각은 새벽 2시였다. 그 후 결정한 시각을 지켜보았는데, 학생들은 그 시각을 제대로 지켰다. 자기들이 결정한 것이기 때문이란다.

이렇게 시작해 취침시각을 오후 11시로 옮기는데 3년이 걸렸다. 학생들에게 점차 자신의 바람을 실현하고자 하는 욕구가 생겨나게 되자, 일찍 잠자리에 들어 내일 일을 준비하게 된 것이다.

하루는 학생들이 우르르 나를 찾아 왔다. "이것도 학교 맞아요?" 나에게 따져 물었다. "학교가 뭐가 잘못됐니?"라고 되묻자, 학생은 "2년이 지나도록 학교가 우리에게 가르쳐준 것이 뭡니까?"라며 따졌다.

"나는 선생님들과 교실에서 너희를 기다렸단다. 수업참여는 분명히 너희 스스로 자유롭게 선택하라고 했는데, 너희는 한 명도 들어오지 않았어. 교과수업은 전혀 진행되지 않았고, 학교는 교실이 지겨운 너희들이 자발적으로 교실에 들어올 때까지 너희에게 '자유'가 무엇인가를 가르쳐주고 있었다. 언젠가는 너희들이 나에게 찾아와 질문을 던져주겠지 하며 오늘을 기다렸단다. 참 오랜만에 너희에게서 듣게 되는 신통한 질문이었다."라고 말했다. 이때가 학생들이 철들기 시작한 시점이었던 것 같다.

이곳도 학교인가

* * * * * 3학년이 졸업하던 날, 1, 2학년이 모였다. '이곳도 학교인가?'를 주제로 전체회의가 열렸다. 흡연 터의 실상이 적나라하게 밝혀지는 자리가 되었다. 그리고 학생들은 그 자리에서 흡연 터를 없애겠다고 결의했다며 나에게 통보했다.

첫눈이 오는 날이었다. 오랫동안 듣고 싶어 했던 바로 그 말! "흡연 터를 없애주세요!" 나는 즉시 옥산 레커차를 불렀다. 그리고 학교 후문에 있던 흡연 터 콘테이너를 학생들이 보는 앞에서 달랑 들어 운동장 쪽으로 옮겼다.

흰 눈이 펑펑 내리는 날 양업 적폐의 온상인 흡연 터가 실려 나가는 잊지 못할 아름다운 풍경이었다. 나는 기뻐하며 그 뒤를 따라가 운동장에 안착시켰다. 그 흡연 터는 현재 체육 용구 보관창고로 쓰이고 있다.

그날 이후 학생들의 흡연은 볼 수 없었다. 드디어 학교는 전역이 청정지역이 되었다. 소극적 대안학교는 적극적 대안학교로 바뀌었다. 소극적인 자유는 종식을 선언했고 적극적인 자유의 시작을 알렸다.

　이것이 '자유 학교'이다. 이 학교에서 지내다가 떠난 제자들은 이구동성으로 말한다. "이 학교는 진정한 '자유와 책임'을 가르쳐준 학교였습니다."라고.

🏫 바닥의 침을 닦아라!

* * * * * 한 학생이 수업 시간에 교실 바닥에 가래침을 뱉었다. 모두 비위가 상했지만, 몸짱이 그러니 아무 말도 하지 못했다. 선생님이 이를 지켜보다가 그냥 넘어갈 수가 없었다. 선생님은 "침을 닦아라!" 하고 명령했다. 학생이 닦으리라는 예상은 아무도 하지 않았다.

학생은 이 명령에 응수라도 하듯 선생님을 노려보았다. 기 싸움이었다. 순간 교실은 찬물을 끼얹은 듯 조용해졌다. 선생님은 "나가!" 하고 또 명령했다. 학생은 의자를 들어 메치며 욕을 하고 교실 밖으로 나갔다.

선생님은 이 일로 자존감이 몹시 상했다. 그리고 학생의 무례하고 위협적인 행동에 큰 충격을 받았다. 이 일을 놓고 전체회의와 교사회의를 소집하기 전에 개인적으로 해당 교사와 학생을 만났다.

"선생님, 얼마나 놀라셨어요?" 선생님의 마음을 진정시켰다. "그만하기 다행입니다. 선생님에게 달려들어 봉변을 주었다면 학교는 물론 선생님에게도 씻을 수 없는 상처가 되었을 겁니다." 교사로부터 당시의 상황에 관해 설명을 들었다.

그리고 다시 학교의 짱인 학생을 개인적으로 교장실로 불렀다. 그리고 그 학생을 바라보며 그때의 상황에 관해 또 설명을 들었다. "제가 침을 뱉고 잘못 했다는 생각이 들었을 때, 선생님은 저에게 즉시 지시하고 명령을 했어요. 그 때 학생들 앞에서 선생님은 저를 비난했고, 저는 자존심에 상처를 받았습니다."

시간이 지나고 소강국면일 때 나는 둘을 불렀다. 그리고 서로 나 전달I-massage 느낌을 나누는 시간을 갖게 했다. 다행히 학생이 먼저 교사에게 사과를 했고, 교사도 학생을 따뜻하게 대했다.

교사회합에서 교사들이 학생의 무례함을 그대로 넘기지 않을 것 같았는데 담당 교사가 상황을 잘 설명해준 덕분에 원만하게 문제가 해결되었다. 학생들은 학교 안에서 사건 사고가 있을 때마다 이 사건이 어떻게 결말이 날지 궁금해했다. 그 일도 마찬가지였다.

우리 학교의 교육 철학은, 인간과 인간을 연결하고 사랑으로 드높여주는 '좋은 학교'를 지향하고 있다. 스파르타식도 아니고 울타리 속에 가두고 강제하는 통제방식도 아니다. 그리고 보스boss형 관리자나 학생 상호간에 보스boss적인 태도를 취하는 것도 지양한다.

그 대신, 학교는 통제나 비난, 설교 식 훈화, 언어적 물리적 폭력이 없는 내적 통제방식을 지향하고 있다. 만일 학교가 상처받은 교사를 돕는다고 하면서 보스boss적인 방법을 취했다면, 오히려 교사에게 상처를 주게 되었을 것이다. 그러므로 거기서 멈춰야 한다고 생각했다.

개인과 개인 사이의 화해와 일치, 하나 됨은 '좋은 학교'가 되기 위한 출발점이라고 할 수 있다. 학생이 입학 후 학교생활을 제대로 하지 못했다고 자책하며 학교가 과연 목표를 따라 잘 할 수 있게 도와준 것이 무엇이냐고 반문하면, 사실 마땅해 해줄 말이 없다고 여겨진다.

그런데 만약 우리가 평행선을 그으며 학생들과 팽팽히 맞섰다면 학교는 얼마나 더 어려워졌을까? 그 생각을 하면 정신이 번쩍 든다. 이처럼 하느님께서는 매순간 우리를 도와주셨다.

학생들은 감정기복이 심해 감정조절이 잘 되지 않았다. 그렇다 보니 학생 자신도 힘들고 공동체도 힘들었다. 교사와 학생들은 다시 제자리로 돌아왔다. 그리고 학생들과 교사 사이에 더는 갈등을 만들지 않았다.

🏫 공포의 해병대 체험

* * * * * '해병대 체험'은 마마보이, 마마걸이 많던 시절, '청소년 성장프로그램'으로 사람들의 관심을 끌었다. '해병대 병영캠프'에 다녀왔다고 하면 학생들이 우상처럼 여길 정도였다. 덕분에 특수를 누렸고, 방학을 이용해 참여하고 싶어 하는 학생들이 많았다. 마침 해병대에 근무하는 학부형이 있어서 이를 주선했다.

1, 2학년 학생들이 포항과 김포에서 4박 5일 해병대 병영훈련에 참여했다. 교과수업 목표는 '자기 세우기'로 정했다. 2학년 학생들은 매우 모범적으로 병영훈련을 완수했다. 그런데 포항으로 내려간 1학년 학생들은 반항했다. 자기들이 원하지 않았다는 것이다. 특히 학생들 몇몇이 '우리가 학생인데 왜 군인처럼 몰아붙이느냐?'며 강하게 거부했다.

해병대 본부에서는 모든 학생이 퇴소할 것을 원했지만, 학생 대부분은 훈련을 받고 싶어 했다. 그러자 해병대 훈련소에서는 교사들이 학생들과 함께한다면 받아주겠다는 조건을 제시했다.

계획에도 없던 해병대 캠프에 여교사도 예외 없이 학생들과 함께 훈련에 임했다. 제자들에게 대한 사랑이 아니라면 불가능했으리라. KBS-TV에서 선생님들과 함께한 우리 학생들의 병영체험을 가감 없이 방영했다. 잘 견뎌낸 학생들은 성취감이 하늘을 찌를 듯했지만, 중도에 포기한 몇몇 학생들은 의기소침해졌다.

학생들은 훈련을 마친 소감을 이렇게 썼다. '피할 수 없는 것이라면 즐기겠다', '뭐든지 닥치면 이제는 할 수 있다', '후배들이 이 캠프는 꼭 가야 한다', '난 당당히 해냈다, 아싸!', '힘들었던 것을 생각하면 무엇이든 이겨낼 수가 있다', '끝까지 견뎌내 기분이 좋다', '나 자신을 처음 사랑하게 되었다', '나에 대한 자존감을 높였다', '커서 군대 갈 생각을 하니 끔찍하다.'

학생들이 우리 생각대로 좀 더 빠르게 변화되길 바랐다. 그래서 몇몇 학생들에게 무리수를 썼다. 중도에 포기한 학생들이 다른 프로그램에 참가하면, 그 교과 수업을 이수한 것으로 인정해 주기로 했다.

그런데 그 학생들에게 '해병대 병영체험'은 큰 두려움으로 다가왔을 것이다. 그들은 여러 가지 핑계를 대며 그 훈련을 피하고 싶어 했다. 그런 그들에게 학교가 훈련을 강요했더라면 무슨 일이 틀림없이 있었을 것이라고 생각한다.

우리는 중도에 포기한 학생들을 보살펴야 했다. 평가를 끝내고 얻은 결론은, 성취감을 느꼈다고 해서 그들을 비아냥거려서는 안 된다고 입을 모았다. 병영체험이 잘 끝난 것은 하느님의 돌보심 덕분이었다.

🏛 자유와 책임

★★★★★ 기숙사 생활공간은 너무나 엉망이 된 채로 곰팡이가 피어나 방안 가득 악취가 번졌다. 아무도 청소하지 않았다. 그런 모습이 3년간 이어졌다. 불편하면 청소하겠지 하며 기다렸는데 우리가 졌다.

3년이 지난 어느 순간, 그들도 자신들이 너무 엉망인 채 불편하게 살고 있다는 것을 알아챘다. 제멋대로의 '방종형 소극적 자유에서 미래를 위한 적극적 자유'로의 평행이동을 시작했다.

3년이 지날 무렵 학생들 스스로가 이를 개선할 목적으로 전체회의를 소집했다. 교사와 학생이 다 함께 모인 자리에서 자유와 방종에 관한 주제로 토론을 시작했다.

사랑하며 기다려준 덕분일까. 한 학생이 나에게 따져 물었다. "이것도 학교인가요, 신부님? 저희를 위해 해준 것이 뭐 있습니까?" 모처럼 그들이 항변했다. 나는 그것을 긍정의 신호로 보았다. 그동안 마구잡이로 방종했지만, 자신들도 불편하긴 했었나 보다.

긴 기다림을 통해 내가 그들을 가르친 것은, 나에게 역으로 '진정한 자유'가 무엇인지 묻도록 하는 것이었다. 그런 질문을 하기를 얼마나 기다렸던가. 때가 되자 스스로 자신들의 삶을 조율하고 싶다는 욕구가 생겨나 학생들이 전체회의를 소집한 것이다.

처음으로 학생들이 방종과 자유를 구분했다. 주제를 놓고 무엇이 방종이고 무엇이 자유인지 예를 들어 구분하기 시작했다. 그들도 수준 높은 교육 환경을 바라긴 했나 보다. 땅바닥만을 바라보던 학생들이 하늘을 올려다보며 하늘을 날고 싶은 욕구를 갖게 된 것 같았다.

"기다림을 통해 우리를 사랑한 학교는 '자유'와 '책임'을 스스로 알 수 있게 해주었다"고 그들이 말했다. 그리고 우리 학교는 '좋은 학교'라고 덧붙였다. 그때 학교에 하느님이 작용하고 계시다는 것을 감지했다.

학교는 놀랄 만큼 빠른 속도로 변해갔다. 질서를 잡으니 주변이 정리되었다. 학교공동체는 젊고 환한 생동감 속에 자유를 만끽하게 되었고 환한 웃음이 피어났으며 기쁨이 샘솟았다. 그것은 믿고 기다려온 우리의 사랑에 대한 학생들의 선물이었다.

🏫 위기는 기회다

* * * * * 현실이 위기였다. 우리의 이상이 현실과 어긋났으므로 겪어내야 했던 고통이었다. 목적이 뚜렷할 때 우리는 고통을 견디어낼 수 있다. 비전이 있기 때문이다. 목표와 비전이 있을 때 사람은 변한다. 마음 속에 품고 있던 학교를 시작하며 무형의 학교가 비로소 유형의 학교로 서서히 모습을 드러내게 되자 우리는 이 일을 '환희'라 여겼다. 그런데 얼마 지나지 않아 현실과 부딪히며 힘이 들기 시작했고 감당하기 어려운 '고통'을 겪어야 했다. 그러나 이 고통은 머지않아 새로운 기회를 맞아 눈부신 생명을 잉태하게 될 것이다.

10년 동안 엄동설한을 지냈다. 모든 생명은 극한의 추위와 더위 속에 고통을 견디며 꽃눈을 잉태한다. 재배하는 식물들이 그랬다. 겨울을 지내는 밀과 보리가 그랬고, 한여름을 지내는 논 작물인 벼가 그랬다. 벼는 혹서를 지나며 꽃눈을 잉태한다. 혹한의 고통이 없으면 보리와 밀은 더는 보리와 밀이 될 수 없다. 한여름의 뜨거운 햇볕 없이 벼는 더는 이상 벼가 될 수가 없다. 이것이 생명이 되는 원리이다.

일차적 환희는 잠시뿐이다. 환희로부터 시작되지만, 환희는 십자가라는 고통과 직면한다. 그리고 고통이 그 한계를 넘을 때, 부활의 영광이 찾아온다. 고통 없이 태어나는 생명은 그 어디에도 없다. 인동초가 그러하지 않은가. 긴 기다림의 혹한기를 지나야 인동초는 예쁜 꽃을 보여준다.

학교는 고통이 가혹했다. 숨이 끊어지는 것만이 죽음이 아니다. 나는 성모 마리아의 예수님 잉태 소식에서 생명원리의 죽음이란 시작을 보았다. 환희로 시작하지만, 곧 "이집트 피난살이를 겪었다."^{마태2,13-15}

예수님의 어린 시절과 목수 청년으로 공생활이 시작되기 전에도 죽음은 숨어 있었다. 예수님이 십자가 고통을 준비했던 시간이다. 예수님은 공생활이 시작됨을 알렸다. 광야에서의 방해 공작, 마귀의 유혹^{마태4,1-11 참조}을 거쳐야 했다. 그리고 군중들 속의 예수님이 되셨다. 생명이신 예수님은 측은한 눈길로 군중을 바라보시며 그들을 생명의 길로 이끄신다.

그리고 구원을 완성하시기 위해 당신의 제자들을 뽑으셨다. 제자들도 군중 속에서 군중과 함께 예수님을 바라본다. 그런 예수님이 제자들에게 고통과 죽음을 말씀하신다. 죽어야 한다고, 죽는 것이 사는 것이라고 말씀하신다. 내가 겪는 고통과 죽음이 많은 이들을 위한 생명이 되어야한다고 말씀을 하신다.

사제생활 16년째 되던 해, 학교 밖 학생들에게 꽃눈을 만들어주고 싶었고 그들을 향기로운 꽃으로 피워내고 싶었다. 그제야 예수님의 일상이 보이기 시작했다.

'그리스도인'이 된다는 것은 매일 매일 죽음을 살고 계시는 예수님의 일상을 살겠다는 선언이다. 나는 믿음을 통해 자라난 신앙인으로 그때부터 예수님을 닮은 예쁜 마음을 가졌다. 학생들의 신음소리를 들으려 했고, 나는 예수 그리스도의 십자가를 바라보며 고통과 죽음을 묵상했다.

내가 내 뜻으로 계산된 사제생활을 살았다면 아마도 실패했을 것이다. 내가 노력해서 될 일이 아니라는 것을 알고 있었다. 사제로 태어나는 일도 그랬다. 그리스도께서 나를 선별하여 뽑아주셨기 때문에 가능한 일이었다.

나에게 주신 하느님의 소명은, 교회가 허락하고 내가 응답할 때 비로소 이루어진다. 삶 속에서 별다른 어려움없이 지낼 때는 잘 모른다. 그러나 내 삶이 크나큰 어려움과 마주하게 될 때 그 일은 내게 생명의 기회가 된다는 것을 알게 되었다.

환희로 시작되었지만, 앞이 캄캄했다. 지역민과의 마찰도 그랬고 학생들과의 마찰도 그랬다. 예수님이 인류를 구원하시려고 이 세상에 오셨던 때도 마찬가지였다. 예수님의 탄생 시기는 세상이 캄캄했을 때였다. 하느님은 교육현장이 앞 뒤가 꽉 막혀 어떤 희망도 보이지 않고 깜깜할 때, 피하지 않고 내가 그들 속으로 들어가길 원하신다고 느꼈다.

하느님의 사랑이 십자가의 극점과 만날 때, 하느님의 구원은 꽃을 피웠고 열매를 맺었다. 그때 '부활'이라는, 하느님께서 바라시는 새로운 생명의 꽃이 영광 속에 드러나게 된다. 위기 뒤에 또 위기가 왔고 그만두고 싶은 마음이 더 크게 작용했을 때 기회로 여기고 고비를 넘겼다. 이제 드디어 '영광'을 보게 되었고, 이 모든 일이 하느님의 섭리라는 것이 드러났다.

교장실 앞 화분이 박살나다

* * * * * 개교한 지 채 몇 달이 지나지 않았을 때 일이다. 일어나지도 않고, 아침밥도 먹지 않고, 수업에도 오지 않고 커튼을 드리우고 한밤중처럼 지내는 학생들에게 야단을 쳤다. 이불을 걷고 학생들에게 비난을 퍼부었다. 그리고 기숙사 밖으로 학생들을 내몰며 그들의 자존심을 건드렸다. 자존감이라고는 없는 학생들인데 마지막 남아 있는 자존감마저 구겨버린 것이다.

그렇게 강제로 마지못해 움직였던 학생들이 작당했다. '이 일은 우리에게 수모에 가깝다', '신부님, 저희에게 쓴맛 좀 보셔야지요' 하며 실력행사를 한 것이다. 방과 후 일과가 끝나고 각자 숙소에 들어간 사이 일부 학생들이 교장실 앞에 있던 잘 자란 여러 개의 화분을 모두 운동장에 내던져 조각내버렸다.

아침에 일어나 교내를 돌다가 운동장에서 처참하게 조각난 화분을 보았다. '아뿔싸, 어제의 일에 대한 응수구나!' 직감했다. 그러나 도무지 참을 수가 없었다. 이럴 수는 없는 거다. 그날 강수를 선택했다.

학부모를 소집하고 학생들에게 사건 경위를 따져 물었다. 학생들은 이렇게 말했다. "신부님, 부모님을 소집한다고 저희가 변할 것 같습니까? 그것은 착각입니다."

저녁이 되었다. 화는 멎었고 교감 수녀님이 조언을 했다. "그들 마음을 헤아려 보세요. 지금껏 일반 학교에서 학생들이 그렇게 당했고, 부모로부터 비난을 받았을 텐데 신부님은 달랐어야 했습니다." 나는 학생들을 교장실로 불렀다. 그리고 내 느낌을 그대로 전달했다.

학생들은 미안하다고 말했고, 무릎을 꿇었다. 나는 그들을 일으켜 세우면서 말했다. "내가 아직 너희를 기다려주는 것이 익숙하지 못해서, 어제 그런 일을 했구나. 많이 힘들었지?" 그리고 한 명씩 품어주며 말했다. "사랑한다."

우리가 그런 교육을 지금껏 해온 것이다. 그 일은 어른들이 교육을 한답시고 학생들에게 우월한 존재임을 과시하고 엄포를 놓으며 언어적·물리적 폭력을 행사해왔다는 것을 깨닫게 해준 계기가 되었다.

그때부터 나는 이 세상에서 한 분뿐인 스승님, 예수그리스도를 생각했다. 죄인들과 가난한 이들에게 구세주가 되셨다는 것은 '그들이 변화될 때까지 기다려주고, 그들과 먹고 마시고 즐기고 고통을 함께하고, 그들 수준으로 내려가 그들을 사랑으로 드높여준다'라는 것을 알게 된 귀한 시간이었다.

🏫 폐교가 될 뻔했던 사건

* * * * * 개교한 지 3개월쯤 지나고 있을 무렵, 교장 자격연수를 교원대에서 받고 있을 때였다. 그날따라 비가 너무 많이 오고 있었다. 문득 학교에 별일이 없는지 궁금했다. 연수가 끝나자마자 차로 10분밖에 걸리지 않는 거리에 있는 학교를 향해 단숨에 달렸다.

학교 앞에 큰 하천이 있는데, 비가 너무 많이 와서 곧 범람할 것 같았다. 최고 수위를 넘어선 성난 물줄기가 강둑을 위협하듯 마주하고 있었다. 이때였다. 사람 같은 물체가 강물에 떠내려가고 있었다. 아니, 틀림없이 사람이었다. 한 번, 두 번, 물 위로 드러나더니 사람 머리가 올라 왔다가 다시는 못 올라올 것처럼 시야에서 사라졌다.

그런데 기적이 일어났다. 강 가운데 쌓인 모래톱 나뭇가지에 두 사람이 걸린 것이다. 자세히 보니 안간힘을 쓰며 모래톱으로 오르려고 하고 있었다. 그 순간 깜짝 놀랐다. 말썽꾸러기 우리 학생들이 아닌가.

이 사실을 즉시 학교에 알렸고 선생님들과 학생들이 쏟아져 나왔다.

다들 놀란 표정으로 그들이 어떻게 모래톱 위에 있는 것인지 의아해했다. 그리고 재빨리 끈으로 돌을 묶어 모래톱에 닿도록 던져 넣었다. 뒤이어 좀 더 굵은 끈으로 바꾸고 끈으로 그들 몸을 단단히 묶게 한 후 강둑에서 끈을 잡아당겼다. 그들은 물 밖으로 나오자마자 길바닥에서 실신했다. 그리고 상황은 종료되었다.

의식을 회복한 그들에게 물었다. "어떻게 된 일이냐?" "헤엄쳐 누가 빨리 건너가느냐를 놓고 시합을 했어요. 그런데 강물에 뛰어들자마자 급류에 휩쓸려 내려갔어요."

내가 책임 관리자인 것이 틀림없다는 생각이 들었다. 하느님께서 그 순간에 나를 보내주신 덕분에 그들을 발견할 수 있었고, 즉시 구출해 낼 수 있었기 때문이다. 어이없는 철부지들 덕분에 학교 모든 식구가 놀랐던 사건이었다.

'너희가 뭘 하겠다고? 우리도 해 볼만큼 다 해봤다고!' 하며 주변에서 빈정거렸는데, 학생 실종사고가 났더라면 뉴스 특종감이 될 뻔했다. 이 일뿐이었겠는가. 사람들은 우리 학교가 곧 폐교가 될 거라고 추측했다. 우리는 기도를 더 열심히 할 수밖에 없었다.

학교 구성원들에게 함께 기도하자고 강조했지만 아무도 따라주지 않았는데, 이런 일이 벌어지자 전자동으로 모두 기도를 하게 되었다. 그리고 교육공동체가 아무런 사고 없이 오늘에 이르고 있으니, 기도 덕분이라고 생각하지 않을 수 없다. 학교는 걷고, 타고, 달리고, 뜨고, 날고, 내리며, 국내에서 국외로 멀리멀리 나아갔으나 항상 하느님의 손길이 아이들을 보살펴 주신 것이다.

🏫 병원에 실려 간 아이

* * * * * 초창기 학생들의 폭력문화는 인사하는 모습에서 드러났다. 내가 학교에서 나가고 들어올 때, 학생들은 한 줄로 늘어서서 90도 각도로 인사했다. 그러지 말라고 해도 고쳐지지 않았다. 그리고 선후배 관계가 매우 엄해서 교사에게는 인사를 걸러도 하늘 같은 선배한테는 하루에도 몇 번씩 지나칠 때마다 인사를 하는 것이었다.

뼈가 부러지고 금이 가고 물리적 폭력은 일상이 되어 이어졌다. 요즈음 같은 시대에 이런 폭력이 행해졌다면 학교는 바로 문을 닫아야 했을 것이다. 그런데 그때는 코뼈가 부러져도 다리를 다쳐도 금방 화해를 하고 아무렇지도 않게 학교생활을 이어갔다.

어느 해인지 밤에 구타 사건이 일어났다. 피해자는 실신해서 병원으로 실려 갔다. 인솔 교사에게 학생이 살아 있느냐고 물었더니, 살아 있다는 소식이 들려왔다. 죽었으면 또 학교가 뒤집힐 뻔했다.

한창때인 학생들은 저녁 식사를 했는데도 밤마다 배가 고프다고 했다. 이를 참지 못한 남학생들이 시내로 탈출해 문제를 일으킨 것이다.

가경동 중국집 주인에게서 전화가 왔다. "신부님, 학생들이 몰려와 한 상 때려먹고는 돈을 주지 않아요." 학생을 불러 갚으라고 했다. 그러나 갚겠다는 건 말뿐이었고 그 학생이 주인에게 전화를 걸어 '장사하고 싶으냐?'고 겁을 줬다고 한다. 그 후 주인은 그것에 대해 마무리를 하자면서 다시는 그 일에 대해 꺼내지 말아 달라고 부탁했다.

그 동네 학생들로부터 우리 학생들이 폭력피해를 받은 적도 있었다. 그런데 그 후 어떤 일이 있었는지, 동네 학생들이 우리 학생들을 일절 건드리지 않았다.

너 맛 좀 볼래!

***** 조부모, 부모, 고모 모두 S대 출신인 집안인데 부모에게 고등학교에 다니는 두 아들이 있었다. 한 아이는 학교 전체 수석이고, 한 아들은 사춘기 몸살 중이었다.

사춘기 몸살 중인 아들에게 부모와 친척들이 비난을 퍼부었다. 드라마 '스카이캐슬'이 시작되었다. 부모는 아들에게 '패가망신시킬 놈, 형의 반이라도 닮아보렴, 인간쓰레기 같은 놈, 더는 자식으로 안 본다. 집 밖으로 나가버려라!' 하며 매몰차게 말했다. 가문의 엘리트들도 연일 비난의 집중포화를 날렸다.

아들은 등교를 거부하고 가출했다. 의사인 부모가 그 아들 문제로 전교생이 먹을 만큼 떡을 해서 손수 들고 나를 찾아 왔다. "신부님, 살려주세요! 우리 아들을 이곳에 다니게 해주세요." 간절하게 요청했다.

그 부모에게 말했다. "그 아이는 문제가 없습니다. 문제는 엘리트 가문입니다. 가문의 모든 사람이 합세해서 그 아이를 가출하도록 만들었지 않습니까. 가출을 선택한 이유는 부모를 정신 차리게 하기 위해서입니다. 알기 쉽게 표현해 볼까요? '아버지, 어머니, 고모, 조부모님, 어디 한번 맛 좀 보시겠습니까?' 한 겁니다."

그리고 말을 이었다. "이유 없는 반항은 없습니다. 부모가 문제라는 말씀입니다. 그 아이는 잠시 사춘기를 겪으며 공부를 조금 소홀히 했을 뿐이지요. 아이에게 비난과 설교, 부정적 판단, 부정적 언어폭력을 하지 않으면 됩니다. 아이는 곧 집으로 돌아올 것인데, 어른들이 전과 같은 그런 모습이 아니었으면 합니다. 떡은 학생들과 잘 나누겠습니다. 그 아이는 이 학교에 올 필요가 없습니다."

그들이 돌아간 지 2년 후에 다시 연락이 왔다. "신부님, 우리 아들이 형과 함께 S대에 잘 다니고 있습니다."

우리를 곤혹스럽게 하는 학생들 문제는, 모두 학부모들이 만든 문제이다. 그러니 학부모 교육이 우선되어야 했다. 나는 아무리 학생이 잘못했다 하더라도 그들의 대변자 역할을 하려고 한다. 그리고 먼저 학부모를 변화시켜야 한다고 말한다.

🏛 2년 동안 술을 마시던 아이

　＊＊＊＊＊　입학한 후부터 2년 동안 꼬박 술을 마시던 학생이 있었다. 술을 마신 채 아무 말도 하지 않고 기숙사에서 잠만 잤다. 아버지로부터 그 학생에게 편지가 왔지만, 학생은 그 편지를 조각내어 쓰레기통에 집어 던졌다.

　그 조각난 편지를 퍼즐 놀이하듯 껴맞춰 대신 읽었다. 아버지가 아들에게 화해를 청하는 편지였다. 학생은 아버지의 폭력으로 초등학교 때 머리가 가구 모퉁이에 부딪히면서 큰 상처가 나게 되어 그 흉터를 늘 머리로 가리고 다녀야 했던 모양이다. 아버지가 그때 잘못된 행동을 한 데 대해 용서 청하는 내용이었다. 그제야 학생이 왜 그동안 술을 마셨는지 그 이유를 알 수 있게 된 것이다. 그런데 그 학생의 비행만을 탓하며 학교에서 추방할 수는 없었다.

　졸업식을 하는 날 학생은 학교에서 마음을 치유하고 떠난다며 감사하다고 했다. 그 마지막 장면이 지금도 생생하게 기억난다. "신부님,

저도 이제 살아야지요."

학생은 3학년 때부터 피아노를 치기 시작했다. 상처가 치유되었는지, "신부님, 이제 제정신이 드네요. 학교에 아름다운 숲이 있는지, 새소리, 물소리, 바람 소리가 들리는지도 모르고 3년 동안 술만 마시며 아버지 원망만 하고 지냈어요. 이제 졸업할 때가 되니 숲속에서 나는 소리가 제 귀에도 들려요." 학생이 건강한 생명이 되어가고 있다는 변화의 소리였다. 그때 학생이 들려주던 그 피아노 소리가 또 듣고 싶다.

가정 붕괴가 심각하다. 대화는 줄어들고, 개인주의, 이기주의가 팽배해지고 있다. 공동체도, 자신의 신원身元도 그리 중요하게 여기지 않는다. 자기만 중요하다. 지금 행복한 보금자리가 되어주고 따뜻한 대화를 나누며 친밀감과 책임을 더해가는 가정이 얼마나 있겠는가.

가족 간의 소통 부재로 피로가 가중되고 병들어 간다. 기숙사와 학교를 오가다가 주말이 되면 학생들은 집으로 돌아간다. 집에 가면 해결해야 할 과제물이 있다.

학교에서 내주는 그 과제물은, 가족관계를 풍요롭게 해주고, 서로 만나 관심을 두지 못하면 해결할 수 없는 내용을 담은 것이다. 아주 풀기 쉽지만, 가족이 만나야 해결할 수 있으며 상호결속, 유대감, 연대감, 지속적인 관계 안에서 인성을 키워갈 수 있게 해준다.

⛪ 가족관계의 복원

* * * * *　학부모는 학교에다 자녀를 내던지듯 맡기고 입학식 후 총총걸음으로 황급히 학교를 떠났다. 부모와 자녀의 관계는 원수였다. 부모는 언어, 물리적 폭력으로 자녀를 망가뜨렸고 학생들은 등교 거부로, 무단가출로 항변했다.

학교 건물 가까이 오면 학생의 입술은 메말라 타들어 가고 갈라질 정도가 되는데 학교만 빠져나가면 입술이 금방 아물고 회복되는 신체적 변화를 본 적도 있다. 학교가 얼마나 학생에게 상처를 입혔으면 그렇게 되었을까.

학생이 말했다. "그 선생님을 가만히 두지 않겠습니다." 오뉴월에도 서리가 앉을 것처럼 앙심을 품고 있었다. 어디 그뿐인가. "아버지를 수장시켜버리고 싶어요." 섬뜩했다. 최고학부, 그것도 대부분 SKY 대학 출신 부모가 자녀들을 그렇게 만들었다. 정도가 심각했다. 정신분열, '조현병'이라 하던가. 정서불안, 본드 흡입, 환각, 이는 부모의 욕심이 만든 작품이다.

아버지가 일찍이 돌아가셨다고 학생에게 직접 들었다. 그런데 얼마 후 아버지가 죽었다는 연락이 왔다. 침묵하던 학생은 "나 그 새끼 몰라!" 하고 밖으로 나가 길바닥에서 뒹굴었다.

우리가 찾아간 장례식장은 쓸쓸했다. 망인의 친구 몇 명이 소주를 안주 없이 마시며 아이에게 상스럽게 몇 마디 했다. "야, 새끼야. 손님 왔다. 상주 노릇 제대로 해." 부모들이 자녀들은 방치한 것이다. 시간이 지나면서 학생들이 문제를 일으켰던 이유를 알게 되었다. 부모들이 '해!', '하지 마!' 두 가지 말로만 자녀들을 강제하고, 비난과 설교와 폭력만으로 대했던 것이다.

부모가 변해야 자녀가 변한다

＊＊＊＊＊ '부모 역할 교육'과 '가족관계 수업'이 있었다. 학생의 변화보다 부모의 변화가 우선이었다. 부모가 변해야 자녀가 변한다. 부모의 욕심으로 자녀를 망치고 있기 때문이다. 모든 문제를 해결하는 가장 좋은 방법은 학부모 교육이다. 그래서 한 달에 한 번씩 학부모 교육을 했다. 졸업 후에도 그 효과가 작용했다.

학교교육이론과 학교교육철학, 교육목표를 공유하기 위한 학부모 교육은 꼭 필요했다. 에니어그램, MBTI 성격유형 검사, 부자 캠프, M.E. 교육, 부모역할훈련P.E.T. Parent Effectiveness Training, 아버지학교 프로그램에 참여해 부모로서의 역할과 책임을 다할 수 있도록 했다. 부모의 역할 부재는 학생들이 집에 가기 싫게 만든다.

이런 학생이 있었다. "너, 왜 집에 가지 않고 친구 집들을 전전하냐?"고 물었더니, 집에 가면 아버지가 때린다는 것이다. 그래서 그런 줄 알고 있다가, 아버지를 만난 자리에서 물었다. "왜 아이를 때리나요?" 물었더니, 그 아버지가 "제가 언제요? 저 아이 안 때려요."라고 하는 거다.

매일 맞는다는 아이와 때리지 않는다고 말하는 아버지 사이에 누가 거짓말을 하는 건지 궁금했다. 부자가 함께 있을 때 서로의 입장을 이야기하기로 했다. 그런데 "내가 너를 언제 때렸니?"라고 묻는 아버지에게 아들은, "아버지가 저를 죽도록 때렸잖아요."라고 답하는 거다.

후에 안 일이지만, 둘 다 거짓말을 한 것이 아니었다. 아버지가 언젠가 한 번 엄청나게 화가 나서 아들을 때린 적이 있었다. 그 기억은 감당할 수 없는 일회적 폭력이었지만, 아들은 매일 아버지로부터 맞고 있는 것으로 반추되고 있었던 거다.

아버지는 비로소 어린 시절 아들에게 가한 일회적인 폭력이 상처로 깊어졌다는 것을 알게 되었다. '아버지 학교'가 끝나고 집으로 돌아갈 때, 아들에게 용서를 청했다. 아버지가 미워서 피해 다녔던 시절, 끊임없이 아들을 비난했던 일도 정리가 되고, 부자 관계는 회복되었다.

아버지와 아들이 오랜만에 대화하는 모습을 보며 어머니는 몹시 고마워했다. 그 후 소극적이던 아들의 성격도 적극적으로 변했으며, 무대 체질이 되어 무대 전면을 두루 누비는 사람이 되었다.

이런 예도 있었다. 한 학생의 아버지는 어렸을 때 아버지가 돌아가셨다고 한다. 그래서 아버지의 역할이 어떤 것인지 보지 못한 채 자랐는데, 어느새 아버지가 되어 버린 것이다. 부부관계는 좋은 편이지만, 부자지간은 원수 사이였다. 아버지는 아들을 철저히 감시했고 조정했다. 숨을 쉬지 못할 정도였다.

아내로부터 늘 "왜 아들을 쥐 잡듯 해요?"라는 말을 들었지만, 그 말의 뜻이 무엇인지 몰랐다. 그렇게 해야 아버지의 역할을 제대로 하는 것이라고 여겼다고 한다. 그런데 '아버지 학교'에서 여러 다른 아버지들의 이야기를 듣는 사이 비로소 그 역할이 자신과 너무 다르다는 것을 알게 되었다.

모범적인 아버지의 역할을 보고 성장한 후, 자신이 아버지가 되지 못한 탓이었다. 그때부터 아버지가 변하기 시작했다. 그러자 자녀 문제는 자동으로 아주 쉽게 해결되었다.

부모님으로부터 시작된 자녀 문제는 고스란히 우리 교사의 몫이었다. 학생들은 기성세대를 불신했다. 아버지에게 상처받은 아이들은 아버지가 받아야 할 고통을 우리에게 뒤집어씌웠다. 그런 문제로 복잡하게 꼬여있는 관계를 회복하는 데는 많은 시간이 필요했다.

그들은 집으로 돌아가는 것을 싫어해 학교에 남으려고 했다. 그러니 교사의 휴일은 반납이 될 수밖에 없었다. 개교 후 3년이 지날 무렵부터 가족관계 회복을 위해서라도 토요일과 주일에 무조건 학생들을 집으로 돌려보내기로 했다.

금요일 오후에 학생들을 가정으로 돌려보내 학생들에게 가족관계가 풍요로워지길 바라며 과제를 부여했다. '가족관계'는 부모와 자녀가 함께 만나도록 돕는 인성프로그램으로 학부모 교육에서 배운 것을 가정에서 실천하는 관계회복 프로그램이었다.

4부

★

＊＊＊＊＊ 인성과 학업 성취도가 바닥 수준이어서 교실 수업이 어려 웠다. 교과 선생님들은 각자 교과서를 삶의 현장에서 꺼내 들었다. 학 생들은 현장에서 직접 지식을 대입하자 매우 흥미로워했다.

수학 선생님은 자연 안에서 학생들에게 작은 구조가 전체구조와 닮 은 형태로 끝없이 되풀이되는, '프랙털 도형'의 개념을 설명했다. 자신 의 작은 부분에 자신과 닮은 모습이 나타나고 그 안의 작은 부분에도 자신과 닮은 모습이 무한히 반복되어 나타나는 현상을 설명해주었다.

정상에서 골짜기를 바라보며, 능선들이 반복되며 아름다운 큰 산을 이루고 있다면서 학생들에게 부분과 전체, 전체와 부분을 설명했다. 작은 행동 하나로 전체를 볼 수 있다는 것을 산 정상에서 체험담을 통 해 설명한 것이다. 자연 속의 한 부분을 통해 전체를 바라보며 학생들 은 하기 싫은 교과에 서서히 관심을 가지며 깨어나고 있었다.

산 정상에 가서 우뚝 섰던 학생들이 하나둘씩 교실로 들어오기 시작했다. "흥미 유발로 공부해야겠다는 결심을 하게 됩니다." 학생들이 변하기 시작했다. 높은 산에 오른 제자들이 예수님의 거룩한 변모를 보게 된 것처럼, 산을 올랐던 학생들의 경이로운 변모를 보게 된 것이다.

복음서를 꺼내 들었다. 예수님의 거룩한 변모를 본 제자들이 그 체험의 동력을 가지고 바닥으로 내려왔다. 이제 예수님은 스승님이시고 살아계신 하느님이며, 자신들을 구원해 주실 분으로 죽음까지 따를 수 있는 분이라는 확신에 이르게 된다. 마태17.1-9 참조

마찬가지로 우리 학생들도 산행에서, 삶의 현장에서 많은 것을 보고 배웠다. 왜 우리가 공부해야 하는가에 대한 이유를 알았고, 그것을 이룰 수 있는 인내심과 극기하는 마음도 갖게 되었다. 수준은 바닥이지만 그동안의 체험이 새로운 인간이 되는 기초가 되었고 정상을 올려다 볼 줄도 알게 된 것이다.

높은 곳을 향해 스스로 올라가 설 줄 알게 된 후에는 많은 것을 한눈에 볼 수 있는 안목도 생겨났다. '유레카, 우리가 찾은 것이 바로 이거야!' 학생들은 주먹을 불끈 쥐었다. 이 얼마나 신나는 일인가.

학원에서 교실에서 수만 번 문제를 풀어야 SKY대학에 진학할 수 있다지만, 그들보다 우리 학생들 수준이 높아졌다고 생각한다. 꼭두각시처럼 피동적으로 움직이는 삶이 아니라, 목표가 생기면 힘껏 밀어붙일 수 있는 동력을 학생들이 갖게 된 것이니 얼마나 기쁜지 모른다. 이제 세상은 나의 것이다. 그리고 우리는 행복할 것이다.

나도 쓸모 있는 사람이네

✱✱✱✱✱ '봉사 활동', 이는 특성화 교과 중 중요한 과목이다. 섬김을 받아보지 못하고 갇혀있던 학생들, 그들의 봉사 활동의 질은 바닥을 칠 정도였다. 그런데 봉사 활동으로 마음의 문을 열기 시작했다.

복지시설로 학생들이 봉사하러 갔다. 가난한 사람을 만나면서 자신의 처지를 되돌아보고 감사했단다. '나는 쓸모 있는 학생이네' 하는 생각을 처음으로 했다고 한다. 봉사를 마칠 즈음, 선생님들에게 마음의 문을 열었다. 유흥업소에 들락거리며 혼자 울어야 하는 아픔을 교사에게 이야기하며, '저는 쓸모가 없다고 여겼어요. 그래서 저의 존재를 잊고 살았어요. 그런데 이제 저를 찾고 싶어요.'라고 했다.

학생들이 봉사 활동으로 유치원에서 1일 보조교사를 했다. '에버랜드'로 소풍을 가서 각자 원아 네 명을 맡아 하루를 지냈다고 한다. 봉사를 우습게 여기며 '이것쯤이야' 하고 착각했나 보다.

자기가 맡은 네 명의 어린이 중 한 명이 "화장실 가고 싶어요." 하자, 다른 어린이가 "저거 먹고 싶어요, 사 주세요." 하고, 또 다른 어린이가 "저기 있는 놀이기구 타요." 하니, 남은 한 명의 어린이가 "여기서 놀고 싶어요." 하더란다. 네 명의 어린이가 동시에 각기 다른 것을 원하니 혼쭐이 난 모양이었다.

아차 하는 순간에 쉬고 싶다는 어린이를 돌보다가 원아 셋을 순간적으로 잃어버리는 바람에 순간 머리가 하얗게 되었다고 한다. 한순간도 눈에서 뗄 수 없는 처지였다.

약속된 시간이 가까워져 오고 모두가 집합 장소로 찾아 왔다. 얼마나 긴장한 걸까? 원아를 주임 교사에게 인계하고는 녹초가 되어 그 자리에서 드러누워 버렸다.

일일 교사 체험 소풍을 마치고 평가회가 있었다. "어린이들을 돌보다가 제 모습을 보게 되었어요. 제멋대로 행동하는 저희 말입니다. 처음으로 저희 모습을 되돌아보게 되니 저희를 맡고 계시는 선생님들의 처지가 얼마나 어려울지 조금 헤아릴 수 있었습니다." 봉사 활동체험은 만점이었다. 그날 이후, 학생들은 선생님들을 곧잘 따랐다.

📖 예수님의 봉사 활동

* * * * * '봉사'란 단어가 학생들에게는 생소하기만 했다. 경험이 없으니 상대를 잠깐 바라보기만 하고 관심 밖으로 멀리 벗어났다. 학생들이 봉사하러 왔다고 상대방은 좋아했지만, 학생들의 마음이 부족했기에 그런 일이 벌어진 것이다.

문제는 봉사하러 온 학생들이 자아존중감은 없으면서 자신만을 생각하느라, 남을 배려하고 섬기는 것이 어떤 것을 뜻하는지 알지 못한 것이다. 마음으로 상대방을 측은하게 바라보는 것조차 요원했다. 이제 '봉사 활동' 교과를 통해 현장에서 양질의 봉사를 배워가게 될 것이다.

성경 속에서 예수님과 나병 환자마태8.1-4, 예수님과 중풍 병자마태9.1-8, 예수님께서 세관장 마태오를 부르시고 세리들과 함께 음식을 나누던 모습마태9.9-13, 예수님이 눈먼 사람을 고치심마태9.27-31 구절은 사람과 사람 사이를 더욱 가깝게 만든다.

예수님은 군중 속에서 평범한 사람을 제자로 뽑으신다. 처음에는 예수님의 제자들도 우리 학생들을 닮았을 것이다. 봉사직으로 부르심을 받았지만, 자신이 높아지고 첫째가 되고 싶었을 것이다. 그들에게는 자기만이 존재할 뿐 군중 속에서 타인을 도와주려는 마음이 없었다.

예수님은 봉사 활동을 하며 구원을 이루시지만, 제자들은 예수님과 함께 있으면서도 군중에게 따뜻한 시선을 갖고 있지 않았다. 그러니 선뜻 다가가기 힘들었을 것이다. 그런데 예수님은 제자들이 군중들을 따뜻한 시선으로 바라보며, 봉사하고 섬기는 사람으로 만들어질 때까지 기다려주셨을 것이다. 제자들이 섬김을 받으려고 하는 마음을 내려놓고 모든 이에게 종이 되고자 할 때 그들은 높은 사람이 될 것이고 첫째 자리에 있게 될 것이다.

우리 학생들은 '봉사'를 통해 비로소 상대를 바라보는 아름다운 마음을 갖게 되었다. 상대를 존중하게 되었고, 상대를 배려하며, 자신을 존중하는 삶이 얼마나 행복한지 알게 되었다. 최고의 학생들이 될 동력을 갖게 된 것이다.

🏔 애들아, 산에 가자

* * * * * 자기를 존중하고 타인을 배려하는 인간, 선택한 행동을 책임지는 인간의 목표를 통해 인성을 함양해 자발적이며 자기 주도적으로 '학업 성취도가 향상되는 학교'를 교육목표의 정점으로 삼았다. 그러나 처음에 교사와 학부모는 이 목표가 불가능한 것이라고 여겼다. 인성과 지적 수준이 미달이었기 때문이다. 이를 어떻게 이루어야 하는지 고민이었다.

가장 중요한 것은 교육과정이었다. 특성화 교과를 통해 깨닫게 하고 공부의 필요성을 알게 하고 학습동력을 만들어 저 높은 목적을 이루는 방법을 찾아야 했다. 그러나 초창기 일부 학생 중에는 아무것도 하기 싫어하는 무기력한 학생들이 많았다. 그 학생들을 일으켜 세워야 했다.

'애들아, 산에 가자!' 첫 산행은 야산이나 다름없는 야트막한 산이었다. 연방희, 현 충북 환경단체 대표가 첫 산행 봉사자로 산악대장을 맡아주었다. 연방희 산악대장은 개교식이 있기 전에 양업고등학교의 탄생을 축하하러 양업고등학교 교기를 가슴에 품고 미국 알래스카 맥킨리 정상까지 올라가 홍보를 해주셨던 분이다.

학생들에게 '산악등반'을 소개하며 전문 산악인과 땀을 훔치며 산을 오르는 감동의 순간을 그려 보았다. 그러나 학생들에게는 생소했고 그것은 우리의 기대치였을 뿐이라는 것을 곧 알게 되었다.

학생들은 산 입구까지 왔지만, 자발적인 행동은 전혀 찾아볼 수 없었다. 야영장에 텐트를 설치하고, 식사를 준비하고, 그들의 짐을 정리하고 뒷정리를 하는 것까지 모두 산악대장과 우리 선생님들의 몫이었다.

학생들은 텐트 속에서 잠에 취한 채 꼼짝도 하지 않으려고 했다. "애들아, 아침 먹어라!" 하는 선생님들의 말씀도 아무 소용이 없었다. "올라가면 다시 내려올 건데 왜 힘들게 올라가요?" 상스러운 욕설이 오고갔다. 계곡의 바닥만이 그들의 터전이었다. 학생들의 첫 산행은 그렇게 계곡 바닥에 주저앉아 지내는 것으로 끝났다.

그런데도 개교 2년 차부터 3박 4일 지리산 산행을 해마다 계속했다. 다행히 학생들이 대부분 잘 올라갔다. 그러나 무단으로 이탈한 세 명의 학생이 산 중턱에서 계획을 자기들 마음대로 변경해 하산해버렸다.

팀의 결속을 위해 한 명만 빠져도 밥 짓기를 할 수 없도록 식단을 짜고 취사도구와 식자재를 나누어 배낭에 넣어 주었는데 학생 세 명이 지리산 등반을 중단하고 무단으로 다른 곳으로 하산해버린 것이다. 팀 진행에 차질이 생기게 되었을 뿐만 아니라, 산에서 내려간 후 길 가던 중학생들을 불러세워 좋지 못한 행동도 했다고 한다.

경찰들이 신고를 받고 바로 학생들을 찾아냈다. 그들은 그 일로 인해 더는 학교생활을 하지 못하고 떠나게 되었다. 세 명이 속한 산행 조는 산을 오르며 다른 조의 신세를 져야만 했다. 그러나 학생 대부분은 천왕봉 정상에 무사히 도착했다. 등고선까지 학생들을 끌어올리느라 선생님들이 고생을 많이 했지만, 이틀 만에 학생들이 생애 첫 번째 정상에 오른 것이다.

학생들은 스스로 감동했다. 산 정상에서 멀리 경치를 바라보던 한 학생이 입을 열었다. "신부님, 감사합니다. 여기 오니, 아름다운 경치를 볼 수 있습니다." 그리고 손가락으로 방향을 가리키며, "경남 진주도 보이고, 전남 구례와 전북 남원이 보입니다." 그들의 얼굴이 빛나고 있었다. 나름 뿌듯한가 보다. "저희가 드디어 해냈습니다!"

선생님들을 힘들게 했던 학생들도 산악등반의 횟수가 더해질수록 철이 들었다. 학생들은 그 후로 산에 가자고 하면 곧잘 계획을 세웠고 다시는 불평을 하지 않았다. 학생들은 가벼운 마음으로 산행을 하며 즐기는 동안 고통을 통해 기쁨을 얻게 된 것이다. 그들은 이제 무엇이든 할 수 있다고 자신 있게 말했다.

산악등반에서 얻어낸 자신감과 성취감은 자기존중과 자기 주도성으로 이어졌다. 졸업할 때까지 지리산 등반을 세 번 했는데 횟수를 거듭하며 인성이 변했다. 산행 때마다 더 많은 것들을 보고 생각한 모양이다.

교실이 싫은 학생들이 현장에서 교과서를 만나며 지식을 습득하고 이해와 응용이라는 종합적인 사고思考로 이어갔다. 체험이 섬세해지고 심미적으로 변하게 될 때 학생들은 교실에 들어왔다. 그리고 자신들에게 필요한 공부를 스스로 하게 되었다.

그후 학생들을 민족의 영산 백두산과 세계의 지붕이라는 히말라야 설산에도 데리고 갔다. 처음에는 학생들이 불평했다. "신부님, 지리산

도 힘든데 왜 또 그 높은 산에 올라가려는 겁니까?"

"너희들에게 더 큰 동력을 안겨주기 위해서지. 자발적인 학습동력이 커지게 되면, 학업성취도 향상은 빠르게 진행될 거야."

히말라야 산행을 마치고 돌아온 학생들은 선생님들 사이에 많은 이야기를 낳았다. 학생들의 눈부시게 달라진 모습에서 예수님의 거룩한 변모를 볼 수 있었다. '그분의 별'이 되어 나를 이끌어준 아이들을 보며 나 또한 신앙인이 되어 갔다. 이를 어찌 돈으로 환산할 수 있으랴.

여행이 아닌 세상 보기

* * * * * '현장체험학습'은 중요한 과목이다. 교과서에서 배운 이론적인 지식은 금방 소멸할 수 있다. 그러나 체험적인 지식은 두뇌의 기억장치에 입력될 뿐만이 아니라, 끊임없이 자신 안에서 되새김질 되어 창의력을 발휘한다.

교육의 주체가 교사 중심으로 계획된 행사를 상상해보면, 학생들은 교사들의 통제 아래 아무 생각도 없는 피동적인 존재일 뿐이다. 그리고 학교의 리더는 안전사고에만 신경을 쓰게 되니 수직적인 통제가 불가피하고 행사는 늘 한계가 있다.

그러나 우리 행사는 준비부터 다르다. 준비하고 시행하는 날까지 구성원 모두 한마음이 되어 기도한다. 행사 명칭도 다르다. 우리는 현장체험학습을 '세상 보기' 현장체험이라 부른다. '여행'은 여유로운 사람들에게 맞는 단어이다. 그래서 여행은 부담 없는 즐거움으로 시작하게 되지만, 체험을 준비하기 위해서는 여유를 부릴 짬이 없다.

'세상 보기'는 학생들에게 유보된 여행의 또 다른 이름이다. '세상 보기' 체험은 고통이 따르고 피와 땀을 요구하기에 준비가 철저해야 한다. 정보화 시대에 지식 정보를 검색하고 많이 수집하는 것이 관건이다. 짧은 시간에 많은 것을 깊이 있게 볼 줄 알아야 한다.

'세상 보기'를 위해 학교가 할 일은 일정과 안전, 그리고 체험할 수 있는 범위를 고려하는 것이다. 그 외의 모든 준비는 학생들의 몫이다. 교사는 학생들이 무엇을 더 구체적으로 볼 것인지 눈을 뜨게 해주면 된다. 나머지는 학생들 몫이다.

무엇을 볼 것인지, 학생들은 그룹 작업을 한다. 주제에 따른 현장체험이 흥미롭게 진행되려면 학생들이 철저히 준비해야 한다. 선생님들은 보호자 역할과 지식의 폭을 확대하는 일 외에 안전문제의 보조역할만으로 충분하다.

그리고 현장을 둘러보고 체험한 것은 기록물로 남기고 설문지를 작성하고 전체가 모여 체험한 내용을 조별로 발표하고 평가한다. 그 후 평가한 내용을 책자로 만들어 오랫동안 기억 속에 남도록 해주었다. 매번 행사의 전 과정이 끝날 때마다 이 작업을 했다.

현장학습은 실제 상황에서 온몸으로 느끼고 생각하고 행동하는 교과서를 만나는 셈이니, 그 효과가 배가된다. 그것은 바로 제4차 산업혁명 시대를 사는 학생들의 역량이 된다.

전통시장 체험

　＊＊＊＊＊　한 학년이 제주도로 '현장체험'을 떠났다. 학생들이 함께 선정한 곳은 제주도의 전통시장으로, '오일장'을 보기로 했다. 학생들이 원하던 곳이라, 학생들의 기대치 또한 높았다. 틀에 박힌 장소와 일정이 아닌 입맛이 도는 체험이다.

　학교는 학생들을 '오일장'에 자유롭게 풀어 놓았다. 재래시장은 작은 사회 속에서 시장경제를 배울 수 있는 곳이며, 생생하게 살아 있는 구체적인 인간관계의 현장이다. 대형 할인점은 기계적이고 계산적이지만, 재래시장은 사람 냄새가 나는 흥미로운 곳이다.

　현장체험을 오기 전에 학교와 학생 사이에 약속이 있었다. 무엇을 하든지 이 '오일장'을 이탈하지 않기로 한 것이다. 그리고 마음에 담을 수 있는 건 모두 담아 오도록 했다. 체험이 끝나갈 시간에 학생들이 술을 마신다는 제보가 있었던 모양이다.

　방송 기자들이 취재차 나를 찾아 왔다. 체험을 마칠 시각이 다가왔고 학생들이 속속 모여들었다. 그 중에 얼굴이 홍당무가 되어 나타난 학생들이 있었다. 기자가 "이 학생들이군요." 한다.

의외로 우리 학생들은 당당히 마이크 앞에 섰다. "지금 우리는 체험을 하고 돌아왔습니다. 장바닥에 할머니가 앉아서 빈대떡을 굽고 있었어요. 우리는 할머니와 이야기를 하고 싶어 마주 앉았고 빈대떡을 먹으며 할머니 이야기를 특강으로 듣기로 했습니다."

"나도 너만 한 손자가 있어. 손자 학비 장만하려고 '오일장'만 되면 여기서 빈대떡을 팔아!" 학생들은 할머니의 삶의 이야기를 특강으로 들었고, 할머니는 자기들을 귀여운 손자로 여기시며 빈대떡도 주시고 막걸리도 곁들여 주셔서 맛있게 마셨다고 실토했다.

학생들의 이야기를 들으며 막걸리를 마신 것 또한 좋은 체험으로 인정했다. 음주한 수학여행단 학생들을 취재하려던 기자는, 취재 방향을 완전히 바꿨다. 그리고 저녁 9시 지방 뉴스에 우리 학생들 소식을 담았다. "'제주 오일장', 학생들의 '체험 학습장'으로 주목받아"라는 뉴스를 특종으로 다룬 것이다.

'수학여행은 이렇게 하는 것이다.'라고 하며 정형화된 수학여행이 아닌, 좋은 기획 상품으로 보도해주었다. 그날 저녁 학생들은 TV에 나왔다고 좋아들 했다. 흥미로운 현장체험학습은 이렇게 끝이 났다.

농촌이든 어촌이든 산촌이든 그리고 도심이든 우리가 가는 곳은 모두 현장체험의 장이었다. 생생한 교과서였다. 지식 위주의 교육에서 현장을 더한 교육은 매우 흥미로웠다. 그리고 교육의 주체는 바로 학생들이었다. 주제를 선정하고 계획하고 실행하고 평가하고 종합 설문지를 작성하는 이 모든 과정이 온전히 학생들 몫이었던 거다.

🏛 체험 종합세트

＊＊＊＊＊ '해외 이동수업'은 산악등반, 봉사 활동, 현장체험을 더 해 이루어지는 거대한 통합수업이다. 천천히 살펴보자.

중국 이동수업

학생들과 중국으로 해외이동 수업을 나섰다. 부모님들에게 자녀 학원 비를 나에게 달라고 했다. "무엇에 쓰시려고요?" 학부모들이 묻길래 "당신 자녀를 살리는 데 쓰려고요."라고 대답했다. 우리는 산악등반, 봉 사 활동, 현장체험을 중국 이동수업에 병행하며, 중국 동북 3성라오닝 성 遼寧省, 지린 성吉林省, 헤이룽장 성黑龍江省의 역사 현장을 찾아보기로 했다.

중국 심양에서 일본강점기 9·18 역사 박물관과 엄청난 규모의 시장 을 체험하고, 야간 침대열차로 연변 조선족 자치구에 도착해 용정시에 있는 역사적 현장인 대성학교를 방문했다. 일송정에 올라 대한 독립을 위해 애쓴 선구자들의 흔적을 찾아보기도 했다.

그리고 윤동주 시인의 생가를 찾아가 '서시'를 공부한 후, 중국지역의 삼합_{중국, 러시아, 북한 3국의 국경지대인 방천}에서 북한 회령 회색빛 도시를 바라보며 북한 돕기의 마음을 불러일으키기도 했다.

연변을 떠나 장춘시 청산리로 가서 독립투사 김좌진 장군의 흔적을 더듬어보았다. 하얼빈으로 가는 열차는 만주 벌판 옥수수밭 곡창지대를 달렸다. 하얼빈 역에서 안중근 의사가 이토 히로부미를 저격한 장소를 찾아가 학생들을 세웠다.

발해지역에서 일본강점기 시절 마루타 생체실험을 했던 제731부대를 들러, 독립군 2세 조선족 독립투사의 후예들을 만나 이야기를 들었다. 그들로부터 연해주에서 중앙아시아로 집단 강제 이주된 고려인들의 애환이 담긴 이야기를 들었을 때는 모두 눈물을 흘렸다.

구소련 스탈린 시대의 잔악상도 들었다. 만주로 징용 간 조선족들의 삶에 관한 생생한 이야기도 들었다. 1948년 남북분단으로 인해 남으로 오지 못한 동포들의 이야기도 들었다. 현장체험학습은 학생들에게 생생한 교육현장을 제공했고, 세상을 향해 눈을 크게 뜨게 해주었다.

이제 봉사 활동을 할 차례였다. 학생들은 중국 도문과 인접한 곳에 있는 감자밭으로 봉사 활동을 하러 갔다. 20만 평이나 되는 넓은 감자밭을 보자, 이렇게 지평선까지 넓게 펼쳐진 감자밭을 처음 본 학생들은 말문이 막히는 모양이었다. 이곳은 북한을 돕기 위해 대전교구 황용연 신부님이 관리하는 감자농장이었다.

학생들은 미리 트랙터가 지나간 자리에 삐죽이 올라온 감자를 일일이 부댓자루에 담아 트럭에 싣는 작업을 하기로 했다. 학생들은 놀라울 정도로 열심히 작업에 참여했다. 사흘 동안 쌓아놓은 감자부대를 트럭에

다 싣고 나서 우리는 북한 동포를 위해 미사를 드렸다. 학생들은 사흘 동안 북한 동포를 도와주는 일을 했다는 성취감에 스스로 감동했는지 미사 중에 내내 울었다. 차량이 줄지어 곧바로 중국 국경 지역인 '도문'을 거쳐 북한으로 들어가는 것을 바라보며 봉사 활동은 끝났다.

얼마나 지났을까, 중국 한족들을 실은 트럭 수십 대가 도착했다. 차에서 내린 많은 인부가 끝없는 감자 벌판에 흩어져 부대에 감자를 담기 시작했다. 6·25 때 중공군의 인해 전술이 이런 거구나 하며 직접 눈으로 보며 실감했다. 만주 벌판에 널려 있던 감자는 순식간에 부대에 담겼고 이미 짐 싣기까지 끝나 있었다.

처음에 '감자 빨리 담자'라며 일을 재촉했지만 우리 학생들이 미동도 하지 못했던 것은, 무리수 작업을 감당할 수 없었기 때문이었다는 것을 그제야 알았다. 초등학생에게 고등학교 과정을 가르친다면 질릴 것이 뻔하다. 그리고 중국 한족 인부들이 그렇게 온종일 일해도 임금이 2위안 정도밖에 안 된다는 것을 알게 되자, 부모님을 잘 만나 용돈 받으며 어려움 없이 사는 것을 다시 한번 감사했다.

봉사 활동에서 얻은 체험은, 일에서도 교육에서도 무리수를 써서는 안 된다는 것이었다. 그러나 우리나라 부모들은 모든 자녀에게 욕심으로 선행학습이라는 무리수를 쓰고 있다. 교육은 단계별로 흥미를 갖도록 교육과정을 짜놓았는데 우리는 그 과정을 무시하고 있다는 점이다. 공부를 잘한다는 것이 머리싸움은 아닌데 모두 경쟁만을 강요해 무리하고 있으니 '학교 밖 학생들'이 생겨나는 것이 아닌가.

'산악등반'은, 우리나라의 명산 백두산을 등반하는 것이었다. 백두산 천지를 향해 걸어 올라갔더니 마침 하늘이 맑아 운 좋게도 백두산 천지

를 볼 수 있었다. 우리는 천지 물을 페트병에 담았다. 학생들은 너무나
도 아름다운 쪽빛 천지연과 하늘을 보더니 깊이 감동해 하느님을 뵌 거
나 다름없다면서 환호성을 질렀다.

연변으로 돌아온 일행은 비행기로 북경에 가서 베이징대학을 둘러보
았다. 학생들은 대학 문 앞에도 안 갈 우리에게 왜 이런 대학을 보여주
느냐며 시간 낭비를 더는 하지 마시라고 내게 일침을 가했다. 나는 너
희 중에 베이징대학을 다니게 될 제자가 있을 것이라고 대답했다.

그리고 문화탐방을 했다. 학생들은 일정에 대한 정보를 현장에서 대
입하기 위해 교과서를 통해 많은 것을 준비했다. 계획한 것이 현장에
서 덧붙여지므로 문화탐방에 적극적으로 참여했다. 첫 해외 나들이는
학생들에게 세계화한 시야를 갖게 했고 적극적인 인성을 키워 주었다.
그들은 학습을 위한 큰 동력을 얻게 되었다.

중국은 아날로그 방식 없이 디지털시대를 맞고 있었다. 10년 동안 다
니다 보니 경제적으로 약진하며 빠르게 발전하고 있는 중국의 변화를
실감할 수 있었다. 이제는 다른 나라로 시야를 돌리기로 했다.

일본, 캄보디아, 인도, 네팔 체험기

'해외 이동수업'은 중국, 일본, 캄보디아, 인도, 네팔에서 이루어졌
다. 이런 프로그램은 적어도 1년 동안 계획한 거창한 교과수업이다. 꼬
박 1년여 동안 비용도 조금씩 모아야 하고 정보검색을 통해 철저히 준
비해야 한다. 여기서 얻어지는 동력은 학생들을 세계로 인도한다.

졸업생 중에서 많은 학생이 해외에서 생활하고 있다. 더 큰 미래를
위해 마음의 통이 커졌을 때, 해외로 비상해 당당히 살아간다. 어떻게

이런 일을 할 수 있느냐고 물으면, 학교 해외 이동수업에서 체험을 통해 배웠다고 한다. 그리고 '소극적 자유'에서 '적극적 자유'로 자기 삶을 책임지며 멋지게 살아가는 그들이 부러울 때가 있다.

그들은 학교에 다닐 때 무단결석을 하고 게임방에서 지내던 학생들이었다. 한때는 무기력했지만, 놀이체험을 통해 스스로 힘차게, 그리고 왕성하게 활동하는 것을 선택했고, 이제는 자신의 분야에서 두각을 나타내며 당당하게 살아가고 있으니 말이다.

학교에 다닐 때 너무 놀기만 했던 자녀들 때문에 초조해했던 부모들이 이제는 이렇게 말한다. "신부님, 감사합니다. 노는 것이 성공하는 비결이라며 놀게 내버려 두라고 한 말씀이 새록새록 생각납니다."

🏛 성장을 도와준 프로그램

* * * * * '청소년성장프로그램'은 우리 학교 교육이론인 '선택이론과 현실요법'에 그 근거를 두고 있다. 이 프로그램은 현실의 문제들을 풀어준다. 부정을 긍정으로, 나쁜 것을 좋은 것으로, 죽음에서 생명으로의 파스카 작업이다.

과거가 문제라면 오늘은 그 문제를 문제로 다루지 않는다. 문제가 있다면 머릿속 문제의 그림을 좋은 그림으로 바꿔주면 된다. 무기력하고, 소심하고, 자학하고, 열등감이 있다 하더라도 이를 극복할 방법을 찾아 해결한다.

한 남학생은 폭력적이고 감정조절이 잘되지 않았다. 그래서 그것을 극복하는 방법으로 뜨개질을 했다. 사제는 미사 때 제의 속에 장백의를 입고 허리띠를 맨다. 그 허리띠를 뜨개질하며 현실을 치료했다.

청소년의 성장을 돕는 프로그램은 다양하다. 도예, 목공DIY, 생활성가 부르기, 연극, 영화, 와이어 공예 및 원예치료, 침선공예, 퀼트, 원두막

짓기, 심성계발, 동영상제작, I want, You want, 제과제빵, 염색, 독서 토론회, 수다 떨기, 그 외에도 참으로 많았다. 이 프로그램들은 학생들의 현실 문제를 긍정적으로 치료하기 위한 적극적인 체험이었다.

⛪ 생명 가꾸기의 신선한 체험 '노작'

＊＊＊＊＊　역사학을 전공한 교사가 밭 33㎡를 마련해달라고 부탁했다. 그 얘기를 듣자마자 웃었다. 밭을 조성하긴 했지만, 그 선생님은 3.3㎡ 땅도 관리하지 못하고 손을 놓았다. 선생님도 학생들 수준이었다.

학생들이 네일아트를 하고 있었다. 예쁜 손에 장갑도 끼지 않고 엄지와 검지로 풀 끝을 잡아당기고 있었다. "신부님, 저도 하나 뽑았어요!" 자랑하듯 뽑은 풀을 높이 들어 보였다.

'노작 수업'은 이렇게 시작되었다. '노작' 시간은 땀을 흘리며 생명을 가꾸고 그 소중함을 배워가는 시간이다. 학생들이 수박을 심었다. 작은 줄기에 머리만 한 수박이 달렸다. 학생들은 신기한 열매를 더 잘 잘 가꾸고 싶은 마음에 수박 줄기를 끈으로 높이 매달았다. 그래서 수박은 땅에서만 자라는 채소라고 알려주었다.

이번에는 처음으로 오이를 심었다. 오이가 자라나자 덩굴을 수박처럼 땅바닥에 뉘었다. 그랬던 학생들이 줄기가 타고 오르도록 지주를 세우고 끈으로 매주기 시작했다. 오이가 주렁주렁 달렸다. 학생들은 생명을 알아가며 과일인지 채소인지 구분할 줄도 알게 되었다. 그러면서 이것도 자기들처럼 개성이 강하고 복잡하다고 했다.

노작 밭 가까이 담배밭이 있었다. "애들아, 담배란다." 학생들이 농부에게 다시 물었다. "아저씨, 이거 담배 맞아요?" "그래, 담배다." 자기들이 열심히 피워대던 담뱃잎을 처음 보고 씁쓸한 표정을 지었다.

농부가 가꾸는 수박밭에 갔다. 수박이 줄기에 달린 것이 신기했던지 학생들이 우르르 수박밭으로 내려갔다. 순간 주인이 수박밭을 망쳐 놓았다며 학생들을 향해 멀리서 고래고래 소리를 질러댔다. 호기심으로 수박을 보러 밭으로 내려갔다가 수박 서리로 몰린 것이다.

학생들은 황급히 학교로 돌아와 수녀님 뒤에 숨었다. 농부가 학교로 찾아와 화를 내고 욕을 해댔다. "아저씨, 저희가 뭐 잘못했나요? 신기해서 수박밭에 들어가 구경만 했어요." 수녀님은 우리 학생들이 모두 도심의 아이들이라 신기해서 내려갔을 뿐이라며 농부를 안심시켜 주었다.

농부가 미안했던지 재배한 수박을 한 수레 담아 선물했다. 착한 농심을 학생들이 보고 배웠다. '노작 시간'에 학생들이 밭에서 가꾼 푸성귀를 씻어 식탁에 올려놓았다. 주말이면 집으로 향하는 학생들에게 채소를 손에 쥐어주며 부모님에게 갖다 드리라고 했다. 노작 시간은 점점 흥미로워졌고, 그들은 밭에 난 잡초를 뽑다가 자기들 마음속의 잡초를 하나씩 뽑아내고 있었다.

학교 텃밭에서의 전지훈련을 끝내고 규모를 크게 해 농촌 마을 쪽으로 노작 장소를 옮겼다. 씨 뿌리는 시기가 되면 농부들과 씨를 뿌렸고, 모판을 준비하고 볍씨를 들이는 작업도 도왔다. 농부들은 학생들의 노동력이 매우 양질이라며 지원요청이 들어왔다.

농부는 간식을 준비했고, 농주도 한 잔씩 학생들에게 권했다. 기숙사에서 몰래 마시는 술이 아니라 땀 흘리고 마시는 술이니 술맛이 더 좋다며 즐거워했다. 노작 시간은 그 어느 때 보다 기다려지는 시간이 되었고, 농주 마시는 재미가 쏠쏠했던 모양이다. 농촌체험을 그렇게 좋아들 했다.

역시 사람은 생명과 생명이 만날 때 인성도 자라나는가 보다. 노작은 단순한 작업이 아니다. 그리고 생명을 이루는 과정은 복잡하다. 생명이 자라나는 모습에 관심을 두고 바라보는 사이 학생들은 생명이 얼마나 귀한 것인지도 함께 배웠다. 입시 위주의 주입식 교육은 책상머리에서 문제를 푸는 것으로 생명을 다룰 뿐이다.

이공계열의 학생들은 의사가 되는 것이 최고의 꿈이다. 그런데 학생들은 어린 시절부터 대학에 진학할 때까지 직접 생명과 만날 기회가 거의 없다. 과연 이런 엘리트들이 의학을 전공하고 병원에서 일할 때 생명의 소중함을 알겠는가. 그들의 머릿속에는 생명의 생성과정과 피와 땀의 결정체인 열매들이 없다.

머리가 좋아 의사가 되었을 뿐, 과연 철학적이고 신학적인 사고 안에서 생명을 윤리적으로 접근할 수 있는지 의문이다. 그런 상황에서 제대로 생명을 대할 수 있겠는가.

과학 위에 철학이 있고, 철학 위에 신학이 있다. 16년간 수없이 문제만 풀다가 직업인으로 의사가 되었는데, 생명과 구원의 문제를 제대로 해결하고 다루겠는가. 다양성을 체험해보지 않고 경직된 직업인으로의 사고만 갖고 있다면 경제인밖에는 될 수가 없을 것이다.

생명을 기계적으로 다루는 의사는 몹시 위험하다. 생명을 기르기 위해 땀 흘려 밭을 만들고, 거름을 넣고, 씨를 파종하고, 제초하고, 병충해를 예방하며 추수를 맛보아야 생명원리도 알게 되지 않겠는가.

노작을 체험했던 한 학생이 호주에서 의사로 살아가고 있다. 그는 '그때 노작을 통해 생명을 길러보지 못했다면 나는 생명에 대해 지금도 알지 못할 것'이라고 고백한다. 이보다 더 귀한 체험이 있겠는가.

인문계의 엘리트는 법조인이 되는 것이 꿈이다. 돈과 권력을 좇아 움직이다가 법조인이 되면 윤리며 도덕이라는 문제를 심각하게 다루겠는가. 인간 존엄성에서 출발한 법 해석과 판결을 제대로 해야 할 텐데 말이다. 이들도 다양성을 인정하기보다 편협한 자기주장만 하지 않겠는가.

생명이 되기까지 기다려주며 함께하고, 어느 수준이 될 때까지 돌볼 줄 아는 엘리트가 얼마나 되겠는가? 10년 후의 일들이 걱정될 뿐이다.

종교수업과 성소 계발

    ＊＊＊＊＊ 종교수업으로 절에서 스님을 만나고 특강을 들었다. 수도원으로 1박2일 피정도 떠났다. 공지영 작가의 『수도원 기행』이 생각났다. 수도원, 신학교를 탐방하며 대화도 나누었다.

  학교에서는 아침마다 매일미사가 있고, 매주 목요일마다 열 곳의 홈에서 차례대로 돌아가며 하는 미사는 꽉 찰 정도로 인기가 있었다. 홈한 곳에는 여덟 명의 학생들이 함께 생활하는데, 다른 홈의 학생들도 많이 참여해 성가 부르는 소리가 무척 우렁차서 감동적이었다.

  미사는 홈 가족들이 준비하고 여러 홈의 학생들을 초대하는데, 미사후에는 이벤트가 특송으로 있었다. 수녀님이 준비한 자연식 음식인 옥수수, 고구마, 밤 등 맛있는 간식도 준비되어 있었다. 자발적으로 준비한 미사는 언제나 신이 났으며 흥으로 넘쳐났다.

  성모성월, 로사리오성월에는 학생회 종교부장 학생의 주도로 매일저녁 성모상 앞에서 희망하는 학생들이 모여 묵주의 기도를 바쳤다.

그 어느 것 하나 학생들에게 강요하지 않았다. 학생 스스로 자유롭게 선택해 자율적으로 이루어졌다.

그렇게 진행해온 종교 활동이 열매를 맺었다. 신학교에 입학해 수학 중인 학생들이 여덟 명이 되었다. 서울 가톨릭신학교에 두 명, 수원 가톨릭신학교에 두 명, 대전 가톨릭대학교에 네 명이 사제의 꿈을 키워가며 모두 잘 자라고 있다.

개교 후, 천주교 서울 대교구 교구장으로 이임하신 정진석 추기경님도 학교가 이 정도로 놀랍게 변화된 소식에 크게 놀라셨다. 추기경님도 양업고의 첫 입학식을 생생히 기억하시기 때문이다.

첫해 졸업식과 졸업 미사는 참석한 내빈들을 감동하게 했다. 각 본당의 젊은이 미사가 이런 좋은 기운을 갖고 있으면 얼마나 좋겠냐며 다들 벤치마킹 하고 싶다고 부러워했다. 우리 교구장 장봉훈 주교님도 학교를 오실 때마다 어떻게 이처럼 활력이 넘치는 미사를 할 수 있느냐며 기뻐하셨다.

학생들 마음에 새겨진 성직자 수도자에 대한 좋은 느낌은 종교 활동을 학생들에게 아름다운 시간으로 자리매김할 수 있게 해주었다. 그리고 모든 학생이 그들의 마음속에 아름다운 그림으로 하느님을 담을 수 있게 되었다.

학생들은 종교 활동에 푹 빠져있다. 신자가 아니었던 학생도 재학 중에 세례를 받게 되므로 3학년이 되면 학생들은 대부분 가톨릭 신자들로 구성된다. 특성화고등학교를 인가받았을 때 종교 학교법인에서 학교를 세웠으므로 가능한 일이었다.

우리는 종교의 특성을 살려 교육과정을 운영하고, 방과 후 활동을 하거나 기숙사에서 생활할 때도 미사를 중심으로 모든 것이 이루어진다. 그리고 어떤 행사를 하든지 시작부터 끝까지 준비 기간 내내 공동체가 함께 기도한다. 이는 학교운영에 큰 힘이 되었다.

인성에서 영성이 생겨난 것이다. 여기서 말하는 영성은 믿음의 깊이를 뜻한다. 인성을 넘어 영성으로 옮겨간 제자들이 자랑스럽다.

미국, 일본 대학과 MOU 체결

* * * * * 해외 유학을 시작하자, 국제적 감각이 생겨났다. 미국 펜실베이니아주 피츠버그에 있는 라로슈대학교, 디트로이트 마돈나대학교, 일본 동경에 있는 동경순심여자대학교와 협약을 체결해 학생들에게 장학금을 30~50% 받을 수 있도록 했다. 그곳에 입학하고 졸업한 우리 학생들이 여럿 있다.

십 년이 지나자 해외에 나가 공부하는 학생들이 늘어나 지금은 마흔 명이 넘는다. 호주 시드니대학교, 멜버른의대, 일본 주오 법대, 영국의 브리스틀대학교 정치외교학과, 미국 버클리대학교, 스페인 바르셀로나대학교, 키르기스스탄 국립대학 러시아학과 이탈리아 밀라노 음악학교 등, 제자들은 세계로 뻗어 나가고 있다. 그들 집안이 경제적으로 넉넉해서가 아니다.

한 학생은 러시아어를 공부하고 싶어 했다. 구소련의 위성국가를 인터넷으로 검색해 키르기스스탄을 찾아냈다. 그리고 그곳 국립대학과 직접 인터뷰한 끝에 진학했다. 한 해 대학 수업료 80만 원, 게스트하우스에 매달 30만 원의 경비가 든다고 했다.

그러나 그 학생은 집에서 향토 장학금을 전혀 지원받지 않았다. 학기 중에는 현지 가이드를 하고, 방학이면 러시아에서 의료관광차 한국을 찾아온 이들을 도우며 통역을 해 용돈을 마련했다. 이런 해외 진출과 자기 발전에 우리 학생들은 탁월하다. 그 학생은 지금 대학교 종합병원 국제홍보팀에서 일하고 있다.

장하지 않은가. 자신을 만들어가며 행복해하는 제자가 자랑스럽다. 제자 덕분에 동료 신부와 그 나라를 찾아가 격려하고 관광할 기회를 얻었다. 그렇지 않으면 중앙아시아는 꿈속에나 있는 나라였을 것이다.

또 다른 학생의 이야기이다. 고등학교를 졸업한 후 학생은 대학진학을 했지만, 학업을 포기해야 했다. 홀어머니와 둘이 사는데 가정형편이 여의치 않았기 때문이다. 인천국제공항 미용실에서 5년 동안 일하며 돈을 벌었다. 5년이 지났을 때 제법 돈이 모였다.

제자는 호주 시드니대학 패션 디자인학과를 지원했다. 그곳에서 4년 동안 공부하며 같은 과 선배를 만나 결혼했다. 그리고 경남 진영에 국제적인 감각을 지닌 미용실 '시저스 헤어'를 차려 영어를 유창하게 잘하는 부부가 운영하고 있다. 미용실에는 외국인들이 북적이고 남녀노소가 다 찾아온다.

나는 제자가 기특해서 그곳으로 찾아갔다. 그리고 미용실 의자에 앉았다. 멋진 솜씨로 머리 손질을 해 주었다. 자신의 미래를 가꾸며 행복한 삶을 만들어가는 제자가 자랑스럽다.

진학하지 않은 제자들

* * * * * 진학하지 않은 학생들이 있었다. "왜 진학을 하지 않았니?" "진로가 결정되지 않아서요." 그래서 도전장을 마련했다. 먼저 언어부터 배우라며 두 제자를 중미의 과테말라로 가라고 권유했다. 중미 과테말라는 교구 사제가 파견되어 15년째 '천사의 집'을 운영하고 있다. 유·초·중 어린이들과 학생들을 돌보는 학교가 있고, 이 학교는 여자들만 담당하는 보호시설이기도 하다.

내 권유를 받아들인 제자는 그곳에서 2년 동안 봉사 활동으로 어린이들과 함께 지내며 스페인어를 배웠다. 언어적인 감각을 익히는 사이 훌쩍 성숙했다. 그들은 좁아터진 공간이 아니라 세계를 향해 날개를 펼치고 있다. 조금씩 자신을 무리수를 극복하며 발전하고 있는 것이다.

우리나라 교육은 처음부터 무리수이다. 어린 시절 조기 언어교육부터 시작해 학원의 선행학습까지 끝없이 강요당하고 있다. 끊임없이 이어지는 경쟁 속에서 얼마나 많은 학생이 죽어 가는지 세계 자살률 1위라고 하지 않는가. 이런 생각을 제자들에게 전해준 것도, 제자들이 나의 권유를 받아들인 것도 자발적인 해외 나들이 덕분이다.

학생들에게 인도를 보여주기로 했다. 내가 먼저 답사를 떠났다. 인도를 안내했던 분은 델리대학 사회학과를 졸업하고 한국의 '하나투어', '모두투어'와 협약을 맺고 일하는 청년이었다. 그는 한국말을 나보다 정확하고 유창하게 했다. 한국에서 아파트 신축현장에서 일하며 말을 배웠고, 서울대 대학원 국어국문학과에 다닐 때도 근로자로 일하며 한국말을 익혔다고 한다.

얼마나 한국말이 유창하던지 인도 델리공항을 소개하면서, "인천국제공항 다음으로 아름다운 공항입니다. 지금 공항 밖의 온도가 40도를 넘습니다. 숨이 탁탁 막힙니다."라고 했다.

인도 부호의 아들인 그는 인도에 관해 꿰뚫고 있었는데, 큰 저택에서 지내며, 삼성 갤럭시 가게를 운영하고 있었다. 그를 따라 인도 세상 보기를 했다. 인도의 힌두교의 성지 '바라나시', 인도의 대표적 이슬람 대칭 건축물로 유명한 '타지마할', 그리고 성녀 마더 테레사 수녀님으로 유명한 콜카타의 '사랑의 선교 수녀회' 그리고 시인 '타고르의 생가'를 돌아보았다.

학생들에게 리더 역할을 제대로 하기 위해 학교장은 학생들보다 먼저 더 많은 것을 보아야 한다. 그리고 그들이 제대로 세상을 볼 수 있도록 유의미 영역을 확장해 주어야 한다. 제자를 과테말라에 보낸 원인도 여기에 있다.

콜카타와 타고르의 생가 방문은 큰 역할을 했다. 콜카타에 갔을 때 '사랑의 선교 수녀회'는 한국인 봉사자들로 넘쳐났다. 하느님의 일을 하면 봉사자는 자동으로 넘쳐나는가 보다. 내가 학교를 처음 열었을 때도 봉사자들이 넘쳐났으니 말이다. 그곳에는 젊은 청년들이 넘쳐났고 대부분 대학교 2학년쯤 된 학생들이 대부분이었다.

'어떻게 이곳에 오게 되었느냐?'고 물었다. 학생은 대학교 2학년을 마쳤는데, 남학생들은 군대에 가지만 자기들도 남학생처럼 2년간 봉사하며 언어를 배우려고 삶의 현장을 찾았다고 했다.

미래를 준비하는 학생들의 현명함이 대견스러웠다. 봉사단체에서 일하며 천천히 자기를 만들어가고 경제적 부담을 최소화하는 모습이 어찌나 기특한지 칭찬을 맘껏 해주었다. 그들은 수도회 미사에 함께 한 후 수녀님들이 마련한 음식으로 아침 식사를 하고, 점심은 삶의 현장에서 가난한 사람들과 함께하고 저녁은 게스트하우스에서 일용할 양식으로 해결하며 지내고 있었다.

얼마나 훌륭한 유학인가. 너도나도 조기유학 붐이 불었던 때가 있었다. 경제적인 부담이 컸던 탓에 자녀들로 인해 많은 가정이 파탄 났고, 자녀의 유학 생활도 빗나가는 경우가 허다했다.

타고르 생가에 들렀다. 부호의 아들답게 그의 생가는 저택이었다. 아버지는 타고르에게 세상을 많이 보게 했다고 들었다. 서른 살이 되기도 전에 48개국을 가보았다고 하니, 얼마나 많은 것을 경험했을까. 그가 쓴 시는 우리 교과서에도 올라와 있다.

나는 미처 다 보지 못한 세상 보기를 학생들과 하면서 지냈다. 내 경험의 세계가 넓혀지니, 학생들 또한 무한대의 경험세계로 확장되어 갔다.

⛪ 자신의 행동을 책임지는 학생

* * * * *   살다가 이런 학생들은 처음 보았다. 머리염색과 피어싱 말이다. 하루에도 여러 차례 머리 색깔이 바뀌기도 했다. 무료한 시간에 심심풀이로 하는 일이었다. 빨강, 노랑, 보라, 흰색 등, 그 빛깔도 다양했다. 피어싱을 하니 차츰 인디언을 닮아갔다. 장신구들이 점점 늘었다. 귀걸이, 코걸이, 눈썹 걸이, 혀 걸이, 입술 걸이, 가벼운 것부터 무게가 나가는 묵직한 것까지 참으로 다양했다.

비위가 상해 그들을 거들었다. "이왕이면 모양 좋게 양쪽 귀에 양동이를 하나씩 걸고 다녀라."라고 했다. 머리 삭발, 부분 삭발, 면도로 밀어버린 머리통이 빛났다. 네팔 나들이를 갔을 때 학생들은 자신의 등에 문신을 하기도 했다.

그들의 선택이 어디까지 갈 것인가. 내일 일은 걱정하지 않는 학생들이었다. 불이익은 전적으로 학생들 책임이라고 말해주었다. 3년이 지나고 그들의 졸업식 날이 왔다. 그들은 모두 정상으로 돌아왔다. 염색

머리는 검은 머리로 바뀌었고, 피어싱은 자취를 감췄다.

졸업식 때 학부모 축사가 있었다. 아버지가 말했다. "아이 때문에 제 머리는 검정에서 백색 머리로 염색이 되었고 자녀의 머리는 울긋불긋 가을 산이었다가 검은 색깔로 돌아오니 졸업이네요. 선생님들 그 모습 바라보며 어떻게 참으셨나요?" 하고 말했던 것이 기억난다.

왜 강제하고 싶은 마음이 없었겠나. 부모님은 무조건 자녀가 엄숙 단정해야 하며 그 이상은 바라보기 힘들어 한다. 학교는 물론 바른 것을 가르쳐야 한다. 그러나 학부모 플러스 선생님이 되려 하지 않았다. 기다려주면 언젠가 제 모습으로 돌아올 것이라고 믿었다. 그리고 기다려준 덕분에 학생들은 스스로 본래의 제 모습으로 돌아왔다.

이제 그들은 지나온 3년 동안 자신들이 선택하고 결정한 행동의 결과를 보게 될 것이다. 특히 문신을 새긴 학생들이 곤욕을 치렀다. 군대 신체검사에서도 불이익을 당했다. 공공의 장소는 그 학생들을 배척했다. 사관학교 장교 후보생 신체검사에서 제동이 걸렸고, 부사관 후보생 신체검사에서 제동이 걸렸다.

'좋은 선택을 하고 행동에 책임을 지는 학생'이 우리 교육목표의 한 부분이다. 그리고 철없던 학생 시절이 앞으로 자신에게 불이익으로 돌아온다는 것을 이제야 알아듣게 되었다. 그나마 다행인 것은, 그런 내용을 선배들이 후배들을 찾아와 참담한 후회와 함께 직접 가르쳐주고 있다는 점이다.

자기소개서를 쓸 때 지난 3년 동안 내 삶의 핵심이 될 만한 사진을 첨부하라고 했단다. 그런데 사진을 찾아보니 온통 머리염색을 하고 피어싱을 했던 사진 외에는 찾을 수가 없었다. 선배가 후배들에게 말했다. '우리처럼 3년 동안 그런 모습으로 지내지 마세요, 문신은 절대 안됩니다.' 선배들 말이라면 후배들은 즉시 반응했다.

좋은 학교가 되어간다는 것은, 한때 잘못 살았던 적이 있긴 했지만, 그 일을 부끄러워하지 않고 후배들에게 제대로 알려주는 관심과 사랑이 있었기에 가능했다고 생각한다.

이런 일도 있었다. 한 학생이 군 지원을 했다. 해병대에 가기 위해서였다. 세 번 응시했지만 그를 뽑아주지 않았다. 학생이 그 이유를 물었다. "세 번을 지원했지만, 저의 지원을 허락하지 않습니다. 왜일까요?" "자네는 결석일수가 너무 많아서야. 성실함을 인정받지 못하게 된 것 때문이지." 그렇다. 결석일수가 문제였다.

그는 해병대지원을 포기했지만, 일반 군인의 자격도 허락받지 못했다. 그는 그것으로 끝내지 않았다. 그는 학교로 찾아와 학생들에게 생생한 가르침을 주었다. "여러분, 출석에 충실하십시오!" 덕분에 재학생들은 결석하지 않고 교실에서 버텼다.

우리 학교 졸업생들이 의리가 있다는 생각이 들었다. 일반 학교의 경쟁의식대로 한다면 자신이 불이익당한 경험을 후배들에게 전해 제대로 살아야 한다며 독려하지는 않았을 것이다.

🏫 자유학교

    ***** 학생들의 수준은 바닥을 쳤다. 자기 통제는 찾아볼 수가 없고 말 그대로 고삐 풀린 망아지였다. 외부통제를 받으면 끝없이 반발했다. 그들이 말하는 자유는 방종이었다. 우리는 그렇게 시작했다. 그리고 얼마나 방종을 하는지 두고 보기로 했다. 학생들을 학교에 강요하지 않고 학교가 그들에게 맞춰가기로 했다. 언젠가는 그들도 내적인 힘이 생기겠지 하며 바라보았다.

  방종은 극에 달했다. "신부님, 맛 좀 보시겠습니까?" 학생들의 방종을 통해 우리가 혹독한 통과의례를 거쳤다. 그들은 담배꽁초를 아무 곳에나 버렸다. 나는 꽁초를 소리 없이 주웠다.

  이번에는 "신부님이 우리를 기다리겠다고요?" 기다림의 한계를 시험했다. 기숙사는 담당 교사 한 명과 학생 여덟 명이 공동으로 사용하며 열 개의 홈 형태를 취하고 있다. 홈에는 언제 세탁을 했는지 물기 젖은 옷가지들이 썩어 곰팡이 냄새가 진동했다.

학교는 학생들이 최소한의 규칙만 지키도록 풀어주고 있었지만, 그 것마저도 학생들은 못 견뎠다. 가뭄에 타는 작물이 낮에는 시들었다가 밤이면 싱싱하게 살아나는 것과 같았다. 밤새 실어 나르는 야식들과 술병들, 새벽이 다가오는데도 지치지 않고 그들 세상이었다. 일반 학 교에서는 상상조차 못 할 일이었다. 그렇다고 막연히 기다려줄 수만은 없는 노릇이었다.

학생들이 죽을 맛인 것처럼 교사들도 마찬가지였다. 자기 통제능력 을 가질 때까지 아무것도 하지 못했다. 교실 수업도 마찬가지였다. 그 들은 교실에서 행해지는 일반 교육과정을 통제와 간섭이라고 보았다.

그래서 교실 수업은 자유롭게 참여하도록 했다. 참여는 자신의 선택 이며 선택에 대한 책임은 학생 몫이었다. 이 부분이 눈에 보이지 않는 교사의 통제이기는 했다. 선생님들에게는 교과수업이 재미있어야 하며 현장에서 배울 수 있는 노력을 하도록 미리 주문해놓았다.

학부모와도 약속했다. 자녀들을 일반학생과 비교하지 말아 달라고 부탁했다. 학부모가 나에게 자녀를 맡기고 돌아가는 날 "졸업장만 손 에 쥐어 주세요." 하고 부탁한 터라, 학생들이 방종하며 살고 있는데도 학교는 기다려주었다.

그런데 6개월이 지나자 학부모의 요구가 급해졌다. "학생들에게 뭐 를 가르치나요? 집에 오면 애가 잠만 자요. 새벽 2시에 학원 갔다 돌아 오는 옆집 학생을 보면 울화통이 터져요. 이대로라면 학교를 졸업한 후 사회생활을 제대로 할 수 있을지 걱정이 돼요."

부모님이 흔들렸다. 학교의 교육철학을 신뢰하지 않는 부모와는 충 돌이 불가피했다. 성급한 학부모들은 애들 버린다며 하나, 둘 **빼내어**

갔고, 학생은 학교에 남아 있으려고 발버둥을 쳤다.

개교 후 6개월이 지날 무렵이었다. 한 학생이 학교 중앙홀에 대자보를 붙였다. 전체 학생들을 향해 '이것도 학교냐?'고 호소했다. 그 학생은 '범생이' 측에 끼어 있었고 언제나 정중동 했다. 그때 학생들의 반응은 '쟤 뭐야?' 하며 우리와 다른 별종이라며 시큰둥했지만, 그것은 변화의 시작을 알리는 징후였다.

그 후 1년이 지날 무렵, 방종했던 학생들이 '이것도 학교냐?'며 목소리를 키웠다. 그때는 학생들 대부분이 학교를 향해 자기들에게 뭐 좀 해달라고 외치는 것 같았다. 실컷 방종하던 학생들이 자기들 생각에도 '자유'를 잘못 해석하고 있다는 생각을 하게 된 것이다.

차츰 자발적으로 수업에 참여하는 학생이 늘어났다. 학교 변화의 신선한 조짐이었다. 수녀님에게 다가와 학생들이, "수녀님, 많이 힘드시지요? 저희도 조금씩 변해가고 있습니다. 저희도 힘들어요. 조금만 더 기다려주세요."라고도 했다. 양심 바른 자책이었다. 조금씩 자신을 스스로 통제하려고 하는 것 같았다.

이제까지 늘 외적통제에 익숙한 학생들이었다. 강북에서 뺨 맞고 강남에서 아무 관련도 없는 상대에게 항변하듯 우리를 괴롭혀왔던 그들이다. 그 괴롭힘을 괴롭다고 화내지 않고 기다려주는 사이 그들도 내적통제의 능력이 조금씩 생겨난 모양이다. 엄청난 방종과 자유 사이에서 무질서가 질서가 되고 생명의 터전이 되고 있다는 징후가 하나, 둘 발견되고 있었다.

대학수학능력 모의고사가 있었다. 학생들은 이를 거부했다. 사실 우리 선생님들도 이를 처음부터 도교육청에 이야기해 제외하도록 요구했지만, 단위학교는 힘이 없었다.

대안학교라는 특성도 무시한 채 상급기관은 몹시 권위적이었다. 교사도 학생도 대학수학능력 모의고사를 거부했다. 이 시험은 우리에게 별 의미가 없었다. 그리고 차츰 도교육청도 이를 강제하지 않았다.

그런데 어느 해부터인지 학생들이 자신들을 수준을 보고 싶다며 시험을 받아들였다. 교사도 학생도 의견 일치를 보고 전진했다. '좋은 학교'의 시발점인 셈이다.

나는 정년퇴직을 하고 학교를 떠났다. 삼위일체이신 하느님, 예수님의 일상을 보고 느끼며, 살아계신 하느님을 뵈었고, 학생들을 만나면서 한 분뿐이신 참스승, 예수님을 만났다. 예수님과 함께 하면서, 예수님 안에서, 예수님을 통하여, '그리스도'를 만났다. 이를 알려주신 분은 성령이시다.

나는 수난과 죽음을 살았고 이제 죽을 준비가 되어있다. 죽는다는 의미는 숨이 끊어지는 의미가 아니라 생명이 될 준비 말이다. 그리고 신앙고백이 완성될 즈음 본당으로 다시 파견되었다. 베드로는 예수님 부활의 영광을 보고 순교에 이를 때까지 예수님의 삶을 살았다. 이는 베드로에게 큰 축복이고 은총이다.

경험과 영감과 창의성 교육

＊＊＊＊＊ 어느 날 갑자기 '섬진강 시인' 김용택 님을 떠올렸다. 그리고 그분을 우리 학생들을 위해 초빙했다. 그는 어린 시절 섬진강에서 자랐다고 한다. 특강에서 그는, "여러분! 지렁이 울음소리를 들어보았나요?"라고 우리 학생들에게 질문을 던졌다.

"지렁이도 울어요?" 우리 학생들은 의아하다는 반응이었다. 시인은 "여러분! 이런 숲속의 아름다운 학교에서 지내면서 지렁이 울음소리를 들어보지 못했다고요? 귀를 열고 마음을 열고 들어보세요."

그는 분명 서정 시인이었다. 그리고 시인이 되기 위해서는 경험의 세계를 넓혀야 한다고 말해주었다. 그날 이후 우리 학생들은 가을에 숲에서 울어대는 귀뚜라미 울음소리와 지렁이 울음소리를 확실하게 구분해서 들을 수 있게 되었다.

타고르 시인이 쓴 시 '동방의 등불'을 떠올려 본다. 한국을 한 번도 찾지 않았던 그였지만, 일본을 여러 번 다녀가면서 한국을 바라보며 영감으로 이 시를 썼다고 한다.

경험의 세계가 축적되면 영감이 생겨나고 창의성으로 발전하게 된다. 자신의 작품으로 우리를 놀라게 하는 수많은 작가가 있다. 그들은 천재들이다. 그러나 선천적인 천재들이 아니라 후천적인 천재들이라는 생각이 든다.

통영 출신 박경리 작가의 『토지』를 떠올려 본다. 섬진강 자락에 있는 악양이라는 마을을 배경으로 한 이 작품도 마찬가지였다. 작가는 한 번도 『토지』의 배경이 된 섬진강 가까이 있는 양지바른 마을 악양에 가 보지 않고 이 작품을 썼다고 한다. 그는 작품세계 속에서 GPS를 장착하고 하늘을 날아다녔던 것 같다.

🏛 호주 멜버른 의대 출신 의사

* * * * * "참 이상한 학교였어요. 학교 건물도 이상해 보였고, 제대로 자리 잡은 것이 하나도 없었어요. 야, 이것도 학교인가? 그래서 몇 달을 다니다가 이 학교도 아닌 거 같다고 생각하며 오랫동안 학교 밖에서 서성거렸지요."

그는 결석일수가 너무 많아서 법정 수업일수를 채울 수가 없었다. 진급할 수 없는 상태여서 본인도 학부모도 담임교사도 포기한 채 퇴학처리를 생각하고 있었다. 그때 교감 수녀님이 학생에게 전화를 걸어 "언제 학교에 올 거니? 보고 싶네."라고 했다.

검정고시를 준비하겠다고 옥탑방에서 안간힘을 써보았지만, 뜻대로 되지 않던 참에 수녀님 전화가 걸려온 것이었다. 내심 반가웠는지 통화를 한 후 학교로 돌아왔다. 하지만 학교도 난감했다.

돌아온 학생을 거절할 수는 없었으므로 고심 끝에 구제하는 방법을 찾았다. 겨울방학을 이용해 꽃동네 봉사 활동으로 수업일수를 보충하겠다는 계획을 도 교육청의 허락을 받아 진급을 시켰다. 학교로부터 이런 관심과 배려를 받아본 적이 없었다. 학생은 학교로 돌아와 아무 일도 없었다는 듯이 학교를 서성거렸다. 동료들은 학교로 잘 돌아왔다며 축하파티를 열어주었다.

그 학생은 숱한 체험을 하며 3년을 지내고 졸업했다. 군대 제대 후, 다니던 서울에 있는 전문대를 뒤로하고 호주에 갔다. 얼마나 노력했을까. 호주 멜버른의대에 입학했고 지금은 애들레이드에서 전문의로 일하고 있다.

"신부님, 저 혼인합니다. 주례 서주세요." 성당에서 혼인성사로 하느님 앞에서 서약했다. 그 제자는 말한다. "양업은 정말 이상한 학교였습니다. 공부하라 다그치지도 않았고, 인성의 기초를 다져주었지요. 그 인성 덕분에 저는 공부를 시작할 수 있었습니다. '자유'와 '책임'을 가르쳐준 '좋은 학교, 양업'이었어요."

게임중독에서 벗어난 버클리 대학생

＊＊＊＊＊ 한 번 외출했다 하면 보름이 지나야 학교로 돌아왔다. 머리를 계속 길러 누가 보아도 남자는 아니었다. 머리 길이가 엉덩이까지 내려왔다. 뒤에서 보면 영락없는 여자였다. 머리칼에 그 잘난 얼굴이 가려져 3년 동안 얼굴을 제대로 본 적이 없고, 말수도 별로 없었다.

어느 날인가 그 학생이 외출에서 돌아오고 있었다. 학생에게 "지금 돌아오니?", "네.", "뭐하느라…?", "게임 했어요.", "재미있니?", "재미있지요.", "왜, 재미있지?", "점수가 막 올라가요. 희열을 느껴요.", "즐거운 거구나.", "예, 무척 즐거워요. 시간 가는 줄 몰라요."

그렇게 학교에 돌아와 아무렇지도 않게 생활했다. 그리고 졸업할 때까지 3년을 그렇게 지냈다. 부모는 명문대 출신이었는데 아버지는 뭐 저런 돌연변이가 생겨났느냐며 비난을 끊이지 않았다. 성적은 뭐든지 가능한 '가'만 가지고 졸업했다. 지방대에 입학했지만, 성적이 F 학점으로 낙제를 했다.

몇 년이 지난 어느 날, 그 학생의 부모가 아들의 성적증명서를 떼러 나타났다. 어이가 없어서 "그 '가'의 성적표를 어디다 쓰려고요?" 하고 물었다. 그랬더니 대학 편입을 하는 데 사용한다고 했다. 게임만 하던 학생이 미국에서 전문대 2년을 마쳤는데 버클리대학에 편입하려고 성적표가 필요하다는 것이다. 미국에서의 전문대 성적은 최우수였다.

깜짝 놀랐다. 어떻게 그렇게 높아졌는지 물었다. 양업에서의 3년이 아들에게 치유의 시간이었다고 했다. 게임을 하고 돌아오는 학생을 품어 주며 마음을 헤아려 주었던 것이 인성에 큰 보탬이 된 것이라고 한다.

"게임이 즐겁냐?", "즐겁지요.", "기쁘냐?", "기쁘지는 않아요. 해야 할 일을 하지 않았잖아요.", "야, 너, 즐거운 것하고 기쁜 것하고 구분할 줄 아는구나! 그럼 됐다." "신부님은 그때 제가 변할 거라는 가능성을 믿어주셨던 것으로 압니다."

버클리대학 3학년으로 편입해 졸업한 후, 지금 서울의 대기업 본사에서 근무하고 있다. 나도 그들을 위해 '그리스도' 역을 맡은 셈이다.

＊＊＊＊＊ 학교에서 본당으로 자리를 옮겨왔다. 여름날 멋진 주일학교 행사를 했다. 첫해에는 열차로 제천, 영월, 동강 체험, 묵호의 해수욕장으로, 두 번째 해에는 호남선을 따라 열차로 전주, 무안, 신안, 목포, 진도, 세월호, 5.18묘역으로 세 번째 해에는 열차로 섬진강을 따라 곡성과 여수를 돌아보았고, 네 번째 해에는 거제도와 부산을 다섯 번째 해에는 서울 도심에서 여러 체험을 했다.

우리는 장소와 일정만 결정하고 모든 체험의 경로와 볼거리는 학생들이 주체가 되어 6개월 전부터 모든 정보력을 동원해 답사와 실사를 통해 준비를 해왔다. 그리고 사고 없이 잘 돌아오도록 준비 기도를 몇 달 전부터 신자공동체와 함께했다. 한편, PPT 자료를 작성하고 토론을 거치고 볼 내용에 대한 안목을 설정했다.

그리고 실행하는 날 안전문제만 책임졌다. UCC 동영상을 만들고 최종적인 발표를 학부모들과 함께 한 자리에서 평가회를 거치고 설문을 작성하고 책으로 편집해 나누어 주었다. 매년 주일학교 학생들이 증가했고 주일학교에 대한 관심도는 더욱 커져 갔다. 교회에 젊은이들이 넘쳐나자 공동체가 활기를 되찾았다. 무엇보다 변화되는 자녀들을 보고 학부모들이 제일 좋아했다.

본당 학생들과의 히말라야 등반

* * * * *   본당에 와서 벌써 네 번째 히말라야 등반이었다. 떠나기 전에 한 제자가 전화를 했다. "신부님, 공부하기 너무 힘들어요. 모두 그만둘까 봐요." 얼마나 힘든 시험이길래 임용고시를 두 번째 실패했다고 한다. 시험에서 계속 실패하면 의기소침해지기 마련이다.

제자와 함께 전에 걸었던 히말라야 카드를 꺼냈다. "히말라야 또다시 가자. 자네가 의기양양해서 오르던 그 트레킹의 기억을 되살리면 어떨까?" "좋아요!" 제자들이 구원에 이른다면 어디든 제자들과 함께 할 작정이이었다. 양업고를 졸업한 다른 제자들과 학부모들도 전국에서 찾아와 함께 등반에 참여했다.

우리는 함께 안나푸르나 베이스캠프ABC에 올랐다. 함께 내려오면서 제자가 나에게 들려준 말이 생각난다. "신부님, 저 하산하면 임용고사 준비 다시 하겠습니다." 제자는 힘들게 트레킹 하는 마음으로 책을 폈고 밤낮없이 공부를 했다고 한다.

그리고 어느 날 전화가 왔다. "신부님, 덕분에 해냈어요." 합격 소식을 전해주었다. 얼마나 기뻤던지. 의기소침했던 제자에게 히말라야 재도전은 체험의 동력을 만들어 주었고, 자신의 한계를 넘어 그가 바라는 피라미드의 정상에 오르게 한 것이다.

제자는 지금 학교 밖 학생공립대안학교들을 가르치고 있다. "신부님, 삶의 현장에 서니 모두 만만치 않아요. 변화를 시도해보지만 너나 실컷 하래요. 모두 문제를 잘 알고 있는데, 다 손을 놓고 그 누구도 움직이질 않아요. 교사가 변해야 하는데 그 일이 더 큰 일 같습니다."

한 학생은 대기업인 직장을 두고 미래를 생각하고 있는 중이었다. "학교에서 말해주었던 달콤한 직업상이 현장에 서서 보니 모두 빗나갔어요. 근무한 지 1년이 지났는데 제가 앉을 사무실에 책상과 의자도 없이 생산라인에서 여덟 시간 일했어요."

그는 중학교에서 고등학교에 갔을 때 성적이 상위권이었고, 토익은 900점이었다고 한다. 그 학생도 히말라야 일정에 참여했다. 힘은 들었지만 쉼 없이 인내하며 포기하지 않고 산을 올라갔다. "신부님, 고맙습니다. 인생을 새롭게 보게 되었습니다. 당장 돈을 따를 게 아니라 서른 살 전에 저를 공들여 만들어야겠어요."

그는 스무 살 젊은이다. "행복이 무엇인가를 트레킹에서 깨달았습니다. 환하게 웃어 보이는 가난한 나라의 아이들, 그 빛나는 눈동자 속에서 행복이 무엇인가를 배웠어요." 행복하게 살 거라며 새롭게 책을 펴고 있었다. 체험을 통해 미래를 움직이려는 학생들은 그 동력으로 마음을 드높이고 있었다.

🏔️ 교구 사제들과 히말라야 등반

*****   사제 열 명을 인솔하고 히말라야 등반을 떠났다. 그다음에는 원로 사제들과의 산행이 기다리고 있었다. 등반은 치열한 자기와의 싸움이다. 신자들 가운데 있으면서도 십자가가 없는 신부들에게 높은 산행은 많은 것을 생각하게 해준다.

고산병에 시달리며 힘들게 긴 산행을 하는 동안 눈을 맞기도 하고, 저체온증도 견뎌내야 한다. 트레킹은 철저히 자기와의 싸움인 셈이다. 십자가의 체험이 부족한 사제들은 지금까지 고통을 설명할 때 난감했을 것이다.

그런데 트레킹을 하며 힘들었던 만큼 그 시간은 귀한 시간이 되었다. 고통이 놀라운 기쁨으로 바뀌고 있었다. 부활을 이야기할 수 있을 것 같다고 했다. 젊은 사제들의 히말라야 등반 체험기는 좋은 기억으로 남을 것이다.

그 후, 원로 사제 두 분과 함께 산행을 했다. 일흔이 훨씬 넘은 사제들이었다. 그들은 묵묵히 가볍게 산을 올랐다. 아무런 걱정이 없다.

오히려 청년들이 적응이 잘 되지 않았다. 고산병도, 저체온증도 원로 사제들에게서는 찾아보지 못했다. 세대 차이였다. 책상머리에 앉아 성장한 사제들 안에서 서로 다른 모습을 보게 된다. 어쩌면 몸으로 체험하는 '삼보일배, 오체투지'도 필요할 것 같다.

저 높은 산을 오르는 티벳 스님들을 본다. 다섯 잠에서 태어난 오령의 누에가 생각났다. 저 영혼은 얼마나 투명할까? 힘들어 보이긴 하지만 그 일을 마친 스님이 부럽다.

🔔 원로 사제로서의 삶

* * * * *　은퇴 미사에 제자들이 전국에서 학부모들과 함께 찾아왔
다. 얼마나 행복했는지 진복팔단의 행복을 조금은 느끼며 살았구나 하
는 안도감을 가질 수 있었다.

2년 전에 간암으로 이식을 하지 않으면 6개월을 못 산다고 했는데,
청주교구 신자분들이 얼마나 기도를 많이 했는지 이렇게 건강하게 지
내고 있다.

간이식 소식을 듣고 "신부님, 제가 간이식을 해드리겠습니다."라고
말해주었던 제자가 있다. 그 따뜻한 말 한마디가 희망을 갖게 했는가
보다. 그리고 간이식을 하지 않아도 된다는 판정을 올해 강남성모병원
에서 받았다. 이처럼 주님의 말씀은 복음이 되어 생명의 말씀으로 우
리 삶 속에서 피어나고 있다.

사제로서의 생활, 교육자로서의 생활을 하느님께서는 늘 축복해주셨
고 보살펴 주셨다. 얼마나 먼 길을 걸어왔는지 모른다. 그리고 지금 안

전한 포구에 배를 대고 있다. 아이의 손을 잡으시고 "소녀야, 내가 너에게 말한다. 일어나라!" 탈리타 쿰^{마르5,41}하신 예수님이 말씀이 가슴 깊이 새겨져 감사를 드린다. "내가 세상 끝날까지 언제나 너희와 함께 있겠다."^{마태28,20}

윤병훈 신부님 은퇴 미사 강론

나는 달릴 길을 다 달렸으며…

서철 바오로 신부

오늘 우리는 윤병훈 베드로 신부님 은퇴 감사미사2017년 8월 13일에 함께 하고 있습니다. 먼저 지난 34년간의 사제생활 동안 함께 해 주신 하느님께 감사드리며, 이 시간도 함께 해주시기를 청합시다.

하느님뿐만 아니라, 34년의 사제생활 동안 함께 해주신 동료 사제, 신자들과 모든 학생, 학부모, 여러모로 도와주신 은인들께 하느님께서 큰 축복을 내려 주시기를 기도합니다.

신부님으로부터 강론 부탁을 받고 며칠을 고민했습니다. 신부님 은퇴 미사에 가장 잘 어울리는 성경 말씀을 무엇일까? 그렇게 신부님의 일생을 묵상하면서 찾아낸 말씀은 바오로 사도의 티모테오 후서 말씀입니다. "나는 훌륭히 싸웠고 달릴 길을 다 달렸으며 믿음을 지켰습니다. 이제는 의로움의 화관이 나를 위하여 마련되어 있습니다. 의로운 심판관이신 주님께서 그날에 그것을 나에게 주실 것입니다."2 티모4, 7-8

신부님께서 달린 길을 무엇이었을까요? 신부님이 달린 길은 '예수님을 닮은 사제요, 교육자의 길이었습니다. 예수님께서 제자들을 부르시고, 기르시고, 파견 보내어 각자 제 일을 하게 하였듯이, 신부님께서도 많은 아들, 딸들을 키워내셨습니다.

첫째는 양업고 교장으로, 둘째는 선교 사목국장으로, 셋째는 교구에서 가장 원로 같은 신부로, 본당 신자들의 마음을 잘 어루만져주는 본당신부로, 넷째는 앞으로 상담으로 많은 이들에게 큰 도움을 줄 것으로 기대되는 성소국장으로, 다섯째는 멀리 외국에서 한국인들을 위해 일하고, 여섯째는 해군 장교로 아마도 대령까지 진급할 것으로 기대되는, 가지 많은 나무에 바람 잘 날 없다는 말처럼 아들 신부가 많다 보니 하나는 벌써 천국에 가 있습니다.

그뿐만이 아닙니다. 1998년에 특성화고교로 양업고를 만드시어 많은 학생이 자발성과 주도성을 가지고 살도록 이끌어 주셨으며, 그 학생 중에 여덟 명의 신학생을 배출했습니다. 그중 네 명은 교구 신학생인데 한 명에게 왜 신학교를 가려고 하는지 물어보았더니, "윤병훈 교장신부님처럼 되고 싶어서….''라고 답을 했습니다. 이것이 어떻게 가능할까요?

저는 신학교 저학년 때 잠이 많았습니다. 그래서 방학 때면 꼭 한두 번은 새벽 미사에 참례하지 못하는 경우가 있었습니다. 어느 월요일인가 일어나보니 새벽 미사 시간인 6시가 훌쩍 넘어있었습니다.

그래 성당을 가야 하나 말아야 하나 고민하다 터덜터덜 본당을 향해 걸어갔는데, 신부님이 저를 보고는 "똘이 장군!" 하고는 아무 말씀도 하시지 않는 것이었습니다. 그 당시 신부님이 저를 부르시는 별명이

'똘이 장군'이었는데, 그렇게 큰소리로 한 번 부르시고는 평상시와 다름없이 대해주셨습니다.

당시 음성 성당에는 성모 동산이 있었는데, 성모님이 잘 모셔져 있고, 넓은 잔디밭에 큰 느티나무가 있었습니다. 그래서 밤이 되면 동네 건드렁거리는 친구들이 어슬렁어슬렁 올라와 놀곤 하였습니다.

하루는 신부님께서 올라가 이곳은 기도하는 곳이라 알려주었는데도 말을 듣지 않자 그 큰 손으로 한 놈을 잡아, '야, 이놈아!' 하면서 귀싸대기를 한 대 올려붙였는데 툭 나가떨어졌고, 이를 목격한 이들이 소문을 내어 다시는 아무도 올라오지 않았다는 전설 같은 이야기가 있습니다.

이렇게 가끔 크게 화를 내실 수도 있는 분이신데, 저에게는 아무런 말씀도 없으셨고, 그저 큰 소리로 제 별명을 부르시고는 인내하며 기다려주시고 이끌어 주셨습니다.

왜 이렇게 하셨을까요? 신부님은 농업고등학교 교사로 식물을 재배하며 생명의 소중함뿐만이 아니라, 사랑의 중요성에 대해 일찍이 깨달으셨던 것 같습니다. 그래서 사제의 길을 택하셨고, 더 나아가 공교육을 떠나 방황하는 십만 명의 학생들을 위해 대안학교를 만들었습니다.

마치 농작물이 농부의 발소리를 듣고 자라는 것처럼 끊임없이 찾아주고, 함께 해주고, 기다려줌으로써 그것들이, 사람이 제 모습을 키워나갈 수 있도록 해 주신 것 같습니다. 그런데 이렇게 인내하며 기다려주는 것만으로 사람을 제대로 키울 수 있을까요?

신부님의 한 가지 특징은 어딜 자꾸 다니신다는 것입니다. 툭하면 벌떡 일어나 밖으로 나가십니다. 까치가 운다고 수녀원 문을 두드려 수녀님을 불러내고, 유치원에 들러 선생님과 인사하고 그들의 이야기를 들어주며, 신자들의 가게로, 집으로 쉬이 찾아가 말을 건네셨습니다.

또 "똘이 장군, 타!" 하시고는 자동차를 타고 어디론가 잘 떠나셨습니다. 시골 출신인 저는 자동차를 탈 때마다 차멀미가 나고 잠이 쏟아집니다. 그런데 신부님은 운전 중에 졸리시면, "똘이 장군, 노래해 봐. 재미난 이야기 좀 해 봐." 하셔서 참으로 어려운 시간이었습니다. 아직도 제가 제일 어려워하는 것이 노래하는 것이기 때문입니다.

이렇게 생각나면 툭 치고 나가시는 것은, 아마도 양업고를 시작하면서 학생들이 자발적 통제능력을 키워 미래의 삶을 주도적으로 살아가는 도덕인·자율인으로 키우기 위해 체험교육을 강조하신 것 같고, 지리산 종주나 더 나아가 네팔 안나푸르나 산행으로 이어진 것 같습니다.

또 본당에 오셔서 본당 학생들에게도 테마 여행을 통해 학생들이 자기 삶을 주도적으로 살아가는 리더로 키우기 위해 노력하셨습니다. 그런데 얼마 전 페이스북의 글을 보면서 신부님을 이해할 수 있었습니다.

"내가 걸어온 길은 두려움보다 설렘이 더 많았다. 목표와 목적을 향해 달린다는 설렘은 나를 두려움 안에 가두지 않았다. 언제나 나는 두려움보다 나를 힘있게 살 수 있도록 나 자신을 밖으로 나가게 했고 설렘으로 가득 찼다. 그럴 수 있었던 것은 하느님께서 함께하신다는 확신 때문이었다. 사제생활 동안 가장 기쁜 것은 내 안에 갇히지 않고 이웃을 향해 나를 움직이며 살았던 생활이다."

오늘 복음처럼 "두려워하지 마라. 전능한 내가 너와 함께 있다. 용기를 내어라." 하신 예수님의 말씀과 더불어 그분을 향해 가는 길은, 언제나 신부님을 나 자신이 아닌 이웃을 향해 움직이도록 했던 것입니다.

진리는 만남이라는 말이 있습니다. 신부님은 자신에 갇혀 있지 않고 밖으로 나가 이웃을 만남으로써 진리를 깨달으셨던 것입니다. 특별히 우리에게, 현 우리 교회에 필요한 영성입니다. 그래서 신부님은 젊은 신부들을 만나면, 또 학생들에게, "박 신부, 가야지, 박 신부 봐야지!" 하고는 산행에 초대하셨던 것입니다.

그런데 이 밖으로 나가 이웃을 만난다는 것이 항상 기쁨과 즐거움의 시간만 있는 것은 아닙니다. 너를 만난다는 것은 항상 나를 위험에, 아픔에 빠뜨릴 수 있는 것입니다.

아마도 신부님에게 가장 의미 있는 만남은 양업고 교장 시절, 새벽에 학교로 돌아오는 여학생을 보고 너무 화가 나서 혼냈을 때, 그 여학생이 털썩 주저앉으며 "신부님만은 받아주실 줄 알았어요!"라고 악다구니 썼던 그 만남이 아니었을까 합니다.

그 만남으로 신부님께서는 그동안 쌓아 올렸던 모든 것이 무너져내려 죽음의 밑바닥에 내동댕이쳐지는 아픔을 느끼셨을 것입니다. 그런데 그 고통이, 그 십자가가 신부님을 변하게 도와주었을 것이고, 이는 신부님에게 파스카 체험이자, 하느님 체험이었을 것입니다.

그러하기에 신부님은 자꾸만 사람들을 초대하십니다. 밖으로 걸어나가라고, 그렇게 걸으면서 사람을 만나고, 그들의 이야기를 들어줄 뿐만 아니라 서로를 알아가라고. 그러는 중에 상처가 생기고 아픔이 생기면 좀 어떠냐고. 그것을 통해 밑바닥을 보면 다시 하느님과 함께 올라올 수 있는데……. 그래서 동료끼리, 부모와 자식이, 친구끼리 함께 걷고 또 걷기를 제안하고 계십니다. 이 신부님의 영성을 잘살아 보도록 하겠습니다.

이제 강론을 마무리하면서 기사를 통해 알게 된 신부님께서 좋아하는 시를 읽어보겠습니다. 아마도 신부님께서 우리에게 마지막으로 해주고픈 말씀이지 싶습니다. 나태주 시인의 '풀꽃'입니다.

자세히 보아야 예쁘다

오래 보아야 사랑스럽다

너도 그렇다

- 나태주 시, '풀꽃' 전문

이것이 신부님께서 하느님의 사랑을 전하는 방식이었습니다. 그래서 신부님께 이런 말씀을 드리고 싶습니다. 신부님이 쓰신 책들 『뭐 이런 자식들이 다 있어』, 『너 맛 좀 볼래』, 『발소리가 큰 아이들』보다도, 2013년 받은 '포스코 청암상'이나, 2016년 받은 '단재 교육상'보다도 더 큰 의미가 있는 말이 있습니다.

그것은 "윤병훈 베드로 신부님, 신부님은 사제요, 교육자로서 제자들을 잘 키워내신 예수님을 닮은 분이십니다."라고 말입니다.

신부님 건강하시고, 하느님께서 가르쳐 주시고, 만들어 주신 것을 앞으로 더 자유로이 방황하는 학생들에게, 부평초처럼 떠도는 사람들에게 나누어 주십시오. 저도 항상 옆에 있겠습니다. 아멘.

"그러나 주님은 내 곁에 계셨고 나를 굳세게 해주셨습니다. 그것은 나를 통해 복음 선포가 완수되고 모든 백성이 이를 듣게 하시려는 것이었습니다." 2 티모 4,17

발칙한 아이들과 함께한 아름다운 10년

조현순

전 양업고 교감

소임 이동

＊＊＊＊＊ 1998년 2월 21일, 10년간 근무했던 인천 박문여자중학교에서의 마지막 종업식이 끝났다. 그 후 새로이 수녀회의 발령을 받고 청주교구에서 설립한 양업고등학교에 왔다. 초창기 학교 설립을 위한 제반 준비와 교무 업무와 교감이라는 과중한 직책을 맡아 일하는 것이 내 소임이었다.

박문여중에서는 과학과 진로상담을 맡았었다. 진로 상담부 일을 하는 동안 학교에 적응하지 못하고 떠나는 학생들을 보면서 수도자로서 마음이 아팠다. 그랬던 터라, 학교를 불편해하는 학생들을 위해 더 관심을 두고 시간을 많이 보낼 수 있을 것이라는 희망으로 기쁘게 양업을 향해 발길을 옮길 수 있었다.

첫해

＊＊＊＊＊ 1998년 양업고는 아무것도 없는 상태여서 '맨땅에 헤딩한

다'라는 말이 어울리는 곳이었다. 책상, 칠판도 물론이거니와 건물도 없는 무형의 학교에서 어떻게 일을 할 수 있나? 난감하고 황당했다.

도착하자마자 청주 시내 학원가를 돌며 책상과 걸상부터 얻어왔다. IMF 직후여서 문을 닫는 학원이 많았다. 그런데 학교를 짓고 있던 중이라, 얻어 온 책상과 걸상을 갖다 놓을 마땅한 장소도 없었다. 고심 끝에 옥산 성당 신자의 버섯농장 비닐하우스를 빌려서 다 갖다 놓았다.

그리고 교장신부님, 신학생, 수사님, 수녀님, 자원봉사자들과 함께 책상과 걸상의 낙서를 지우고 묵은 때를 닦아낸 후 사포로 문질러 페인트를 칠하며 희망차게 개교 준비를 했다.

없는 것은 그뿐이 아니었다. 주방기구도 없어서 충남대학교 교수의 도움으로 대학에서 폐기 처분하려는 숟가락, 젓가락, 그릇들을 봉고차로 몇 차례 실어날라 주방을 채웠다. 밥솥과 국솥은 부도난 회사 식당에서 얻어왔고, 식당의 식탁과 의자는 충청대학 교수식당에서 얻어왔다.

2007년 1월에 교육청의 지원을 받아 교사용, 교장실용 책상과 걸상을 새것으로 교체할 때까지, 문 닫는 회사에서 다 얻어 온 후 손질해 8년 동안 사용했다. 개교와 함께 시작된 IMF는 국가와 국민에게는 힘이 들었지만, 양업을 시작하는 데는 여러 가지 도움(?)을 준 셈이다.

학교주방이 완성되지 않은 상태에서 입학한 학생들의 식사를 옥산 성당 신자의 농장 비닐하우스 땅바닥에서 준비해 끼니때마다 자원봉사자의 도움을 받아 트럭으로 학교까지 실어 날랐다.

물론 학교 식당이 없으니 교사와 학생들은 좁은 운동장 한구석과 기숙사 방 하나에 책상 몇 개를 놓고 서서 식사를 했다. 지금 생각해도, 어렵다는 불평 한마디 하지 않고 학교를 위해 도움을 준 수많은 자원봉사자분과 교사, 학생들이 한없이 고맙기만 하다.

이렇게 학교의 하드웨어를 준비하면서 완성되지 않은 교육철학과 교육과정 운영을 위해 교사들이 거의 매일 몇 시간씩 교육을 받고, 교사회의를 하고, 교무에 관련된 서류를 준비하느라 밤을 새우기 일쑤였다. 아주 늦은 저녁에 퇴근할 때는 발바닥이 아파 걸음을 제대로 걸을 수 없어서 엉금엉금 기어 숙소로 돌아오던 게 생각난다.

양업에 처음 부임했을 때의 일이다. 천주교 전례력으로 사순 시기인지라 교장신부님의 거룩한 권유(?)에 따라 수사, 수녀들은 매일 아침 새벽 5시에 미사를 해야 했다. 이로 인해 몇 달간 수면 부족과 중노동으로 몸은 고달팠지만, 아이들을 맞이할 희망을 품고 개교를 준비하던 행복한 시간이었다.

첫해의 수사·수녀 교사들은 국어, 영어, 사회, 상업, 과학 전공자 다섯 명으로 구성되었다. 그리고 기숙사 사감으로 수녀, 수사 각각 한 명씩 근무했다. 그러나 고등학교 교육과정을 운영하기에는 교사가 턱없이 부족해서 교구 신자 자원봉사자들의 도움을 받아 교육과정을 운영할 수밖에 없었다.

이 때문에 수업을 진행하는데 어려움이 무척 컸다. 자원봉사자 교사들에게서 수시로 개인 사정으로 수업을 못 한다는 연락을 받았고, 그런 연락을 받을 때마다 당황했고, 학생들에게 미안했다. 이 부분이 1기 학생들에게 제일 미안하다.

제대로 교육철학에 맞는 교육과정을 운영할 수 없었기에 학생들은 학교라는 생각이 들지 않았을 것이다. 그래서 그런지 학생들은 수업에 나오지 않고 기숙사에서 잠만 잤다. 그리고 오후에는 늦게 기지개를 켜고 일어나 학교와 기숙사를 활개 치고 돌아다녔다. 초창기 양업은 밤이 활기찬(?) 학교였다.

양업에서의 첫해는 이루 말할 수 없는 사건 사고들이 하루에도 여러 차례 새벽까지 터지곤 했다. 서른네 명으로 시작한 학생들의 위력은 일당백으로 가히 폭발적이었다. 수도자로서 상상할 수도 없는, 이해할 수도 없는 청소년들의 문제와 직접 부딪치면서 아팠고, 아픈 만큼 성숙하게 된 시간이었다.

다음 해

***** 다음 해인 1999년부터는 1학년 2학급, 2학년 1학급학생 수가 열여덟 명으로 줄었다으로 기간제 교사 두 명을 포함해 교사 수가 아홉 명이 되어 교육과정이 정상적으로 돌아가게 되었다.

양업 1기에는 지원서를 낸 학생들을 면접만으로 탈락자 없이 마흔 명 전원 입학을 시켰다. 그러나 서른 일곱 명만이 입학식에 참여했고, 입학 후 일주일 만에 세 명이 학교를 무단으로 나갔다.

부모들의 강압으로 양업을 선택한 경우여서 학교에 다닐 의지가 없었다. 개교 후 5년 동안은 대부분 중도 탈락한 학생들만을 선발했다. 1999년 2년 차부터 세 차례 학생 면접을 통해, 학교생활이 가능하고 학교에 다니고 싶어 하는 학생 본인의 의지와 부모님의 의지가 있는 학생으로 선발했다.

이즈음에는 공교육에 적응하지 못하는 학생들이 십만 명을 넘을 때라 지원자가 많아 4 : 1의 경쟁률을 보였다. 2기 학생들은 무척 활발하고 끼가 넘치는 멋쟁이들이 많았다.

특히 유학 갔던 학생들이 IMF 때문에 한국으로 돌아온 후 일반 학교에서 입시 위주의 분위기에 적응하지 못하거나 거부하다가 지원해 미국, 캐나다, 영국, 러시아 등지에서 돌아온 학생들이 많았다약 20%. 현재 양업고 학교문화에 2기 학생들이 기여한 바가 크다고 생각한다.

양업의 변화

＊＊＊＊＊ 개교 5년 만에 중학교 졸업예정자들에게도 입학자격을 공식적으로 부여하면서 학교 분위기가 달라지기 시작했다. 중도탈락자만을 고집했던 양업은, 또다시 학생들에게 중도탈락이라는 두 번의 실패를 안겨주면 안 된다는 심리 전문가들의 의견을 받아들였다. 그래서 어려운 학생과 정상적으로 중학교를 졸업한 학생들이 적정선7:3에서 어우러질 때 교육의 효과를 가져올 수 있다는 의견을 따르기로 했다.

또 다른 이유는, 현재 재직하고 있는 교사들로는 상처받은 학생들이 회복하기 어려웠다. 다른 나라미국, 일본, 독일 등 대안학교 교육전문가들의 의견은, 영역별로 전문 치료교사를 두어 1:1로 학생들을 교육해야 한다는 것이었다.

그 의견을 듣고 방향 전환을 하게 되었다. 부적응 학생들을 위한 학교라는 좁은 인식에서 벗어나 교육개혁을 위한 새로운 학교 모델로 바뀌게 된 것이다. 즉, 본래 학교가 지향했던 인성과 지식교육이 공존하고, 학교 전체가 행복하고 학생이 주도적인 인성교육 특성화고등학교로 거듭나게 된 것이다.

양업의 결실 '기쁨'

* * * * * 양업에서는 어려웠던 만큼이나 기쁜 일도 많았다. 그중에 가장 보람 있고 기뻤던 것은, 학생들의 변화되어 가는 모습을 보는 것이 었다. 변화된 양업 학생들의 모습은 일반 학교 학생들과는 무척이나 다르다. 주도적이며, 공동체적이다. 그리고 남을 배려하는 마음이 크다.

졸업생 부모님들이 한결같이 말씀하시는 것 중의 하나가 재학 중에는 잘 몰랐는데 졸업한 후에 아이들이 다른 자녀와는 확연하게 다르게 독립적이며, 따뜻하게 변화되었다는 것이다.

그다음으로 기쁨을 주었던 것은 부모님들의 변화된 모습이다. 아이들의 문제는 어른들의 문제여서, 어른이 변하면, 부모가 변하면 아이들이 변한다. 변화된 학생의 모습에서 변화된 학부모의 모습을 보는 것도 우리의 기쁨이었다.

양업의 인성교육 첫 번째 주안점은 부모의 변화를 위한 부모교육을 우선으로 한 것이다. 아이는 부모의 양육 태도에 의한 결과라는 것을 확실히 인식시키기 위해, 입학 전에 부부의 화해와 사랑 회복 교육인 M.E. 교육, 나 자신과 가족들 개개인 성격으로 가족을 이해하는 MBTI, 에니어그램, 부모와 학생의 관계를 회복하고 힘을 줄 수 있는 P.E.T.부모 역할 훈련를 매달 학부모교육을 통해 실시한 결과였다.

기억에 남는 학생 활동

* * * * * 학교에 오랫동안 근무하며 가장 기억에 남는 활동은 '종교활동'이다. 학생들 전체가 신자는 아니지만 3학년이 되면 많은 학생이 세례를 받아 전례가 아주 편안했다. 학생들 스스로 학생회 종교부 주도로 종교행사와 활동을 하던 모습이 보기 좋았다.

특히 매일 이루어지는 새벽 미사, 성령이 가득한 매주 목요일마다 찾아가는 기숙사 'Q 홈 미사', 전례 성모성월, 로사리오성월에 따라 성모상 앞에서 매일 저녁 이루어지는 묵주의 기도, 성 마르티노 축일, 성 니콜라오 축일, 예술제 같았던 '성모의 밤', 게릴라 콘서트 등등 너무나 많다. 학생들이 자발적으로 즐겁게 역동적으로 움직였던 모습이 눈에 선하다.

양업에 거는 기대

＊＊＊＊＊ 양업은 다른 학교와는 달리 가톨릭 대안학교이다. 일반적으로 많은 사람이 가톨릭에 거는 기대가 크다. 사회 모든 분야에서 가톨릭이 좋은 모델을 제시하였기 때문이라고 생각한다.

양업은 지금까지 좋은 학교로 기억되고 있으며 앞으로도 '교사와 학생 모두 행복한 학교', '머물고 싶고, 가고 싶은 학교', 환희리의 산골짜기 학교이지만 '좋은 학교QUALITY SCHOOL'로 오랫동안 기억되기를 기도하며 한국 대안학교 모델로서 양업의 역할이 기대된다.

빛나는 보석으로 변한 아이들

김경숙

전 양업고 특성화 교과 담당교사

* * * * * 2000년 양업고로 소임을 받고 떠날 때는 이렇게 오랫동안 학생들과 지내게 될 줄 미처 몰랐다. 소임을 받기 전에 관구장 수녀님과의 대화 중에 그곳만은 갈 수 없다고 펄쩍 뛰며 여러 가지 갈 수 없는 이유를 줄줄이 댔는데, 순명의 정신으로 가장 짧은 기간만 지내고 와야겠다고 속으로 되뇌며 왔다. 그런데 양업고에서 14년을 지내고 그곳을 떠난 지 5년이나 지났는데도 불구하고 지금까지 내 생애 최고로 행복했던 시절로 자리매김하고 있다.

양업고에서 근무하게 된 첫해에 만난 우리 아이들은 광산에서 갓 캐낸 원석처럼 그들의 참모습을 제대로 가늠할 수 없었다. 교무실 책상에 버젓이 앉아 당당하게 이야기하는 학생들이 있는가 하면, 순화되지 않은 언어를 사용하거나 거친 행동을 해서 그들을 이해하고 적응하는 데 걸림돌이 되었다.

그 무렵에는 매일 새로이 일어나는 사건 사고들이 아침 교무회의에서 공유되었다. 여러 형태의 일들에 대해 대책을 세우고 해결방안을 마련해야 하는 회의 때문에 에너지를 많이 빼앗기며 지내야 해서 어려움이 컸다.

20년 전 망망대해에 신부님과 수녀님들, 교직원, 우리 학생들이 양업이라는 배를 타고 알지 못하는 세계로 항해를 떠났는데 창파에 뜬 일엽편주처럼 모두가 높은 파도를 넘고 비바람을 맞으면서도 한 사람도 놓치지 않고 이끌어 갔다는 생각이 든다.

교육계에서도 대안 교육을 실험하여 성공을 거두었다는 길이 전혀 없는 가운데 우리 양업고는 아직 미개척 분야의 가보지 않은 새로운 길을 떠났다. 우리가 가야 하는 길에는 몇 가지 보물들이 있었는데 우리 아이들을 다루는데 좋은 도구가 되었고 돌을 황금으로 만드는 초석이 되었다고 생각한다.

다음은 양업에서 가지고 있는 보물들이다.

첫 번째, 서로를 존중하는 문화이다.

학생들에게 부정적인 말이나 판단을 하지 않으며 잘못된 행동이 있으면 무조건 야단치는 것이 아니라 왜 그런 일이 일어났는지 충분히 해명할 기회를 주어 그 행동에 대한 책임을 자신이 지게 했다.

어느 해인가 학생들이 특성화 교육프로그램 진행 중에 집단으로 이탈해 집으로 돌아가 버린 적이 있었다. 그 후 미이수자들을 대상으로 청소년 수련관에 위탁 프로그램을 시행했는데, 그 수련관은 전관 흡연 금지구역으로 지정된 곳이었다.

우리 학생들은 아니나 다를까 학교에서처럼 옥상에서 몰래 흡연을 하다가 들켰고 그곳의 책임자로부터 꾸지람을 들었다. 그런데 그 과정에서 학교에서와는 달리 지시와 명령으로 일관된 폭언을 참지 못한 학생이 그분을 폭력으로 경찰에 신고하는 일이 일어났다.

그 사건을 중재하면서 우리가 아이들을 인내하며 대화를 통해 자신의 잘못에 대해 사과하는 행동을 이끌어 내는 모습을 보고, 그 진행자는 양업고가 언젠가는 성공할 것이라고 예언했다.

그런데 어느 해 10월 마지막 날, 양업 최고의 잊지 못할 사건이 일어났다. 저녁에 외출을 한 후 학교로 돌아오는 길이었는데, 모든 학생이 책가방을 멘 채 학교 근처에 있는 금진화학 논두렁길로 4열 종대로 서서 일사불란하게 나가는 모습을 발견했다.

평소와는 달리 질서정연한 행동이 정말 의외라고 생각하면서 "야들아, 오데 가노?" 하고 물어봐도 아무도 대답을 하지 않고 묵묵히 떼를 지어 총총히 사라졌다.

그날 저녁 아이들은 홈 마무리 시간이 되었는데도 들어오지 않았고 다음 날도 오지 않았다. 학생들이 이틀에 걸쳐 학교 정책(?)에 집단으로 반발해 가출을 감행한 것이었다. 학교에 대한 항의로 선배들이 학생들의 모든 핸드폰을 가져가 집과 학교에서 오는 연락을 아예 차단해 버린 상태라 학생들의 행방을 알아볼 길이 없었다.

아이들이 학교가 싫다고 집단으로 다 나가버리고 나니, 학교는 참으로 쓸쓸했다. 트럼프와 김정은이 비핵화 프로그램 협상이 결렬되면 감정적으로 관계가 깨어지는 것처럼, 아이들은 이렇게 우리에게 실력행사를 했다. 신부님 저서 『뭐 이런 자식들이 다 있어!』의 처음 책 제목은 『뭐 이런 새끼들이 다 있어!』였다.

교사들은 학생들이 괘씸했다. 다시는 이런 일이 일어나지 않도록 강력하게 처벌해야 한다는 목소리가 나왔지만, 한편으로는 아이들이 학교에 없으니 참으로 슬펐고 힘이 나지 않았다. 하루가 지나고 이틀이 되어도 아이들이 돌아오지 않자 선생님들은 교육지원실에 모두 맥없이 앉아만 있었다.

그때 신부님께서 "집에서 기르는 강아지도 집을 나가면 찾는 데 적극적으로 찾아봐야 할 게 아녀?" 하며 고함을 지르셨다. 그래서 후배들에게 영향력을 미치고 있는 힘 있는 3학년 학생을 교감 수녀님이 설득해 학생들이 가경동 찜질방에 있다는 사실을 알아내고, 그곳으로 쫓아가 아이들을 설득한 끝에 모두 데려왔다.

아이들이 책가방을 메고 학교로 삼삼오오 들어오는데 참으로 반갑고 눈물이 나서 그들을 꼬옥 안아주었다. 학교는 또다시 학생들로 인해 생기를 되찾게 되었으며, 그 잘못된 행동에 대한 책임은 묻지 않았다.

아이들은 첫째 날 음성 꽃동네에 봉사 활동을 하러 갔는데 받아주지 않아 음성 터미널에서 하룻밤을 잤다고 한다. 둘째 날은 찜질방에 들어가 머물렀으며 식사는 개개인이 가진 돈을 모아 빵을 사서 나누어 먹으며 견뎠다고 했다.

두 번째, 소통하는 문화이다.

교사들은 새로운 사안이 있으면 교사회의를 통해 모든 교직원이 함께 모여 의논하고 결론을 도출했다. 누구든지 기탄없이 말할 수 있고 수용하는 좋은 분위기를 가지고 있었다. 학생들도 마찬가지로 모든 것을 전체회의에서 논의하고, 한 명도 소외시키지 않았으며 모든 공동체 일원들에게 알린 후 결정할 수 있도록 했다.

어느 해 5월 성모님의 밤 행사를 하기 위해 학생들을 대상으로 "성모

동산 앞에 모이세요!" 하는 교내방송을 했다. 그런데 다음날 한 학생이 "누가 성모 동산이라고 명명했어요? 우리가 결정해 준 적이 없어요!" 라고 따지러 왔다.

웃고 넘겼지만, 그 무렵에는 교사보다 학생들의 의견을 매우 중요시 했으므로 이렇게 생각할 수도 있구나 이해했다. 양업은 학생들의 의견을 많은 부분에서 존중했으며, 학생들이 진정한 양업의 주인이었다.

그때는 지금과 같은 SNS가 없던 시기였던 터라 1층 게시판에 대자보를 통해 학생들과 소통했는데 주로 올라오는 내용은 선후배 폭력에 관한 의견, 흡연을 금지하는 것, 소등시간을 늦추어 달라, 수업에 잘 참여하자, 언어를 순화하자 등등에 관한 글을 누군가가 전지에 깨알같이 붙여 놓으면 반박 글이 올라와서 자신의 의견을 개진할 수 있었고 게시판을 읽어보며 소통했다.

세 번째는 자연 친화적인 환경이다.

내가 지금 근무하고 있는 곳은 부산 앞바다가 훤히 보이고, 중구 국제시장과 자갈치, 태종대, 남항대고, 부산대교, 크고 작은 여객선과 어선들이 드나드는 것이 보이는 전망이 아주 좋은 곳이다. 그런데 부산 바닷가 좋은 곳에서 근무하면서도 양업의 자연 친화적인 환경을 잊을 수가 없다.

양업고 초창기에는 학부모들의 지원이 없었던 터라 항상 배고파하는 학생들에게 교감 수녀님은 간식으로 친환경 감자, 고구마, 옥수수 등을 준비해 밤마다 자주 쪄 주느라 시간을 많이 할애했다. 인스턴트 음식은 인성교육에 좋은 영향을 미치지 않는다고 생각하셨기 때문이었다. 이때 감자를 너무 많이 먹어 지금까지 감자는 먹지 않는다는 졸업생도 있다.

옥산 장이 서는 날이면 싸고 양이 많은 다양한 강냉이를 튀겨서 기숙사별로 한 봉지씩 안겨주면 학생들이 잘 먹었다. 그래서 한때는 '강냉이 수녀'라고 부르기도 했다. 선생님들은 강냉이로 인해 기숙사가 지저분해지는 것을 불편해하기도 했다. 신부님께서는 장작으로 불을 피워 군밤과 군고구마를 즐겨 구워주셨다.

이를 알게 된 학부모님들이 괴산의 대학옥수수, 공주의 밤, 곳곳의 고구마, 강원도 감자를 많이 보내주셨다. 학교가 안정되자 매년 스승의 날마다 돼지 농장을 하시는 학부모님이 괴산에서 돼지 한 마리를 보내셨다. 반별로 돼지 삼겹살구이 파티를 했는데, 맛있었지만, 뒷정리할 것이 너무 많았다.

양업고에서 처음으로 들어보는 지렁이 울음소리 처음에는 잘 분간이 안 감와 순한 생김새와 달리 쥐어뜯는 듯한 비명을 내는 고라니 울음소리, 그리고 내가 관리했던 공작과 꼬꼬야. 공작은 산란기가 되면 밤낮으로 돼지 멱 따는 소리를 질러대어 아이들이 그 소리 때문에 잠을 설쳤다며 항의를 많이 했다. 그런데 공작은 그렇게 울다가 여름방학이 되면 울음을 뚝 그쳤다.

산 쪽에 있는 이름 모를 묘소 뒤쪽에 고추밭이 있었다. 봄날 노작 시간에 아이들이 고추 모종을 심은 것인데, 방학이 되어 아이들이 다 떠난 후에 추수해야 했다. 그런데 신부님께서 8월 15일 제일 무더운 여름날 점심을 드시더니 고추를 수확해야 한다며 올라가셨다. 따라가 보았더니 풀이 고추보다 더 무성하게 자라나 있었다.

신부님은 땀으로 목욕을 한 것처럼 러닝셔츠 바람으로 열심히 엎드려 풀을 뽑고 계셨는데 얼마나 열심히 뽑으셨던지 얼굴이 청색증을 띄고 입술도 새파랬다. 저러다가 고혈압으로 쓰러지시면 0.1톤의 신부님을 누가 업고 내려가야 하나 걱정이 되었는데 다행히 손수레가 눈에 띄었다. 여차하면 손수레를 끌고 내리막길을 달려 내려가면 될 것 같아서 안심이 되었다.

그 산에는 도토리도 많았다. 언젠가 특히 풍년인 해가 있었다. 포댓자루를 하나씩 가지고 학교 뒷산에 올라가 정신없이 주웠다. 신부님은 농사 잘 짓는 아줌마처럼 큰손으로 재빠르게 많이 주우셨는데, 내려오실 때 포댓자루가 너무 무거우셨는지 우리와 바꿔 가져가자고 하셨다.

고추는 추수할 때만, 도토리는 주울 때만 좋았다. 고추를 햇빛에 말려야 했으므로 아침에 일어나면 온종일 날씨에 신경을 쓰며 지내야 했다. 아침에 널었다가 해가 지기 전에 거두어들이는 게 장난이 아니었다. 그래도 잘 말린 고추를 옥산에 있는 할머니 방앗간에 빻으러 가면 잘 말렸다고 칭찬을 해주셔서 몹시 기뻤다.

도토리는 도토리 가루를 내리느라 필요하지도 않은 큰 고무 대야를 네 개나 샀다. 양업학교 뒷산은 영산이라서 도토리, 밤, 감나물, 취나물, 두릅, 영지버섯, 가지 버섯 등이 많았다. 그래서 봄, 가을로 즐겁게 채취하러 올라가곤 했다. 도시에서 가꾸어 보지 못한 상추, 쑥갓, 배추를 키우며 생명에 대한 경이로움을 맛보기도 했다.

신부님은 다양한 꽃과 나무들을 많이 심으셨다. 신입생 미사 때 학생들이 봉헌한 수선화는 모두 걷어 도서관 옆이나 학교 곳곳의 바위틈에 심어 놓으셨는데 이듬해부터 자라나는 수선화를 보는 기쁨이 컸다.

초창기 교감 수녀님이 배론 성지에 갔다가 백일홍이 너무 예뻐서 씨앗을 받아왔는데, 학교 곳곳에 꽃씨를 뿌렸더니 매년 첫서리가 내리기까지 아름다운 꽃동산이 연출되었다. 일본, 중국, 미국에 출장 가서도 한국에 없는 백일홍 꽃씨를 받아와 다양한 백일홍 꽃이 장관을 이루었다.

방문객들은 학교에 백일홍이 많은 이유를 묻기도 했다. 백일홍은 땅을 파지 않고 아무 곳에나 씨를 뿌려 놓아도 되며 척박한 곳에서도 잘 자라나고 꽃이 오랫동안 피는 게 우리 아이들의 심성과 같았다.

양업의 자연 친화적인 환경을 통해 일어나는 다양한 일들은 큰 기쁨을 선사했고 힐링이 되었다. 학생들도 양업에서 자연이 가져다주는 선물을 충분히 경험했으며, 그 가운데 많은 치유가 일어났다고 생각한다.

네 번째, 좋은 지도자들이 있었다.

MBTI에는 16가지 성격유형이 있다. 초창기 우리 교사들은 16가지 유형의 성격이 전 분야에 다양하게 있었다. 그래서 학생들과 어려운 일이 있을 때 서로 이해하는데 큰 도움이 되었다. 선생님들은 학교가 개교한 후 처음 3년 동안 학생들과 기숙사에서 함께 생활하며 2주에 한 번씩 1박 2일 동안 퇴근했다.

교실 수업을 할 때나 특성화 교과를 진행할 때도 인내심을 발휘해 학생들을 한 명이라도 놓치지 않으려고 돌봤다. 학생들이 잘못했을 때도 학생들을 끝까지 변호해 주는 훌륭한 선생님들이었다.

학생들은 신부님을 "대장님!"이라고 불렀다. '신부님이 하시는 일들을 보고 있으면, 아무나 대장 별을 다는 것이 아니구나'라는 생각이 들지 않을 수 없었다.

그때는 끊임없이 폭력사건이 벌어졌고 매년 피해자 학부모님들이 학교에 모여 신부님과 교사들에게 항의했다. 그런데 그 피해자가 학년이 올라가면 가해자가 되었다. 그러면 또 저학년 학부모님들이 오셔서 대책을 마련해달라고 요구했으므로 학교폭력의 고리가 끊어지지 않았다. 싸움은 학생들끼리 했는데 언제나 학교가 책임을 지고 사과해야 했다. 긴장의 연속이었다.

언젠가 신부님께서 화가 나셔서 학부모님들을 학년별로 '넘사넘끼넘치는 사랑, 넘치는 끼'나 대강당에 모아놓고 성호경을 우선 긋고그러면 조금 누그러지는 효과가 발생한다. 긴 시간 동안 마음을 다해 그들을 설득했다.

그러자 학부모님들은 신부님의 말씀을 수긍하고 돌아갔다. 바로 그것이 하느님께서 사제에게 내려 주신 권위라는 생각이 들었다. 그리고 걱정으로 가득 찬 마음을 나도 후련하게 내려놓을 수 있었다.

어느 해인가 부활 방학을 시작하는 주말에 한꺼번에 너도나도 접속해 학교폭력에 항의하는 댓글을 다는 바람에, 양업고 홈피가 다운된 적이 있었다. 우리는 머리가 너무 아파 멀찌감치 거제도 바닷가로 도망갔다가 돌아왔다.

그런데 양업고는 학생들이 '조 PD'라고 부르는 해결사 교감 수녀님도 보유하고 있었다. 왜 학생들이 'PD'라고 불렀겠는가. 양업 첫해에는 열여섯 명이 졸업했는데 수업이 잘 이루어지지 않았다. 프로그램을 진행하려고 하면, "왜 이걸 꼭 해야 하나요?" 혹은 "하지 않으면 안되나요?" 묻고, "내 돈 주고 내가 하지 않겠다는데 왜 그러세요?"라고 하거나, 기숙사 내에 긴장감이 돌면 학교를 안 다니겠다며 집으로 도망가는 학생들도 있었다.

그러면 교감 수녀님은 친한 친구나 좋아하는 선배들로 이루어진 '체포조'를 만들어 집으로 찾아가 설득했다. 그 결과 여러 명의 학생을 구제해 졸업할 수 있게 하셨다.

지금은 학교장 재량이지만, 그 당시에는 결석으로 인해 수업일수가 부족한 학생들은 교육감 승인을 받아야 했다. 그럴 때도 교감 수녀님은 진급이 안 되는 학생들을 끝까지 기다렸다가 꽃동네 봉사 활동으로 수업일수를 채워 학생들이 학적을 유지할 수 있게 했다. 그때 구제받은 졸업생 중에는 호주 멜버른 의과대학을 졸업하고 지금은 의사가 된 학생도 있다.

초창기에 자주 벌어졌던 기숙사 폭력사건 때문에 학부모님들이 화가 났을 때도 학부모들과 소통해 잘 회복이 되도록 하셨다. 수녀님은 학교에서 없어서는 안 되는 부드러운 엄마의 역할을 도맡아 하셨으므로 해결사 '조 PD'라는 별명이 붙었다.

학생들은 졸업식에서 좌충우돌 생활한 양업고 3년 동안 행복했었다는 말을 많이들 한다. 아쉬움에 눈물의 졸업식장이 되었으며 졸업식 후에 다시 학교를 방문해 정을 나누곤 한다.

우리는 학생들이 3년 동안 양업이라는 공동체에서 긴 피정을 하고 떠나는 신자들의 모습처럼 해맑고 순수한 모습으로 변모했음을 보았고 돌에서 불순물을 걸러낸 황금으로 반짝거리며 빛나는 보석으로 변화한 개개인을 만났다. 나도 14년간 양업에 몸담고 있는 사이 많은 일을 함께 겪고 해결해 나가면서 결코 쉽지 않은 길을 걸어왔다는 생각이 된다.

히말라야의 안나푸르나 베이스캠프를 목표로 올라갈 때 산소가 희박한 고산지대에 이르면 왔던 길로 되돌아가고 싶고, '왜 이런 생고생을 해야 하나' 하는 후회와 함께 '다시는 이런 힘든 등반을 하지 않을 거야' 하고 결심하게 된다. 그러나 집에 돌아와서 생각하면 '정말 좋았구나,

또 가고 싶다! 그때가 정말 행복했어!'라고 말한다.

그런 곳이 바로 양업이다. 그때는 고통, 인내라는 단어가 따라다녔지만, 하산한 다음에 등반의 의미를 되새겨보면 학생들과 함께 보낸 시간이 무엇과도 바꿀 수 없는 보석같이 빛나는 보물이 되어있음을 부인할 수 없다. 나는 오랜 시간이 지난 다음에야 양업의 밭에 숨겨져 있는 보물을 발견했고, 이 보물을 두고 기뻐하며 행복해하고 있다.

끝으로, 예수님께서 나인이라는 고을에서 과부의 외아들이 죽어서 슬퍼하는 모습을 보시고 가엾은 마음이 들어 "울지 마라." 이르시고는 관에 손을 대시고 "젊은이야, 내가 너에게 말한다. 일어나라." 하시자 "일어나 앉아서 말을 하기 시작하였다."루가7,11-15라는 복음 말씀처럼 양업의 많은 프로그램과 신부님, 수녀님, 교사들의 보살핌 속에서 누워만 있었던 아이들이 살아나서 말을 하기 시작하였고 돌에서 황금으로 변화하여 일어나 살아 움직이는 것을 보았다.

지금의 양업고등학교도 신나게 살아가는 학생들의 문화 속에 치유의 학교, 행복한 학교로 이어지고 있다는 생각이 든다.

🏫 자유로운 학교에서 꿈꾼 행복한 삶

노재웅

양업고 제2기 졸업생

＊＊＊＊＊ 14살 때 부모님의 권유로 영국으로 유학을 떠나 학교에서 기숙사 생활을 했다. 자유로운 분위기에서 학생들을 인간적으로 존중하는 교육 문화와 각 과목을 위한 별도의 공간과 여러 가지 체육 활동을 위해 마련된 교육 환경에 나는 곧 적응했다. 주말이나 짧은 방학 때는 동년배 친구들 집에서 하숙하며 함께 지내기도 했다.

그런데 IMF 금융위기가 시작되면서 부모님이 나의 학교생활을 위해 부담할 비용이 갑자기 두 배가 되자, 한국으로 돌아와 초동의 한 중학교에 다니게 되었다. 좁은 학교 공간에서 획일화된 교육을 강요받는 일은 당시 나에게는 견디기 힘든 일이었다.

일방적인 강요나 통제로 이해가 가지 않아도 억지로 무엇을 해야 하는 것이 싫어서 일탈 행위를 많이 했고, 학업에 흥미를 잃게 되었다. 당연히 선생님들은 나를 귀찮아했고, 나도 학교를 다녀야 할 이유를 찾지 못했다. 그래서 어머니에게 고등학교 진학을 포기하겠다고 했다.

천주교 신자였던 어머니는 성당에서 알게 된 고등학교 이야기를 꺼내셨다. "청주에 학교가 하나 있는데 머리카락, 복장도 자유고, 수업도 주입식이 아니라 본인이 하고 싶은 것을, 하고 싶은 만큼 하면 되는 곳이니 한번 가보지 않겠니?"라고 하셨다. 이 일은 내 인생의 행운이 되었다.

양업고에서는 수업을 안 들어도 되고, 머리도 마음대로 기르고, 옷도 입고 싶은 대로 입었다. 우리 생각은 그랬다. 일정한 기준을 기득권 세대가 정한 후 거기 학생을 맞추는 대신, 양업고에서는 학생들이 자유롭게 의사를 표시할 수 있었고, 선생님들은 학생들을 각자 개성을 가진 인격체로 존중해 주셨다.

영어 시간에는 영화를 보고, 국어 시간에는 읽고 싶은 책을 읽고, 3박 4일 동안 지리산 산악등반을 하거나 장애인 복지기관에 찾아가 며칠 묵으면서 봉사 활동을 하는 것이 커리큘럼의 일부였다.

일반 학교 학생들이 고등학교 3년 내내 대학 진학을 목표로 사는 동안, 대안학교 학생들은 입시가 아닌 삶 그 자체에 대한 다양한 생각을 할 수 있었다. 이를테면 사람들과 왜 잘 지내야 하는지, 잘 지내려면 어떻게 해야 하는지, 내가 원하는 것은 무엇이며, 어떻게 살아야 하는지 등 다소 철학적인 질문들을 나 자신에게 던지며 스스로 선택하고 행동하는 것을 책임지는 법을 배웠다.

고등학교 3년 동안 우리나라 보통의 대학생처럼 원 없이 놀러 다녔다. 오토바이를 타고 돌아다니다가 고등학교 3학년이 되는 해에 운전면허를 취득해 차를 운전하며 전국으로 돌아다녔다. 그러다가 문득 대학교에 진학하고 싶은 생각이 들어 교장신부님을 찾아가 공부할 수 있는 공간을 마련해 달라고 했다.

곧 교감 수녀님이 학교 2층에 작은 공간의 공부방을 마련해 주셨고, 저녁 시간에는 줄곧 여기서 시간을 보내기 시작했다. 막상 무엇을 어떻게 해야 할지 몰랐기 때문에 여기서 입시를 준비하지는 않았고, 무엇을 어떻게 해야 할지 생각했다.

사회에서 살아가기 위한 인성은 갖추게 되었지만, 지적능력이 부족하다는 생각이 들었다. 교장 선생님과 학교 선생님들은 스스로 이해하고 자각하는 것이 동기부여에 엄청난 영향을 준다는 점을 공감하고 우리를 기다려주신 것 같았다.

스스로 내린 결론은 학교의 교육목표처럼 나의 학업 성취도를 높여야 한다는 것이었다. 고등학교 졸업 후 곧바로 대학 입시를 위한 기숙학원에 들어가기로 했다. 그런데 위치가 좋고 명성이 있는 기숙학원에서는 내 모의고사 점수가 낮다는 이유로 보기 좋게 입원을 거절했다.

찾아보다가 경기도 변두리에 있는 기숙학원에 들어갔는데, 그 학원에서 생활하는 8개월 동안 점수가 가장 빠르게 가장 많이 오른 학생이 되었다. 그중 수학은 한 자릿수에서 시작해 6개월 후 만점을 받았다. 그리고 다음 해 수학과를 선택해 대학교에 합격해 장학금을 받고 대학 생활을 시작했다.

내가 스무 살 때쯤 지금은 돌아가셔서 안 계시지만 할머니가 편찮으셔서 요양원에 계셨다. 그 시절 부모님이 돈 문제로 다투는 것을 자주 봤다. 그때 막연히 돈을 많이 벌어야겠다는 생각을 했고, 돈에 관심을 두기 시작했다.

입대해서 경제와 관련된 책을 엄청나게 읽었는데, 그때 회계사라는 직업이 있는 줄 알게 되었다. 돈을 벌려면 재무에 대한 전문적인 지식이 있어야겠다는 생각을 했고, 2006년 11월 제대하자마자 공인회계사 시험 준비를 하기 위해 세미나를 찾았다. 곧바로 공인회계사 시험 준비에 착수했고 2009년에 합격해, 2010년 마지막 학기를 마치고 회계 법인에 입사했다.

내가 입사한 삼일회계법인은 국내에서 가장 큰 규모의 회계 법인인데, PwC라는 전 세계에서 가장 큰 규모의 회계 법인과 파트너십을 맺고 있다. 여기서 같이 일하게 된 사람들은 대부분 똑똑하고 성실했다.

게다가 다양한 일을 접할 수 있으니 이것 또한 큰 행운이었다. 정답이 없는 일을 다루는 것이기 때문에 문제해결 능력이 필요하다. 그리고 프로젝트에 따라 프로젝트팀 구성원이 다르므로 타인과 협력하는 능력 역시 필요하다.

이런 일에 있어 요구되는 능력이 어느 정도 대안학교에서 배양되었다고 생각한다. 대안학교에서는 학생들끼리 코스를 정하고 준비물을 준비해 지리산을 종주하는 여행을 했다. 이때 배운 것은 서로 다른 부분을 인정하고 협력하는 것이다.

학생들이 주체가 되어 모든 것을 주관하고 등반에서 뒤처지거나 다친 친구가 있으면 다른 친구가 짐을 들어주거나 부축해서 함께 간다. 누가 시켜서 그런 것이 아니라 공동의 목표를 달성하기 위해 구성원 스스로 협력한다.

그리고 학교 내에서 서로 영향을 미칠 수 있는 문제에 대한 해결은 학생은 물론 선생님부터 식당 아주머니까지 학교공동체 구성원이 모두 참여해 전체회의를 통해 의사결정을 했다. 전체회의에서 모든 구성원의 의견을 주고 받는 과정을 통해 본인이 생각하고 느낀 것이 전부가 아니며, 어떤 문제에 대해 정해진 답이 아닌 적절한 답을 찾아가는 과정을 배우게 된다.

'삼일회계법인'에서 회계사로 5년 정도 근무하고 금융 투자업으로 업종을 바꾸어 증권사로 이직했다. 이곳에서는 투자금융Investment Banking 부분에서 일하고 있다.

투자금융은 정형화되어 있지 않고 대규모 자금 조달이 요구되는 프로젝트에 금융을 제공하는 업무 분야이다. 재무나 해당 분야의 전문지식은 물론 매 프로젝트에 따라 알맞은 솔루션을 제공해야 하므로 창의력이 필요하다.

한편, 국내에서 자기자본 규모가 8조 원가량 되는 제일 큰 '미래에셋대우'도 전 세계에서 가장 큰 '골드만삭스'에 비하면 10분의 1도 안 되는 수준이다. 해외시장을 적극적으로 개척하려 하므로 성장할 수 있는 여지가 있다고 봤다.

이렇게 정형화되어 있지 않고 성장의 여지가 있는 분야가 나에게는 몸 담을 만한 매력으로 보였다. 대안학교에서 스스로 생각하고 행동하도록 기다리는 교육 방식이 이런 분야의 일을 편하게 생각하는데 큰 영향을 미쳤다. 매뉴얼이 정해져 있거나 누가 방식을 정해놓은 일은 안정적이긴 하지만, 큰 성장을 기대할 수 없는 일은 불편하다.

앞으로 정한 정신적 자유는 경제적 자유를 전제로 한다고 생각한다. 경제적 자유의 기준은 사람마다 다르다. 나는 내가 정한 경제적 자유를 추구한다. 경제적 자유를 찾으면 내적 동기가 부르는 방향으로 또다시 나 자신으로 온전하게 살 것이다.

나는 지금도 달리고 있다

양준모

양업고 제6기 졸업생

　＊＊＊＊＊　양업고를 졸업한 지 어느새 14년이라는 시간이 흘렀다. 3년이라는 시간 동안 나는 특성화 교과인 교육과정을 통해 인내와 끈기를 배웠다. 그 3년이라는 시간 덕분에 군 생활도 즐겁게, 기쁘게, 그리고 당당히 2년을 살고 만기제대했다.

　지금은 시간이 많이 흘러 기억이 가물가물 하지만, 가장 기억에 남는 학교에서의 체험은 '지리산 산악등반'과 해외 이동수업 중 '중국의 현장 체험학습과 백두산 산악등반과 봉사 활동'이다. 지리산 등반 3박 4일을 기억하는 것은, 그때 힘이 들었기 때문이다. 몇 번이고 포기하고 싶었지만, 자신과 싸웠고 포기하지 않고 무사히 완주했다.

　나는 그 일을 끝마쳤을 때 고통이 기쁨으로 바뀌고 있음을 알게 되었다. 소심함, 자학, 열등감이 아니라 자신감, 성취감, 자아존중감이 샘솟았다. 이는 큰 선물이며 기쁨이었다. 이를 바탕으로 내가 서 있고 오늘을 행복하게 살아간다.

나는 지금 왕성한 청년기를 살고 있다. 좀 더 적극적으로 살려고 10km 마라톤에 푹 빠졌는데, 이 일도 시작한 지 3년이 지나고 있다. 나는 보도 위를 끊임없이 달리고, 또 달렸다. 그렇게 지내다 보니 지금은 나를 바라보면 대견스럽기까지 하다.

그리고 사업을 하며 자신과의 싸움에서 어려움을 이겨내고 있다. 이는 지리산 종주의 좋은 기억 덕분이다. 책상머리에서의 이론이 아니라, 온몸으로 한 체험은 나에게 삶의 동력으로 되살아나고 응용되고 있으니 얼마나 감사한 일인가?

오늘도 여전히 보도 위를 힘들게 달린다. 그리고 자신에게 묻는다. '너는 왜, 오늘도 달리고 있니?' 내 안에서 답한다. '목표를 다시 떠올리게 해주기 위해서야.' 14년 전 양업고에서 수없이 뜨고 내리고 오르고 내려오고, 걷고 달리던 기억이 오늘도 나를 목표를 향해 달리게 한다.

양업고에서는 함께 달려주는 사람이 있었다. 앞에서 뛰는 사람, 뒤에서 따라오는 사람, 힘이 부족할 때 서로에게 견인차 역할로 힘을 보태주는 사람이 있어 좋았다. 사람들 속에서 함께하며 공감하고 협력했던 우리 고등학교에서는 언제나 동기유발이 되어 재미있었다.

그 동력이 내 인생 여정에 발전을 도모한다. 대학교에 진학하고, 캐나다에서 공부하던 시절 고통을 넘어 기쁨이 될 때까지 모든 것을 해낼 수 있었던 것은 양업고에서 그때 배운 것들이다. 그리고 지금은 아버지의 사업을 배우고 있고 경영인으로 살고 있다. 나는 힘이 부치지만, 여전히 목표를 향해 달리며, 기쁨을 만든다.

삶의 동력을 갖게 한 학교, 양업고 3년의 생활에 감사한다. 특히 중국에서 해외 이동수업 중에 봉사 활동을 했던 일이 기억에 남아 있다.

광활한 만주벌판을 바라보며 내 꿈을 키웠고, 너른 마음은 나보다 어려운 사람들을 생각하게 했다.

감자를 부대에 담으며 북한의 형제를 돕고자 했던 과정들, 그 안에서 섬김과 존중, 그리고 배려심을 배웠던 것 같다. 그래서 작은 사업의 경영인이 되어 가난한 사람들을 섬기고 존중하며 더불어 살아가려고 노력하고 있다.

앞으로도 끊임없이 시간 날 때마다 난 마라톤을 할 것이다. 10km 달리기에서 하프 코스로, 언젠가는 풀 코스 마라톤도 뛰도록 노력할 것이다. 살면서 힘이 부칠 때 나는 달리기를 더 할 것이다.

양업은 나의 달리기를 도왔던 은총의 학교였음을 자랑으로 여긴다. 나를 '사랑으로 드높여주었던 학교'를 그리워하며 더 나은 나 자신의 인생을 만들기 위해 오늘도 노력하며 지낼 것이다.

⚓ 행복하려고 행복한 일을 찾았다

윤주현

양업고 제8기 졸업생

* * * * * 어린 시절부터 '꿈이 뭐냐?', '뭐가 되고 싶냐?'라는 질문을 많이 받았다. 그때, 그때 맞춰서 '나는 예쁜 발레리나가 될 거야', 아니면 '사진작가가 될 거야'라며 정확히 그 일이 무슨 일인지도 모르면서 막연히 이름이 예쁘고 멋져 보여서 그렇게 말했던 것 같다.

목표도 없는 꿈을 꾸며 그 어떤 노력을 하지 않아도 그 시간이 지나면 자연스럽게 꿈이 이뤄질 줄 알았다. 그땐 그랬었다. 시간이 지나 중학교를 거쳐 고등학교로 진학할 때, 주변 사람들은 반대했지만 나는 양업고를 선택했다. 누구의 조언도 아닌 내가 선택한 학교였다.

나는 양업고에 입학해 정말 신나게 놀았다. 큰 학교규칙 안에서의 자유로움이 마냥 좋았다. 방종도 했지만, 자유는 자신의 행동에 책임이 따르는 것임을 배웠다. 일반고와는 다른 놀이 수업이 좋았다. 특별히 체험학습이 흥미로웠다. 해외 이동수업, 산악등반, 농촌체험 등등 놀이가 다양했다. 요즘 친구들에게 익숙한 입시 위주의 교육이 아니었기에, 나는 많은 체험을 통해 인성에 기초가 될 만한 교훈적인 것을 알아가며 배우고 느꼈다.

졸업을 앞두고 사회인이 된다는 기쁨도 있었지만, 누구나 그렇듯이 나 또한 대학진학을 앞두고 미래 직업에 대한 심각한 고민에 빠졌다. 어릴 때 꿈처럼 마음속에 예쁘게 자리 잡은 사진작가가 되기로 결정하고 과를 선택해 좋은 대학에 진학했다.

그러나 결과는 선택의 실패였다. 내가 원하던 공부가 아니었다. 과감하게 자퇴서를 썼다. 또 자신에게 물었다. '이제 난 뭘 해야 하지?' 그러던 중에 고등학교 때 친구들 머리를 장난스럽게 잘라줬던 기억이 났다. '미용을 하자!'

어찌 보면 미용이란 직업이 나에게 터무니없고 생뚱맞은 선택 같지만, 사람 만나는 걸 좋아하고 말을 잘 건네면서 오늘까지 즐겁게 일하는 걸 보면 선택을 잘 한 거였다.

대학진학을 접고 미용경력을 쌓기로 했다. 내가 간 곳은 인천공항 미용부였다. 그곳에서 일을 하면서 몇 년 동안 돈을 벌어 통장에 차곡차곡 모았다. 돈이 모였고 나 자신을 위한 투자로 해외 유학을 결심했다.

'이왕이면 최고의 미용사가 될 거야'라는 생각을 굳히고 있을 때, 어느새 호주 시드니에 와있었다. 꿈은 소원대로 이루어지고 있었다. 그곳 대학에 입학해서 패션디자인의 헤어 부분을 공부했다.

나는 지금 사랑하는 남편과 혼인해 일류 미용사가 되어 '시저스 헤어숍'을 운영하고 있다. 나의 배우자와 시드니의 한 대학에서 함께 공부하다가 사랑에 빠져 혼인을 하게 되었고, 함께 미용실을 마련해 같은 곳에서 일하며 행복하게 지낸다.

나는 양업학교의 '대장 신부님'을 존경한다. 나는 신부님을 언제나 '대장 신부님'이라고 불렀다. 지금도 마찬가지이다. 신부님은 내가 사는 경남 창원의 진영 고을까지 성공한 제자가 보고 싶다며 일부러 시간을 내어 찾아와 주셨다. 신부님은 나를 자랑스러운 양업인이라고 칭찬하신다.

신부님이 가게를 방문하시던 날, 신부님은 의자에 앉으시고 나는 신부님의 머리를 잘 다듬어 드렸다. 이보다 행복하고 보람 있는 일이 없었다. 신부님은 나에게 "네가 제일 행복한 일을 한다."라고 하시며 우리 부부를 축복해주셨다.

행복한 일은 내가 선택하고, 내가 선택한 일은 최선을 다해 즐겁게 한다. 나는 판검사가 부럽지 않고 의사가 부럽지 않다. 나는 내가 바라는 일을 하니, 최고의 일이 아닌가 말이다. 자유롭게 적극적으로 인생을 살아가는 내가 자랑스럽다.

이 글을 읽는 후배들에게 한마디 조언을 하고 싶다. '꿈은 누구나 꾸지만, 그 꿈을 이루기 위해선 분명한 목표가 있어야 하고 큰 노력과 인내가 필요하다는 건 알고 있겠지? 무작정 꿈을 꾸는 그것보다 일을 시작했을 때, 자신이 무슨 일을 하며 행복한가를 찾는 것이 중요하지, 일을 잘하는 것은 중요하지 않아. 먼저 자신이 원하는 것, 즐겁고 행복한 것을 해야 해. 그러면 자연스럽게 네가 바라던 꿈은 어느새 네 눈앞에 있을 거라고 생각해. 나는 지금 무척 행복하거든. 내가 원하던 피라미드의 정점에서 최고가 되었다는 자부심이 나에게는 있어!'

내가 학교를, 학교는 나를 선택했다

김유니
양업고 제8기 졸업생

* * * * * 나는 청주시 청원구의 작은 시골 마을에서 태어났다. 아버지는 가축 약품과 양돈업을, 어머니는 전업주부로 지내며 취미로 농사를 지으셨다. 나는 맏이로 두 명의 여동생이 있다. 우리는 세 자매인데, 자연 속에서 건강하게 자라났다.

부모님은 시골 출신이고, 우리도 시골에서 나고 자랐지만, 부모님은 그 누구보다 생각이 열려 있는 분이신데 초등학교 때부터 우리에게 입시 위주의 학교에는 절대 보내고 싶지 않다고 했고, 대학은 외국에서 다녔으면 좋겠다는 말씀을 자주 하셨다.

내가 고등학교에 진학할 무렵 부모님은 양업고에 대해 알고 계셨다. 우리 가족은 외증조할머니 때부터 4대째 천주교 모태 신앙의 가족이다. 부모님은 천주교 대안학교인 양업고가 아니면 고등학교에 보내지 않겠다고 하셨다.

중학교 3학년 말, 나는 양업고를 지원할 서류를 들고 담임 선생님을 찾았다. 성적이 나쁜 편은 아닌 내가 양업고를 지원한다고 하니 담임 선생님과 모든 선생님이 반대했다. 불량학생만 가는 학교라며 지원을 만류했다. 그러나 나는 부모님과 함께 양업고를 고집했고 지원했다.

그런데 깜짝 놀랐다. 경쟁률이 꽤 높았다. 양업고는 입학을 위해 4차 면접을 모두 통과해야만 했다. 학부모 면접이 있었다. 세 자매가 함께 면접에 임했다. 그리고 우리 가족은 4~5년 후에 남동생 두 명을 입양해 대가족이 되었다.

나는 4차 면접을 통과해 양업고에 입학하게 되었다. 나는 전국 방방곡곡에서 온 학생들과 특별한 인연으로 만났다. 학생들뿐만 아니라, 부모님들도 매달 있는 '학부모교육'을 위해 만나야 했다. 이 행사는 우리가 모두 친하게 지낼 수 있도록 만들어 주었다.

양업고는 일반고와 다르게 전원 기숙사에서 생활해야 하고, 교복이 없고, 머리카락 제한이 없고, 야간자율 학습이 없었다. 그 대신 철학 수업이 있으며, 일반고에는 없는 특별한 과목으로 산악등반, 봉사 활동, 그리고 중국과 일본을 체험하는 해외 이동수업 등을 통해 일반 학생들이 경험하지 못할 다양한 체험을 학생들에게 제공해 주었다.

양업고 8기 여학생들이 선배로부터 구타를 당한 사건이 있었다. 학부모님들이 이를 알게 되자 학교폭력위원회가 열렸다. 그 일로 인해 2학년 언니들은 한 달간 사회봉사 활동을 가고, 우리는 각종 심리상담과 물리치료를 받으러 다녀야 했다.

수녀님들은 우리의 상처 난 마음을 치유해주기 위해 다독거려주셨고, 학부모들과 선배들과의 화합을 위해 노력하셨다. 지금도 나는 이 일을 잊을 수 없다. 이 일이 우리들의 열일곱 살 때 기억이다.

그 후 학교생활이 아주 즐거워졌다. 방과 후 수업이 없으니 4시~5시쯤 일과는 끝이 났다. 그 시간 이후에는 친구들과 학교 앞의 실개천에서 물놀이하기도 하고, 학교 주변을 산책하거나, 도서관에서 책을 읽거나, 기숙사에서 친구들과 시간을 보내기도 했다.

겨울이면 노작 시간에 가꾼 고구마와 감자를 화덕에 굽다가 숯을 얼굴에 묻혀 깜둥이가 되기도 하고, 한여름 장마 때는 함께 밖으로 뛰쳐나가 물장난을 하며 물에 빠진 생쥐처럼 홀딱 젖어보기도 하고, 돼지 삼겹살을 엄청나게 많이 사서 학교 뜰에서 삼겹살 파티를 열기도 했다.

남자아이들은 운동을 하거나 옥산에 나가서 피시방에서 게임을 했다. 학교 컴퓨터실에서 스타크래프트 대항전이 열리기도 했다. 노작 시간에는 농사를 지으며 자연이 주는 풍족함을 배우고, 철학 시간에는 신부님과 많은 대화를 나눴다. 체육, 음악, 미술 시간에는 적성에 맞는 과목을 스스로 정해 운동을 하거나, 악기를 연주하거나, 그림을 그렸다. 나무를 깎아 장승을 만들어 학교 입구에 세우기도 했다.

학교에서의 일상뿐만이 아니라 조를 짜서 낚시, 템플스테이를 하거나 계곡 등에 텐트를 치고 체험 활동을 했다. 농가에서 봉사 활동을 한 적도 있다. 1학년 때는 중국으로, 2학년 때는 일본으로 해외 이동수업을 가기도 했다. 지금도 우리 부모님은 내가 천국의 학교에 다녔다며 부러워하신다.

나는 학교생활을 하며 일기 쓰기와 사진을 찍는 일을 좋아했다. 거의 매일 일기장에 하루의 일과 생각을 꾹꾹 눌러 기록으로 남겼고, 친구들과 선생님들과 함께한 행복했던 순간들을 사진을 통해 소중한 사람들과 공유했다. 그때의 습관이 현재의 취미가 되어 지금 블로그를 계속 운영하고 있다.

그렇게 지내던 어느 날 미래에 대한 확신이 서지 않았고, 막연히 일본으로 유학을 떠나야겠다는 생각으로 일본어 공부를 시작했다. 그런데 고등학교 3학년 때 아버지께서 운영하시는 돼지 농장에 큰불이 나서 2천여 마리의 돼지가 불타버렸다. 이 시기가 우리 가족에게 가장 힘들었던 시기가 아닐까 싶다.

화재 사고가 난 후 학교 신부님, 수녀님들과 학부모님들이 농장에 찾아와 기도를 드려주셨다. 하루아침에 모든 것을 잃어버린 우리 가족은 경제적으로도 정신적으로도 아주 힘들었다.

다음 해에 유학을 갈 준비를 하고 있었는데 그 상황에서는 아무런 준비도 할 수 없었다. 가끔 고개를 떨구고 흘러나오려는 눈물을 억지로 참는 것뿐이었다. 당시 상황으로는 유학을 가는 것은 상상할 수도 없었다. 대학은 가야겠다고 마음먹고 국내 대학 입시준비를 하기 시작했지만 준비할 시간이 부족했다.

그러던 중에 양업고와 일본 동경에 있는 가톨릭대학교인 순심여대가 자매학교로의 협약식을 갖게 되자 양업고 교감 선생님으로 계셨던 박문여고 교장 수녀님이 화재로 인해 어려움을 겪고 있는 나를 순심여대 장학생으로 추천해 주셨다.

그리고 기숙사비 전액 장학생으로 합격해 입학하게 되었다. 천주교 모태 신앙으로 20여 년을 살아온 나는 집에 화재 사고가 난 후 신앙에 대해 회의감을 가지게 되었는데, 꿈에 그리던 일본 유학을 장학생으로 가게 되니, 하느님께서 하시는 일에는 다 뜻이 있다는 것을 알게 되었다. 그래서 그때부터 지금까지 어느 나라에서 지내든 성당을 가까이하고 신앙을 지키며 살아가고 있다.

학업을 끝난 후 2014년 봄에 한국으로 돌아온 후, 평생소원이었던 유럽 배낭여행을 혼자 떠났다. 스물여섯의 양업인답게 당돌했던 나는 영국, 프랑스, 독일, 오스트리아 등 여러 나라를 돌아다니다가 체코 프라하의 호스텔 체크인 카운터에서 우연히 영국에서 나고 자란 중국계 말레이시안과 인연이 닿아 평생의 반려자로 맞이하게 되었다.

가족들끼리 조촐하게 올린 혼배미사 때 윤병훈 베드로 신부님께서 주례를 맡아주셨다. 그리고 반년 동안의 중국 유학 생활을 끝내고 2018년 2월에 한국에 다시 돌아와, 싱가포르 구직을 시작했다.

그러나 쉬고 있던 동안 비자 취득이 많이 어려워져 고민하고 있던 와중에, 우연히 미국 샌프란시스코에 본사가 있는 세계적인 민박업 회사의 한국 지사 일본팀에 공고가 뜬 것을 보고 지원을 하게 되었다.

그리고 취직시험에 합격을 한 후 3주 동안의 교육을 받고 5월에 입사해 일본 팀에 있는 150여 명의 동료 중에서 몇 안 되는 한국인으로 일하고 있다. 일본 팀 동료들은 대부분 일본인이 아니면 재일교포이다.

아직 적응을 하고 있는 중이긴 하지만, 회사에서 일본어와 영어를 함께 사용하기 때문에 내 언어 능력을 발휘하며 일할 수 있는 환경이어서 정말 즐겁게 일하며 지내고 있다. 10년 만에 한국에 돌아와서 살게 되니 그동안 멀리 떨어져 지냈던 가족들과 친구들을 자주 만날 수 있어서 정말 좋다.

양업고에 다니며 신부님께서 철학 시간에 언제나 강조하시던 자유와 방종 사이에서 자유롭게 인생을 사는 법을 배웠다. 그리고 고등학생 때 전국 방방곡곡에서 온 친구들과 함께 생활하며 새로운 환경 속에서 즐겁게 지낼 수 있는 적응력을 키울 수 있었다.

무엇보다 박문여고로 가신 조현순 마가리타 교감 수녀님이 나를 일본 순심여대에 장학생으로 보내주신 덕분에 어디서든 살아남을 수 있는 생활력과 자립심을 갖게 되었다. 일본에서 지내며 일본어를 제대로 익히게 되자, 싱가포르에서 일본계 중견 회사에 입사할 기회를 얻을 수 있었다. 현재도 한국에 있는 미국계 숙박 공유 회사의 일본 팀에서 일본어와 영어를 사용하며 경력을 쌓고 있다.

인생의 기반을 다질 수 있게 해주신 부모님과 양업고의 윤병훈 신부님, 수녀님들, 선생님들께 감사의 마음을 드리고 싶다.

🏫 '터닝 포인트'가 된 학교

이정우

양업고 제9기 졸업생, 학생회장

＊＊＊＊＊ 내 인생엔 큰 터닝 포인트가 있었다. 터닝 포인트는 누구나 인생을 통해 한 번쯤 겪게 되는 흔하디흔한 일이지만, 나의 터닝 포인트는 그 직전이 요란스러웠던 만큼 더 극적인 변화로 이어졌다. 그 전환점이란 바로 '양업고 입학'이었다.

양업고 입학 전에 고등학교 1학년을 자퇴하면서 내게 붙은 꼬리표는 '낙오자', '문제아'였다. 하지만 양업고에서의 3년 후 나는 소위 말하는 SKY 대학을 졸업했고, 대기업에 입사해 주변으로부터 인정을 받으며 회사 생활을 하게 되었다.

좋은 대학, 좋은 직장이라는 꼬리표를 떼더라도 나의 성격이나 역량, 태도 등과 같은 사회생활에 있어서 필수라고 여겨지는 요소들 대부분은 양업고에 입학하면서부터 만들어진 것들이다. 대학에서든, 직장에서든, 혹은 사회의 어느 모임에서든, 양업을 졸업했다는 사실은 나에게 큰 자랑거리이다.

사람들은 자신들과 전혀 다른 학창시절에 관한 얘기를 내가 들려줄 때면 다들 귀를 기울였다. 내게 일어난 변화가 신기하기도 하지만, 공부가 전부라고 가르치는 학교, 무한경쟁을 당연하게 받아들이는 시스템 속의 학교가 아닌, 더 다양한 것들을 보고 더 풍요로운 삶의 방법을 알려주는 학교가 존재한다는 사실에 놀랐기 때문이다.

나는 중학교에서 심하게 방황을 한 케이스였다. 학교를 이곳저곳으로 옮겨 다녀야 했고, 중학교 때는 유기정학, 고등학교에 들어가서는 1학년 1학기를 마치고 유급을 통보받기에 이르렀다.

하지만 '1년 꿇은 복학생'으로 후배들과 함께 학교에 다니는 게 싫어서 자퇴를 결심했다. 그렇게 반년이 지난 후 우연한 계기로 양업고에 지원서를 내게 되었다. 그리고 양업고 입학까지 1, 2, 3차로 이뤄진 긴 면접을 거쳐야 했다.

그런데 내가 변화의 의지를 보이지 않았기 때문에 나를 입학시키는 것 자체가 교장신부님을 비롯해 교감 수녀님과 선생님들에겐 확률이 굉장히 낮은 도박이나 다름이 없었다. 그렇기에 양업고 입학은 정말 기적과도 같은 일이었다. 난 그때 인생에서 처음으로 '합격'이라는 것을 해봤다. 노력으로 얻어진 것은 아니었지만, 사회에서 나를 처음으로 받아들인 곳이 양업고가 된 것이다.

입학 직후 내게 심적인 변화가 일어난 것은 사실이었다. 하지만 그렇다고 해서 방황하던 때의 나쁜 생각들이나 습관들이 한순간에 사라지는 것은 아니었다. 내 마음을 다스리는 일이 가장 힘들었다. 선한 마음을 먹었다고 해서 어느 한 순간부터 긍정적인 생각과 좋은 습관들로 인생이 가득 차는 것이 아니라는 점이 나 자신을 괴롭게 만들었다.

예전으로 돌아가고 싶은 마음이 들 때 나를 잡아주는 것이 한 가지 있었다. 바로 '칭찬'이었다. 난 그 당시 누군가로부터 칭찬을 들어본 일이 거의 없었다. 그런데 양업고에서는 대단한 일이 아닌 아주 사소한 일에 대해서도 칭찬을 해주었다.

예를 들면, 아침 7시에 미사를 드리고, 신부님과 교정을 산책하며 쓰레기를 줍거나 화단에 물을 주는 일상들이 양업고에서는 다 칭찬을 들을 만한 일이었다. 그 칭찬에 힘입어 나는 새로운 삶을 계획할 수 있었다. 그러한 작은 일들부터 시작해서 공부를 하게 되었고, 사람들 앞에 서는 것을 두려워하지 않게 되었으며 여러 시행착오 중에도 다시 일어서는 법을 배웠다. 칭찬이 전부는 아니었지만 내가 변화될 수 있었던 강한 원동력이었음은 분명했다.

하루는 신부님이 교장실로 호출하셔서 자리에 잠깐 앉으라고 하셨고, 짧은 면담을 하게 되었다. 내가 공부를 시작했다는 걸 아신 신부님은 이런 저런 질문을 하셨다.

그때 내가 집중적으로 공부하던 과목은 수학이었다. 초등학교 이후로 공부를 해본 적이 없었기 때문에 열여덟 살의 나이에 초등학교 6학년 수학을 배우던 중이었다. 그런 내 모습이 참 부끄러웠는데 신부님은 그런 나를 굉장히 자랑스럽게 생각하셨던 것 같다.

신부님은 얼마 전에 치른 중간고사 성적에 관한 이야기가 아니라, 지금 배우고 있는 수학이 재밌는지, 어렵지는 않은지 물어보셨다. 나는 재미있다고 말씀드렸다. 교장 선생님이 나한테 이런 걸 물어보신다는 걸 신기해하는 한편, 꼭 열심히 해서 좋은 성적을 거두고 싶다는 생각을 하게 되었다.

그리고 거짓말처럼 대학수학능력시험 수리영역에서 전국 1%에 들었다. 한 번의 관심이었지만 이토록 오래 기억에 남는 까닭은, 그러한 관심이 어떠한 의도나 목표를 가진 관심이 아니라 나를 향한 진심 어린 응원이었기 때문이라고 생각한다. 이런 '칭찬'과 '관심'이 원동력이 되어 나는 변화될 수 있었다.

앞서 언급한 두 가지가 개인적인 삶을 변화시키는 데 필요한 원동력이었다면, 양업고의 시스템이 주는 변화의 원동력은 학생들의 자율성 보장이었다. 패션부터 헤어 스타일까지, 양업고에서는 모든 것을 학생들의 자율적인 선택에 맡겼다.

방황하던 시기에 염색도 하고 닭벼슬 모양의 머리도 해봤으므로 양업고에 다닐 때는 셔츠 단추를 목 아랫부분까지 잠그는 단정한 패션을 좋아했다. 고등학생으로서는 당연해 보이는 그런 패션조차 양업고에서는 개성이었다. 그만큼 학생 한 명, 한 명이 개성을 가지고 있었다.

그렇기에 너무나도 다른 환경에서 자라온 아이들이 한데 어우러질 수 있었던 것은, 서로 개성을 존중하고 타인이 다르다는 것을 인정할 수 있었기 때문이 아닐까 하는 생각이 든다. 학생들의 자율을 보장하는 양업고의 시스템은 학생들이 자연스럽게 '다름'을 받아드릴 수 있도록 그 방법을 가르쳐주셨다.

나를 만들어준 훌륭한 밑거름

양업고 제9기 졸업생

* * * * * 양업고에서의 눈물겨운 졸업식을 치룬지도 어느새 10년이 지났다. 그렇지만 양업에서의 3년은 마치 엊그제 일인 양 아직도 내 머릿속에서 생생하게 떠오른다. 몇 차례의 서류전형 및 면접 등을 거치며 어렵사리 입학한 양업고는 그 당시 나에게는 꿈의 고등학교였다.

머리카락 자유에 교복도 없고, 공부하라고 잔소리하는 부모님과는 멀리 떨어져서 자유를 만끽할 수 있는 나만의 공간 기숙사까지, 웃기지만 처음에는 그런 이유로 열일곱 살의 철부지 어린 소녀에게는 누가 뭐라고 하던지 더할 나위 없이 가장 좋은 학교였다.

산 좋고 물 좋은 시골에서 친구들과 학교 안팎을 쏘다니는 사이 행복한 시간은 참 빨리도 지나갔다. 그러나 올해 서른 살이 된 나에게도 양업은 여전히 꿈의 고등학교라는 생각에 변함이 없다. 그 이유는 서울에서는, 아니 평범한 일반 고등학교에서는 절대 할 수 없는 다양한 양업고만의 프로그램들 때문이다.

조금 많이 특별한 양업고에서의 시간은 당시 서울에서 태어나 서울에서 일반 정규과정의 학교에 다니며 온실 속의 화초로 자라온 나에게는 절대 이곳이 아니면 보고 느낄 수 없는 경험들을 선물해주었다. 그 밑거름 덕분에 오늘날의 내가 있다고 해도 과언이 아닐 정도로 양업고에서의 3년은 지금 떠올려봐도 벅차고 설레는 즐거운 기억들로 가득하다.

학교 뒷산에 올라가 자그마한 텃밭을 다 함께 일구던 '노작' 프로그램, 해외의 여러 지역을 돌며 다양한 문화를 체험할 수 있었고 견문을 넓힐 수 있었던 '해외체험 수업', 서울 예술의 전당에서 다양한 뮤지컬 및 음악회 관람, 그리고 매년 양업의 학생이라면 반드시 해야 했던 '지리산 산악등반' 등…….

이외에도 일반고 학생들이 집 – 학교–학원을 오가면서 대입에만 초점을 맞추었던 것과 달리, 우리는 어떻게 하면 더 많이 인간적으로 성장할 수 있을지, 나에 대해 더 알아가고 학교에서 뿐만이 아니라 여러 다양한 루트를 통해 값으로는 매길 수 없는 경험을 할 수 있었다.

'해외체험 수업'의 경우 1학년은 중국, 2학년은 일본으로 정해져 있었는데, 1학년 때 중국에 가서 먹을거리 시장에서 친구들과 말도 안 되는 수천 가지 재료로 만든 꼬치구이를 보며 놀랐던 기억도 난다.

끝이 보이지 않는 흙바람이 휘날리는 만주 땅에서 친구들과 합심해 감자를 캐며 북한 동포를 돕겠다고 했던 기억, 감자를 이틀간 캐며 너나 할 것 없이 흙을 온몸에 뒤집어쓴 덕분에 샤워하면 흙탕물이 계속 몸에서 나온다며 킥킥대고 웃던 기억들이 지금도 잊히지 않는다.

매년 좋든 싫든 양업의 학생과 선생님이라면 무조건 가야만 했던 지리산 산악등반 프로그램은, 눈앞에 힘든 일이 닥치면 피해가려고 하거나 쉽사리 포기해왔던 나에게는 매우 인상 깊은 경험이었다.

우선 한번 산을 오르기 시작하면 좋든 싫든 중간까지라도 가야 휴식을 취할 수 있는 대피소가 나왔다. '궂은 날에도 새벽에 일어나 머리에 랜턴을 쓰고 내 몸보다도 더 큰 등산 가방을 메고 서로서로 도와가며 포기하지 않았고, 끝까지 종주할 수 있도록 이끌어 주고 격려하며 천왕봉에 올랐을 때의 그 성취감은 아직도 잊지 못할 경험 중 하나이다.

내가, 그리고 우리가 함께 해냈다는 성취감과 팀워크 덕분에 나는 앞에 어려운 일이 닥쳐도 쉽게 포기하지 않고 역경에 굴복하지 않으며 더 앞으로 나아가려고 열심히 노력하는 사람이 되었다.

이러한 프로그램 외에도 양업고에서의 생활 자체가 학생들을 자립심을 가진 하나의 인격으로 만들어 주는데 큰 도움이 되었다. 아무래도 부모님과 떨어져서 생활하기 때문에 모든 말과 행동에 나 자신의 책임이 따르니 신중해야 했다.

그리고 공부를 하라고 잔소리하는 사람이 아무도 없으니 나와 내 동기들은 시간이 지날수록 심심해지고 미래가 걱정되어, 공부를 자발적으로 시작하게 되었다는 웃지 못할 이야기도 있다.

어린 나이에 부모님의 품을 벗어나 또래 친구들과 보냈던 기숙사 생활은 말도 많고 사연도 많았다. 그 안에서 우리는 상호 간의 배려, 사랑, 믿음이 정말 중요하다는 것을 배웠다. 우리만의 작은 사회생활은 성인이 된 지금까지 사회생활을 어떻게 해야 하는지 기본을 닦을 수 있게 해준 좋은 기회였다.

이제 와서 돌이켜보면 외부에 비쳤던 양업고는 학교에서 공부도 잘 안 시키고, 아이들이 머리를 빨갛게 파랗게 염색해 '날라리' 같다고 여겨졌을 수도 있었을 것 같다. 그러나 우리는 당장은 길을 똑바로 걷고 있지 않아도 뒤에서 묵묵히 사랑과 믿음으로 기다려주신 부모님들과 선생님들 덕분에 올바른 인격을 갖춘 사람으로 잘 성장해 사회에 이바지하고 있다.

우리의 영원한 대장 '윤병훈 교장 신부님'께서는 늘 솥뚜껑 같은 커다란 손으로 우리 머리를 쓰다듬어 주시며 공부보다 사람이 먼저 되라고 무한한 사랑으로 가르침을 주셨다. 이는 아직도 우리가 신부님과 함께했던 양업에서의 3년을 잊지 못하고 그리워할 수밖에 없는 큰 이유이기도 하다.

어찌 보면 그때도 지금도 힘들고 혼란한 세상에 자식들이 더 좋은 위치를 선점해 행복하게 살게 하기 위해서는 학문적인 부분에 더 큰 비중을 두어야 한다는 부모님들의 생각이 완벽히 틀리진 않는다고 생각한다.

그러나 강압적으로가 아닌, 아이들 자신이 원하는 것, 좋아하는 것이 무엇인지 깨닫고 삶에 대한 방향을 주체적으로 정할 수 있도록 부모님들이 한 발짝만 뒤에서 믿고 지켜봐 줄 수 있다면 아이들은 더 행복하게 올바르게 성장할 수 있을 것이라고 믿어 의심치 않는다.

양업고에서 질풍노도의 시기인 나의 10대를 보낼 수 있었던 것은 정말 큰 행운이었고, 오늘의 나를 만들어 준 훌륭한 밑거름이었다.

생각만 해도 웃음이 나오는 학교

김민용

양업고 제10기 졸업생, 학생회장

* * * * * 양업고를 떠올리면 항상 웃음이 나온다. 졸업한 직후에는 그리운 마음에 양업고 홈페이지를 자주 들여다보았는데, 시간이 흐르니 자연스레 줄었다. 오랜만에 학교에 다닐 때 사진을 보기 위해 홈페이지를 방문했더니 여전히 그립고 행복했던 추억들이 한가득 있었다.

논에 들어가 무거운 모판을 나르며 시골 어르신들을 돕고 맛난 새참과 막걸리를 얻어 마셨던 농촌 '봉사 활동', '청소년성장프로그램'의 하나로 난생처음 줄거리를 짜고 감독과 배우 역할을 하며 머리를 마구 굴렸던 '미디어 교육'과 직접 심은 허브로 페퍼민트 티를 만들었던 '그린팜', "선생님! 얼마나 남았어요?"를 반복하며 끊임없이 내 한계를 뛰어넘어야 했던 '지리산 산악등반', 덕영재단의 초대로 전교생이 한껏 멋을 부리고 서울 예술의 전당에서 관람한 뮤지컬, 중국과 일본으로 가서 역사와 문화 그리고 넓은 세상을 배우고 돌아온 해외 이동수업 등, 3년의 교육과정 동안 다양한 체험 활동을 했다.

활동이 많아 피곤할 때도 있었는데 이상하게 모든 사진 속의 나는 아주 환하게 웃고 있었다. 봉사 활동이나 산악등반처럼 고생을 많이 한 활동도 있었지만, 힘든 것은 한순간이고 끝나고 나면 많은 감정과 배움의 기억으로 내게 남았다.

혼자라면 시도해보지 않았을 일들을 학교에서 경험하며 두려움 대신 자신감을, 조급함 대신 끈기를, 편협함 대신 관대한 사고방식을 갖게 되었다. 물론 교실 안에서 이루어지는 수업도 중요했으나, 교실 밖의 수업은 나를 세상과 적극적으로 소통시켜 점점 더 성장하게 해주었고 단단하게 만들었다.

3년이라는 양업고에서의 시간은 내 인생에 큰 영향을 주었다. 소극적이고 항상 움츠려있던 아이는 어깨를 활짝 펴고 웃게 되었다. 앞에 나서서 적극적으로 문제를 해결하는 학생회 임원이 되었고, 나의 의견을 논리적으로 주장해야 하는 토론 대회에 참가해 상을 받았다. 이루고 싶은 꿈이 생겼으며 원하는 대학에 장학금을 받고 입학했다.

이러한 변화는 양업을 졸업한 이후에도 계속되었다. 학구열이 뛰어난 친구들 사이에서 하지 않던 공부를 열심히 하게 되었고, 어려운 과목은 미리 허락을 구해 녹음해 수업 후 반복해서 들었다.

졸업할 즈음에는 완성도 높은 졸업논문을 위해 애썼다. 그 결과, 졸업논문 지도 교수님으로부터 '오랜 교직 생활 동안 이렇게 제대로 논문을 쓴 학생은 처음 봤다. 너와 함께 연구해보고 싶다.'라는 말씀을 듣게 되었다. 4년간 고군분투하며 보냈던 시간이 수고했다고 인정받은 것 같아 무척 기뻤다.

물론 항상 행복한 일만 있는 것은 아니었다. 힘든 시간을 보낼 때 잘 지내느냐는 신부님의 질문에 머쓱해져서, "신부님, 저는 대기만성형인가 봐요." 했더니, 신부님은 "하하, 나도 대기만성형인데…"라고 쿨한 답변을 해주셨다.

그렇다. 세상의 속도에 꼭 맞출 필요는 없다. 모든 사람의 인생이 롤러코스터다. 올라갈 때도 있고, 내려갈 때도 있다. 신날 때도 있고 어지러울 때도 있다. 상관없다. 중심만 잘 잡고 있으면 넘어지지 않으니까. 그래서 힘든 시기가 와도 그다지 두려워하지 않는다. 내 인생에는 그다음 장이 있으니까. 이 또한 양업에서 배운 것이다.

🏫 학부모와 나를 가르쳐준 사랑의 학교

박광식

양업고 제11기 졸업생, 학생회장

＊＊＊＊＊ 나는 공무원인 아버지와 초등교사인 어머니 사이에 둘째로 태어났다. 맞벌이 부모 가정의 나는 어머니와 함께 보길도와 함평에서 초등학교에 다니며 유년 시절을 보냈다. 중학교에 입학하고 어머니와 자연스럽게 떨어져 광주에서 지냈다.

그리고 졸업 후 내 의지의 선택과는 상관없이 한 인문계 고등학교에 입학했다. 이 학교는 인성이 무시되고 폭력이 난무하는 학교였다. 나는 견디기 어려운 시간을 보냈다.

선생님이 정신적으로 이상했다. 지각하면 발바닥을 때렸고, 영어 단어를 못 외우면 뺨을 때렸다. 선생님은 매 수업 시간마다 옆 의자에 앉아 1시간 내내 나를 비난했다. 내가 앉은 줄 친구들도 간접 피해를 입었다. 어려운 문제를 풀다가 틀리면 맞아야 했다.

친구들은 쉬는 시간에 내게 와서 과자를 사주며 우리 줄에 앉지 말라고 부탁까지 했다. 이는 어린 나이에는 견디기 힘든 아픔이었다. 그래서 그 학교에서 1학년을 다 마치지 못하고 자퇴를 했다.

'비행 청소년'이라는 낙인이 따라다녔고, 그 말이 싫었다. 내 문제로 그런 말을 듣는 것이 아니라, 자퇴의 원인이 된 정신이상인 선생님이 있었기 때문에 살아가며 억울하다는 생각이 많이 들었다. 좀 더 떳떳해지고 싶었다. 비록 내게 문제가 있었다고 치자. 그래도 선생님은 내가 남들과 다를 수 있다는 것을 인정해 주었어야 했다.

자퇴하고 노인 요양원에서 반년가량 사회복지사와 기숙 생활하며 마음의 안정을 찾으려고 노력했다. 하지만 내 문제로 아버지와 어머니 사이에 불협화음이 생겨났다. 아버지는 일방적인 독재자로, 독재자 앞에서 어머니와 나는 반항하지 않는 순한 양으로 지냈다.

그래도 누나가 아버지에게 반란군이 되어 어머니와 나의 닫힌 말문을 속 시원히 뚫어주는 역할을 해서 그나마 숨을 쉴 수 있었다. 캄캄했고, 학교로 돌아간다면 전에 다니던 고등학교로 다시 배치되면 어쩌나 하는 공포가 있었다.

그렇게 하루하루 살아가던 나에게 구원투수가 나타났다. 나를 사랑하는 어머니가 양업고라는 대안 카드를 꺼내들고 찾아오셨다. 양업고는 내게 복음이었고, 무조건 가야만 하는 절박감이 있었다. 양업고에서의 4차 면접까지 통과하고 그렇게 주님은 나를 양업고에 앉히셨고 우리 가정에 구원을 가져다주셨다. 지금도 나는 '고마워요, 양업'이라고 말하며 지낸다.

양업고에서 처음 한 달이 되던 날 야외에서 평상에 누워 쉬고 있었다. 그때 어느 수녀님이 오시더니, "광식이는 얼굴이 까매서 지금 가서 머리염색을 좀 하고 온나."라고 말하는 것이었다.

너무 놀라서 "네? 제가 머리염색을 하라고요? 수녀님, 저 염색하고 집에 나타나면 그 즉시 아빠한테 죽어요."라고 대답했다. 수녀님은 그 자리에서 아버지께 전화를 걸어 "광식이 머리 노랗게 염색해 보내겠습니다."라고 말씀하셨다. 어떤 답이 아빠에게서 왔는지 살필 겨를도 없이 옆에서 떨고 있기만 했다.

나는 머리염색은 포기하고 귀를 뚫어 피어싱을 하고 집에 갔다. 나를 바라본 아버지가 온종일 한마디 없으시더니 저녁을 먹으면서 내게 "코도 뚫지 그러냐!"라고 하시는데 숨이 멎는 듯했다.

아버지와의 관계가 그렇게 넘어가고 있었다. 학교에 입학하고 한 달, 두 달 시간이 지날수록 양업고는 자녀만 학교에 다니는 것이 아니라 부모님이 함께 다니는 학교라는 것을 알게 되었다. 매달 한 번 학부모교육이 있었기 때문이다. 학부모가 자녀를 학교에 맡기고 책임을 피하는 것이 아니라 부모도 교사들과 함께 자녀교육에 동참하고 교육철학을 이해하고 응용하도록 하기 위해서였다.

독재자처럼 냉냉하기만 하던 아버지는 어머니에게 정중히 사과했다. 그동안의 미안함과 사랑을 표현하고, 그렇게 우리 가족은 학부모교육 이후 관계가 정상화되고 따뜻한 가정에 웃음꽃이 피어나기 시작했다. 덕분에 원 없이 자유롭게 1년을 참 재밌게 놀았다.

2학년이 되어 학생들과 가밀라 수녀님이 함께 호주에서 열리는 세계 청소년대회에 참석한 적이 있었다. 그때 인천 박문여고 여학생들도 같이 참석했는데 내 좋은 목소리를 들으신 조현순 교장 수녀님께서 '광식아! 너는 참 좋은 목소리를 갖고 있네. 성악을 하면 어떻겠니?' 하고 말씀하셨다. 음악 수녀님도 나를 쫓아다니며 성악을 해보자고 권유했다.

그 일은 자연스럽게 미래의 내 진로로 이어졌다.

　모두가 기숙하는 양업고라서 작은 사회는 늘 활기찼고, 가족 같은 분위기를 연출했다. 잦은 실수도 있었지만, 동료들의 격려로 반성도 하며 삶의 지혜를 배워갔다. 양업고는 나와 부모님에게 많은 일깨움과 가르침을 주었고, 우리 가족에게 가정의 평화를 선물했다. 그리고 나에게 제시한 확고한 진로는 감사하다는 말로는 부족하다.

　나는 군대와 대학 생활을 마치고 이탈리아로 날아와 밀라노에서 성악을 공부하고 있다. 내게는 양업고가 삶의 귀한 원동력이다. 고마워요! 양업고!!

⛪ 자유 시간에 키운 원형사의 꿈

이두연

양업고 제11기 졸업생

★ ★ ★ ★ ★ 중학생 때 1년 동안 말레이시아에서 지내고 온 나는 한국 고등학교에 진학하는 것에 대해 부담감이 컸다. 말레이시아에서 돌아와 중학교 3학년 1학기를 맞았을 때 참 답답하고 바빴다. 고등학교의 야간자율 학습 등의 용어들은 듣기만 해도 지겨웠다. 그래서 도피 반 기대 반으로 양업고에 진학 면접을 보러 갔다.

그리고 첫 1년간은 솔직히 너무나 힘들었다. 기숙사 생활도 생활이지만, 다른 사람들과 함께 사는 것은 생각보다 큰 스트레스였다. 당시 양업고 선배들 중에는 정말 친하고 좋은 선배들도 있었지만, 나의 가치관과 너무나 다른 사람들도 있었기 때문이다. 그런데도 결국 나는 학교가 아니었더라면 지금의 내가 없었을 것이므로 양업고에 가게 된 운명을 무엇보다 감사하게 생각한다.

정말 열심히 공부했다. 내신이 2학년 후반부부터 언어 수학을 제외하고 거의 1등급이었으니 미대에 진학하기에는 충분한 성적이었다. 또한, 집에서 보내는 주말은 이틀 내내 조소 입시 학원에서 보냈으니 잠자는 시간 말고는 놀거나 쉬는 시간이 거의 없었다.

수능성적이 상대적으로 뒤처지긴 했지만, 공부만큼은 학교에서 제일 열심히 했다. 자유로운 분위기와 아름다운 환경 속에서 놀면서 보낼 수도 있었지만, 입시는 전국의 학생들과 경쟁하는 것이기에 나는 노력을 택했다. 이는 분명 내 의지였고 스스로 자랑스러워하는 부분이다.

그렇다면 내가 일반 인문계생들과 다른 것이 무엇이었나. 그것은 바로 학교가 나에게 준 자유였다. 물론 기본 교과과정은 마쳐야 했지만, 그 외에 미술 선생님이 지도해주신 방과 후 미술 수업이나 다양한 특수 활동 수업, 동아리 지원 등, 내가 선택해서 나에게 도움이 되는 활동에 시간을 할애할 수 있었다.

순전히 입시만을 위해 살지 않고 예술가로서의 나를 만들어 갈 수 있는 시간이 주어진 것이다. 또한, 학생 수가 적어 선생님들께서 나를 더 잘 기억해주시고 내가 부족한 점을 채워나갈 수 있도록 집중적으로 도움을 주실 수 있었다. 특히 박상돈 미술 선생님이 계시지 않았다면, 나는 절대로 지금 원형사의 꿈을 이룰 수 없었을 것이다.

그리고 해외로 가는 체험학습 등은 다른 고등학생들은 절대 하지 못할 값진 경험이었으며, 넓은 견문을 가질 수 있게 해주었다. 그렇게 나의 이야기들은 하나하나 쌓여갔다.

학교에 다니는 동안에는 몰랐지만, 이 모든 것은 운명처럼 한곳에서 모여 움직이게 되었다. 1지망으로 희망하던 서울대 조소과는 실기시험에서 떨어진 터라 2지망인 홍대 조소과 입학사정관 전형에 기대를 걸 수밖에 없었다. 3지망도 이미 떨어진 상태였으므로 여기서 잘못되면 재수밖에 길이 없었다.

　그러나 3년 동안 누가 시키지 않았는데도 내가 스스로 만들어온 작품들과 경험들, 이를 바탕으로 한 이야기 덕에 합격할 수 있었다. 만약 다른 학교에서 고등학교 3년을 보냈더라면, 어느 명문대에 갔었던들 나는 여전히 누군가가 시키는 작업이나 하고 있을지 모른다.

　양고의 3년 동안, 나 자신을 잃지 않고 지속해서 개발할 시간이 주어졌고, 대학에서도 학과에서 추구하는 방향이 아닌 내가 하고 싶은 작업을 계속 만들어 나갔다. 그리고 지금, 나는 원형사로 좋아하는 일을 하며 즐겁게 지내고 있다. 항상 내가 누군지 기억하고 나의 꿈을 믿으면서 살아왔기에.

‘로또’에 당첨된 것과 같은 학교

유소정
양업고 제12기 졸업생

* * * * * 중학교 3학년 봄, 엄마는 나에게 ‘대안학교’인 양업고를 추천해주셨다. ‘대안학교’가 무슨 학교인지도 모른 채 머리 규정이 없고 교복도 없고 다양한 체험을 할 수 있다는 말이 귀에 쏙 들어와 그때부터 무슨 학교인지 알아보기 시작했다.

그리고 공부가 중요한 것이 아니라, 내가 해보지 못한 것들을 체험해 볼 수 있을 것이라는 생각에 지원했다. 그때 어머니는 내가 이 학교에 합격하면 ‘로또’ 맞는 거나 마찬가지라고 하셨고 높은 경쟁률 속에 양업고에 합격했다.

나는 성격이 내성적이었다. 초등학교 때부터 학기가 시작될 때마다 긴장이 돼서 한 달 동안 학교에 가지 못할 때가 많았고, 친구들을 제대로 사귀지 못했다. 그래서인지 양업고 입학 후 시작된 기숙사 생활은 너무나 힘들었다. 그런데도 버텼다.

시간이 지나자 기숙사 생활은 내게 큰 도움이 되었다. 친구들과 싸우기도 했지만 화해하는 방법을 배웠고, 어른들이 무서워 가까이 가지 못했었는데, 넉살 좋게 대하는 방법도 배웠다. 새로운 사람들을 만나 친해지는 방법을 공동체 생활을 통해 자연스럽게 터득해 갔다.

특히 텃밭 가꾸기, 봉사 활동, 해외 이동수업, 산악등반 청소년성장 프로그램 등 다양한 활동을 통해 체험하도록 돕는 수업들이 맘에 들었다. 공부로는 익히지 못하는 자신감, 문제해결 능력, 내가 스스로 선택하고 결정하기, 방종하면서도 자유를 알아가고 책임을 지는 법, 떳떳하게 설 수 있는 독립심을 얻었다. 의존적인 마마걸인 내가 나 자신을 자발적으로 자기 주도적으로 통제하는 밑거름을 배양해 갔다.

'지리산 산악등반'이 기억 속에 특별하다. 정상에 올라서서 '산 아래 구름을 보며 몸은 죽을 듯이 힘들었지만 이런 노력으로 목표를 이루어 가는 것'임을 처음 발견했다. 그리고 '텃밭 가꾸기' 노작을 하느라 피와 땀을 흘리면서 '내가 먹고 입는 것들이 허투루 내가 갖는 것이 아니구나', 라는 좋은 경험을 했다.

내가 중앙아시아에 있는 '키르기스스탄'으로 유학을 갈 수 있게 큰 도움이 되었던 일 중의 하나는, 학교에서 해외 이동수업으로 일본에 간 것이다. 일본에 다녀온 후 해외에 대한 흥미가 커지면서 고등학교 3학년 때, 큰아버지의 제안으로 '키르기스스탄'을 한 달 동안 여행했다.

고등학교 3학년 때 우리 집은 사정이 좋지 않았다. 그래서 학교가 MOU를 체결한 일본의 도쿄에 있는 대학과 미국의 디트로이트에 있는 대학에 가고 싶었지만, 그 뜻을 접고 재수를 하게 되었다.

재수 중반쯤 왔을까? 키르기스인 큰어머니가 한국에서 대학 입학을 준비할 시간에 키르기스스탄에서 러시아어를 배우라고 추천해 주셨다.

그 당시에는 "웬 러시아어? 러시아의 '러'자도 모르는데."라는 생각이
들었지만, 그래도 적극적으로 추천해주셨기에 고등학교 3학년 때 갔던
'키르기스스탄'을 생각하며 러시아어를 배우기로 했다.

학교에서 배양된 자신감이 발동했다. 그래, 젊을 때 한 번 제3외국어
공부를 해보는 것도 나쁘지 않다고 생각했다. 아르바이트를 해서 유학
가기 전까지 돈을 모으기로 했다. 그 후, 사진관, 마트, 카페 등, 내가
일할 수 있는 곳이라면 무조건 일했다.

6개월 만에 어렵게 200만 원을 모아 탑승권을 확보하고, 어학은 물론,
유학 가서도 세상 온갖 고생은 다 했다. 큰어머니 쪽 친지들^{현지인들}과의
문화 마찰로 스트레스를 받아 탈모, 체중 감소, 스트레스성 사시 등이
생겼고 너무 힘들어 거의 매일 울다시피 하며 이국에서 홀로 지냈다. 우
리나라와 다른 이슬람 국가와의 문화 괴리가 컸다. 큰아버지, 큰어머
니는 한국에 계셔서 혼자 지내던 상황이었기에 더 그랬다.

그래도 힘든 것을 포기하지 않았다. 한국으로 다시 돌아가고 싶다는
마음과도 치열하게 싸우며 이를 바득바득 갈며 공부했다. 지리산 종주
할 때 이를 악물고 정상에 섰던 기억을 떠올리며 지냈다.

그런 기억 덕분에 4년 만에 언어는 원어민 수준으로 생활언어가 되
었고 나만의 강점을 만들어 대학을 졸업할 수 있었다. 국립대학의 등
록금은 80만 원 정도였고, 언어가 제대로 구사되자 아르바이트도 쉬워
져 가이드로 활동했고 한국에 돌아오면 병원에서 의사와 러시아인 사
이에 통역을 맡아 용돈과 학비를 조달했다.

유학 생활 동안 양업고등학교 동기 친구들은 내가 힘들 때면 나를 응
원해주었고 공감해 주었으며 내가 포기하지 않도록 붙잡아 주었다. 양

업고등학교에서의 체험으로 배운 여러 동력 덕분에 내가 선택한 것을 끝까지 포기하지 않고 책임을 다해 살아갈 수 있었다.

내가 대학교 2학년에 재학할 때였다. 신부님이 갑자기 내가 있는 키르기스스탄에 방문해보고 싶다고 하셨다. 내가 여학생으로 이국에서 당당히 대학 생활을 한다는 소식을 듣고 응원 차 오시겠다는 연락이 있었다. 그렇게 3~4개월이 흘렀을까. 키르기스스탄을 둘러보러, 제일 좋은 계절인 5월에 이 나라의 수도인 비슈케크에 오셨다.

교장신부님과 친구 신부님이 나를 보러 오셨는데, 도시를 둘러보시고 키르기스스탄의 자연을 보고 싶다고 하셔서 우리는 얼지 않는 호수 이식쿨로 여행을 떠나게 되었다.

이식쿨은 해발 3000m에 있는 민물 호수인데도 소금 맛이 나는 호수로 소금 때문에 4계절 내내 얼지 않는다. 신부님은 호수를 보시며 '자연경관이 대단하구나!' 하고 극찬을 하셨다. 이 담수호는 경상남북도를 합친 것만큼 크고, 저 끝에는 톈산산맥이 자리하고 있으므로 새삼 자연의 위대함을 느낄 수 있었다.

호수를 둘러보시고 다시 수도에 돌아와 내가 다니고 있는 학교도 잠시 둘러보셨다. 그리고 신부님께서는 아직 구소련의 느낌을 간직한 학교 같다고 하셨다. 이곳의 공부 방법은 주입식 교육이 아니라 자신들이 직접 조사하고 토론하여 결론을 내면 교수님이 피드백을 주시는 방법으로 강의가 이루어진다. 대학교 시설은 좋지 않지만 강의하는 방법은 자기 주도적 학습으로 진행되므로 이것이 진정한 교육이라고 감탄하셨던 것도 기억에 생생하다.

신부님은 직접 제자가 있는 곳까지 방문하셔서 이곳이 어떤 나라인지 왜 내가 이 나라에서 공부하기를 선택했는지 들어보시고 참 대견하다고 격려해주셨다. 이것이 제자 사랑임을 느끼며 감동했다.

이곳이 후진국이고 아직 키르기스스탄을 모르는 사람이 대다수이지만 새로운 길을 개척하는 내 선택을 응원해주셨다. 그리고 양업고 후배들도 와서 공부할 수 있게 더 노력해 달라는 당부의 말씀도 전하셨다. 신부님이 방문하신 뒤로 나도 양업고의 후배들에게 도움이 되기 위해 더 열심히 생활하고 공부할 수 있었던 것 같다.

대학교 졸업 이후 지금은 대학병원에서 러시아, 카자흐스탄 등 CIS 국가를 상대로 하는 국제 의료협력팀에서 홍보를 담당하고 있다. 그리고 유학 가기 전에 일했던 사진관에서 DSLR로, 사진 촬영 방법, 포토샵, 양업고를 다니며 UCC를 만들었을 때 뜨문뜨문 익혔던 동영상 프로그램과 일러스트를 활용하며 근무하고 있다.

우연이지만 내가 살아오면서 배웠던 경험들이 쌓여 나에게 맞는 직장에서 근무하고 있다. 무조건 공부, 좋은 고등학교, 좋은 대학교, 좋은 자격증만이 양질의 삶을 만들어가는 것이 아니라 내가 해왔던 다양한 경험들, 생각, 방식들이 작용해서 지금의 나를 만들었다고 생각한다.

고등학교 입학 전에 엄마가 하셨던 말씀대로 난 '로또'를 맞았다고 생각한다. 내가 평범한 인문계를 가서 평범하게 다른 사람들처럼 공부하고 평범하게 대학을 갔다면 내가 좋아하는 일을 하지 못했을 거고, 사람들과 어울리기 힘들어하는 평범한 직장인이 되어 있을 것 같다.

기회가 온다면 잡을 수 있는 용기와 실천하는 것, 그리고 꾸준한 자기계발은 새로운 길을 개척해 나가는 좋은 습관이라고 생각한다.

🏫 행복하고 즐거웠던 학교생활

황지현

양업고 제13기 졸업생

* * * * * 반갑습니다. 너무 오랜만에 인사드립니다. 벌써 학교를 졸업한 지 5년이 지났습니다. 푸른 담쟁이덩굴로 뒤덮인 학교를 처음 봤던 때 저는 열여섯 살이었습니다.

초록 풀들이 자라난 곳에 닭들이 자유롭게 뛰어다니고 작은 연못의 분수대가 물을 뿌리며 반겨주었습니다. 무르익어 곧 떨어질 듯한 감들을 품은 나무들과 감을 잡았습니다. 사람의 손길을 기다리는 여러 작물과 친구가 되었습니다. 학교는 푸르름으로 가득 찬 천국 같았습니다.

이런 학교의 모습을 보자마자 '나 이 학교가 정말 맘에 들어, 이 학교에 꼭 다니고 싶어.'라고 생각했습니다. 한 학년 당 40명씩 전교생이 고작 120명, 동기, 선후배 모두 이름을 알고 친구처럼 지냈습니다.

다 같이 축제 준비를 하고, 노작을 하며 배추를 키우고 수확하고, 여름엔 친구들과 평상에 누워 해지는 풍경을 바라보고, 겨울엔 밤, 감자, 고구마를 구워 먹고, 어떻게 하면 더 즐거운 학교를 만들 수 있는지 다

같이 회의했습니다. 다른 학교에서는 볼 수 없는 모습들이었습니다.

이렇게 함께 지내면서 공동체 생활을 배울 수 있었고, 하루를 정리하는 '마무리 시간' 때 서로의 하루를 공유하며 서로에 대해 알아가고 이해할 수 있었습니다. 3년을 동고동락하며 지내니, 사회생활에서 만나는 사람과는 다른 특별하고 소중한 친구들입니다.

행복하고 즐거운 학교를 만들기까지 선생님들 또한 저희 한 명 한 명에게 집중해주시고, 꿈을 꾸고 도전할 수 있도록 아낌없는 칭찬과 격려를 해주셨습니다. 때로는 친구처럼 때로는 부모님처럼 저희를 어르고 달래며 즐거운 학교생활을 할 수 있도록 도와주셨습니다.

학교는 제게 새로운 세상이었습니다. 세상을 바라보는 안목과 삶을 살아갈 힘, 이전과는 다른 배움을 가르쳐주었습니다. 그전의 학교들은 지식적인 공부와 이론만을 외우는 것에 그쳤다면, 양업은 나 자신이 내 삶의 온전한 주인이 되어 선택하고 그 선택에 따른 결과에 책임감을 느끼고 삶을 계획하며 어떤 사람으로 성장하여 어떻게 살아갈 것인지를 깨닫게 해주었습니다.

또한 책으로는 배울 수 없는 것들을 경험할 수 있게 해주었습니다. 1년에 한 번씩 지리산 등반을 하고, 지역 단체에 봉사 활동을 하고, 논밭에 가서 밭일을 하고, 네팔에 가서 트래킹을 하고, 캄보디아에 가서 봉사 활동을 하는 등 여러 활동을 할 수 있었습니다.

지리산 종주를 할 때 서로 도와 올라가며, 경쟁이 아닌 함께 만들어가는 공동체 의식을 배웠고, 내 주변 사람들을 챙길 수 있는 배려와 이해, 힘들어도 포기하지 않는 끈기, 고난과 역경이 와도 다시 일어설 힘은 등산하지 않고는 얻을 수 없었습니다.

학교 활동 중에서 제일 기억에 남는 것은 '네팔 트래킹'이었습니다. 17살 때 흰 눈으로 뒤덮인 산을 처음 마주했을 때의 그 전율이란 이루 말할 수가 없었습니다. 고산병에 걸려 비틀거렸고, 밤에는 너무 추워 친구와 꼭 붙어서 자야 했으며, 닷새 동안 씻지도 못하고 트래킹을 해야 했지만, 너무 행복하고 즐거웠습니다.

트래킹이 끝나는 날 친구들이 다 함께 모여 어린아이처럼 엉엉 울었던 기억이 납니다. 해냈다는 성취감과 앞으로 무엇이든 할 수 있겠다는 자신감도 덤이었지요. 그때 저는 앞으로 어떤 어려움이 와도 잘 견뎌내고 헤쳐 나갈 수 있겠다는 저 자신에 대한 믿음이 생겼습니다.

학교에서의 생활은 격려와 보살핌 속에 저는 생기를 찾았고, 기도 모임과 새벽 미사를 통해서도 심리적 안정과 위로를 많이 받았습니다. 매일 새벽 미사에 참석해 허심탄회하게 기도로 불평을 하고 신부님이 들려주시는 말씀 속에서 힘을 얻었으며 저 자신을 되돌아보고, 자아와 가치관을 확립하는 소중한 시간이 되었습니다.

그때 제 곁에 학교를 통한 많은 사람이 있었기에 힘든 시기를 잘 견뎌낼 수 있었습니다. 우리 학교가 아니었더라면 저는 힘든 시기를 견디지 못하고 지금의 제 모습 또한 상상하지 못했을 것입니다.

지금까지 살아오며 행복했던 때를 꼽으라고 한다면, 망설임 없이 학교 다닐 때 가장 행복하고 즐거웠다고 말할 수 있습니다. 저뿐만이 아니라 친구들 또한 학교 다닐 때가 제일 행복했다고, 그립고 돌아가고 싶다고 말하는 걸 보면 친구들도 한마음인 것 같습니다.

소중한 추억을 선물해준 학교에 너무 감사드리고, 부족한 저를 성숙한 어른으로 성장할 수 있도록 사랑해주시고 지켜봐 주신 모든 분께 감사드립니다. 그 사랑에 힘입어 저 또한 사랑을 베풀 수 있는 사람으로 성장하겠습니다.

그때의 학교, 수녀님들, 선생님들, 친구들, 선후배들 그립고 보고 싶습니다. 모두 감사하고 사랑합니다.

멋진 인생을 살도록 도와준 학교

박리나

양업고 제13기 졸업생

* * * * * 양업고등학교는 아쉽게도 3년을 다 채워 다니지는 못했지만 따뜻한 추억이 많이 남아 있는, 정이 많이 들었던 학교이다. 고교 시절 교환학생으로 핀란드의 Kerimaen Lukio 고교에서 1년, 덴마크의 Varde Gyimnasium 고교에서 1년을 수학하고 양업고에서 졸업했다.

지금은 졸업한 지 꽤 시간이 지났기에 학교에서의 수업과 체험들이 아주 구체적으로 기억나지는 않는다. 하지만 그때를 생각하면 단편적인 이미지와 함께 그 당시의 느낌, 기분이 떠오른다. 화창한 가을날에 학교 앞 풀밭 또는 강가에 나가 수업을 했던 것, 마음 맞는 친구들과 함께 방과 후 활동을 했던 것들 말이다. 그리고 이런 추억들은 잔잔하면서도 강렬하게 내 속 어딘가에 자리 잡아 삶의 원동력이 되었다.

양업고등학교는 노작, 청소년성장프로그램, 봉사 활동, 현장체험학습, 산악등반, 종교 활동과 가족관계 등 정말 다양한 활동들이 있었는데, 그중 시간이 지난 지금 가장 기억이 남는 활동을 꼽아보자면 '가족관계'라 할 수 있다.

양업고는 학교 특성상 전교생이 기숙사에서 생활했고, 매주 금요일 오후 주말이면 본가로 돌아가게 되어 있었다. 돌아갈 때마다 과제를 줬는데, 가족들과 시간을 보내며 소통을 하고 그에 관한 내용을 써서 제출하는 간단한 것이었다.

예를 들면, 하루 중 기뻤던 순간과 그때의 느낌을 가족들이 각각 글로 쓴다든지, 서로에게 미안했던 일을 터놓고 이야기한다든지, 부모님이 어렸을 때 기억에 남는 것이 무엇인지 함께 얘기하는 것 말이다.

우리 가족은 내 학교 과제를 해야 한다는 명목하에 주말마다 모여 앉아 서로에 관한 이야기를 나누는 시간을 가졌다. 물론 한창 질풍노도의 사춘기였으므로 때때로 부모님과 사소한 갈등도 있었고, 집에 갈 때마다 이런 과제를 해야 한다는 게 귀찮기도 했다.

그러나 지금 돌아보면 이 활동은 기숙사 생활로 소원해질 수 있는 가족과 유대감을 가지며 원활한 관계를 만들고, 내 정체성을 찾아가는 밑거름이 되지 않았나 싶다.

이러한 경험 덕분에 강원대 국제학부 교환학생으로 체코 프라하의 Metropolitan University Prague에서 2년 동안 공부한 후 한국에 돌아와 졸업하고, 독일 프랑크푸르트에 있는 대기업 마케팅 회사에서 마케팅, 기자로 일하고 있다. 회사 생활을 하며 가족과 떨어져 사는 것이 힘들다고 느꼈던 적이 없고, 항상 서로 응원하며 마음으로 가까이 있다고 느낀다.

이 외에도 모든 양업고의 활동은 직접 학생이 주가 된 체험이 기본이 되었던 것 같다. 양업고의 체험 활동 중 하나인, 우리가 흔히 '청성프'라고 불렀던 '청소년성장프로그램'은 선생님 또는 외부 강사에 의해 진행되었지만, 가만히 앉아서 듣는 것이 아닌, 토론하고 움직이기도 하는 상호 활동으로 이루어졌기 때문에 이 시간이 항상 즐겁고 재미있었다.

그 외, 사소하고 일상적인 학교생활에서의 작은 부분들 역시 마찬가지였다. 식사 후에 학생들이 자기가 먹었던 식판을 자기가 직접 설거지해 반납해야 했고, 공부 또한 아무도 강요하는 사람이 없었기에 학생들이 알아서 주도적으로 공부해야 했다. 물론 선생님들은 우리에게 격려와 도움을 아끼지 않으셨다.

그때는 몰랐지만 지금 돌이켜 보았을 때, 내가 가장 감사한 부분은 바로 양업고등학교는 공부하라 재촉하지 않고 나를 믿고 기다려주었다는 것이다. 양업고등학교에서 생활하는 동안 학교 선생님, 부모님은 한마음이 되어, 여러 방면으로 탐구하고 체험하고 도전할 수 있는 환경을 제공하며, 천천히 성장하는 모습을 지켜봐 주었다.

흔히 일반 학교에서 행해지는 입시를 위한 경쟁적 주입식 교육은 단기간 동안 머리에 남지만, 그 외 체험을 했던 경험들은 머리뿐만이 아닌, 몸이 평생 기억한다고 한다. 물론 지식 위주 공부의 중요성을 간과해서는 안 된다.

하지만 세상을 바라보는 시선과 가치관을 형성하는 중요한 시기인 청소년기는 교육을 통해 진짜로 배워야 하는 것이 무엇인가를 고민해 보면, 사람들과 어우러져 사는 방법을 배우고, 생각을 더 넓게, 멀리, 주체적으로 하는 힘을 기르는 것이 아닐까 싶다.

그러한 의미에서, 나에게 양업고등학교에서의 시간은 나 자신에게 끊임없이 질문을 던지고 나의 세상을 알아가는 값진 시간이었다. 오늘도 그 동력으로 열심히 달리고 있다.

놀이체험 인성학교, 양업

김보나

양업고 제15기 졸업생

＊＊＊＊＊ 책상머리 공부는 간접경험이다. 다른 사람의 직접적인 경험으로 써진 책들은 나에게는 간접경험으로 다가오게 된다. 내가 충분히 스스로 경험할 수 있는 부분임에도 불구하고, 왜 책상에만 앉아서 다른 사람이 경험한 이야기만을 익혀야 하는가에 대한 의문을 가졌던 나에게 나타난 전환점은 양업 고등학교였다.

중 3의 나는 책상 앞에 앉아있는 학생일 뿐이었다. 소심하게 일상을 반복하던 그때, 다큐멘터리를 보다가 대안학교를 알게 되었고, 그중에서도 양업고등학교를 선택했을 때 학교 또한 나를 선택해주었다.

양업고등학교는 다른 학교와 달랐다. 책상 앞 교육뿐만이 아닌, 직접적인 경험과 체험을 통한 인성교육을 추구하며 학생들을 적극적으로 이끌었다. 이러한 교육을 원해서 온 학교였지만, 굉장히 낯설었다.

입학과 동시에 같은 주제가 있는 '테마 여행'과 특성화 교과들인 밭을 가꾸는 '노작', 여러 영역에서 진행되는 '봉사 활동', 협력으로 한계를 극복하는 '지리산 산악등반', 우리가 직접 설계하는 '체험학습', 오손도손 학급 친구들과 함께 하는 '학급의 날', 다양한 문화와 자연을 누리는 '해외 이동수업' 등 여러 놀이를 통한 체험을 통해 나는 점차 적극적인 학생으로 변화하고 있었다.

특히 고등학교 시절 나의 봉사 경험들은 내가 간호사의 길을 찾는데 가장 큰 영향을 주었다. 입학 후 처음 했던 봉사는 농촌 봉사 활동이었다. 땀을 흘리면서 만들어 옮겼던 모내기 판이 점점 쌓여가는 것을 보면서 노력한 만큼의 결실을 눈으로 볼 수 있었다. 이는 내가 '끝까지 노력하면 된다'는 마음을 가지게 된 계기였다.

그다음으로 어린이집 봉사를 하면서 장애아를 여느 친구들과 같이 대하는 아이들에게서, 편견 없는 모습을 볼 수 있었다. 불편한 몸짓과 말투에도 불구하고, 함께 놀고 웃으면서 하나가 되는 마음을 배웠다.

또한 다문화 가정 아이들에게 과외를 해주는 멘토링 봉사를 하면서, 아이들에게 주는 관심과 사랑이 그들의 자존감을 높이고 나아가 자신감을 상승시키게 되는 것을 보았다. 이 일을 통해 노력하는 나의 마음이 그들에게 얼마만큼 동기부여가 되는지 직접 경험할 수 있었다.

이 경험들을 쌓아서 앞으로도 내가 배운 것을 활용하기 위해 진로를 찾다가 간호사라는 답을 얻었다. 내가 돌보는 환자들을 위해 열심히 간호해, 그들이 완치 혹은 퇴원을 하는 것을 보며 스스로 보람을 느끼게 될 것이라고 생각했다. 그리고 환자에게 가질 수 있는 편견에서 벗어나 같은 인간으로서 대화를 나누면서, 아픈 몸뿐만 아니라 지친 마음을 환기하기 위해 노력하는 간호사의 모습을 보여주기로 다짐했다.

치료에 적극적으로 반응하며 빨리 완쾌되기 위해 노력하는 환자들에게 동기부여가 될 수 있는 길로 들어서기 위해, 나는 대학에서 간호학과를 전공해 졸업했고, 국가고시에 합격했으며 내가 바라던 서울대학교 병원에 합격하여 발령을 기다리고 있는 예비 간호사가 되었다.

이 글을 쓰면서 고등학생 시절에 비해 내가 얼마나 성장했는지 깨달았다. 대학에 입학하고 보니 나는 다른 대학 동기들과 많이 다른 고등학생 시절을 보냈다는 것을 느낄 수 있었다. 그 시간 안에서 이루고 넓혀왔던 나만의 생각은 다른 친구들과는 사뭇 다른 나의 영역을 펼칠 수 있게 해주었다.

양업고등학교에서의 체험을 통해 나는 소심하고 수동적인 나를 스스로 바꿀 기회를 잡았다. 경험을 통한 시행착오는 또 다른 경험이 되었고, 일반 고등학생과 같이 짜인 제도 안에 나를 맞추지 않아도 '나'로서 인정받았다.

이처럼 머리로 분석을 하는 것이 아니라, 직접 느끼고 습득해야만 온전한 나의 것이 될 수 있고, 해왔던 체험 하나하나가 모여 또 앞으로의 경험에 대한 열망과 동기부여가 될 것으로 생각한다.

고등학생 때의 체험을 발판으로 현재의 나를 주도적으로 설정하게 되었다. 이제 간호사가 되면 지금까지의 경험들 또한 먼 미래의 체험을 위한 새로운 동력이 되지 않을까 생각하며 이 글을 마친다.

친구들과 함께해서 행복했던 시간

라승범

양업고 제15기 졸업생

＊＊＊＊＊ 함께여서 더 아름답고 더 특별했던 양업에서의 생활은 학생 시절 작은 씨앗이던 나를 나만의 향기를 가진 하나밖에 없는 꽃으로 세상에 피울 수 있게 해주었다. 양업의 생활은 따스한 햇살이기도 했으며, 가뭄 끝에 시원하게 내린 한줄기 소나기이기도 했다.

그곳은 일반적인 학교와 같이 나의 향기에 대해 이름을 지어주거나 종류를 나누어 주는 것이 아니라, 내 고유의 향기를 존중하고 스스로 뜨거운 가뭄과 거센 장마를 이겨내며 더 깊이 뿌리를 내리게 했고, 더 진한 향기를 품을 수 있게 기다려 준 '좋은 학교'였다. 그래서 더욱더 나 자신에게 질문하고 고민하며 나를 사랑하는 방법에 대해 많이 배우게 되었던 3년이었다.

어느 날, 한 선생님이 나에게 이런 말씀을 해 주신 적이 있다. "너희는 왜 '선생'이 '선생'인지 알고 있니? 먼저 '선', 날 '생' 자를 써서 '선생'인 거야, 조금 일찍 태어났기에 '선생'이라 불리는 것이지, 하지만 너희들의 진짜 선생님은 너희 옆의 친구들이란다. 나는 너희들이 미래를 향해 잘 뻗어 나갈 수 있도록 도움을 조금 줄 뿐이다."

처음에는 이 말이 크게 와 닿지 않았다. '우리가 서로에게 배우고 있다고?' 하는 의문이 들었다. 하지만 졸업을 앞두고 친구들과 함께 걸어온 3년의 세월을 뒤돌아보며, 친구들이 오르막에서 뒤를 밀어주고 무거운 짐을 나누어 들어주며 서로 사랑하는 방법을 가르쳐준 가족이며, 친구며, 참 선생이었다는 것을 알게 되었다.

그리고 친구들이 '함께'의 아름다움에 대해, 너와 내가 모여 우리가 되는 것의 의미에 대해, 사랑하는 이를 위해 기꺼이 눈물을 아끼지 않는 법에 대해 알려주었다는 것을 비로소 깨달았다. 이처럼 양업고는 아주 작고 보잘것없다 여겼던 것을 세상 그 어떤 아름다운 것과도 바꿀 수 없는, 작지만 사라지지 않을 온기를 내게 전해준 곳이다.

학교생활 중에 윤병훈 신부님께서 마주치는 순간마다 항상 하시던 말씀이 있다. "우리 승범이는 항상 웃음기가 좔좔 흐르는구나!" 나에겐 늘 웃는 하루가 당연한 일이었다. 세상 누구보다 행복하다고 자신할 만큼 벅찬 나날을 보냈기 때문이다.

그리고 어느 순간 신부님께서 말씀하실 때의 표정을 보며 점점 확신했다. '나는 참 복 받았구나!' 정말 신기하게도 여행을 시작하면서 지금까지 만난 모든 친구 또한 나를 'RA는 항상 웃는 행복 가득한 친구, 그래서 더 함께하고 싶은 친구'로 기억한다고 늘 말해주고 있다.

누군가에게 좋은 기억으로 추억의 한 장으로 기억되는 영광은 인생에 있어 아주 큰 부분을 차지한다고 생각한다. 각자의 성공 기준이 다르겠지만 내가 생각하는 성공은 사랑하는 사람들과 웃으며 그날을 추억하고 또 오늘을 기억하며 기분 좋은 웃음과 함께 잠들고 눈 뜨는 것이라고 생각한다. 잠들기 전에 다음 날의 행복을 기대하며 웃음 짓고 잠들 수 있는, 또는 일어나서 오늘이 지나감에 아쉬워하는 마음을 가진 사람으로 살아가고 싶다.

어찌 보면 양업에서의 3년은 짧다면 짧고 길다면 긴 시간이었다. 하지만 나 스스로에 대해 확신하고 뚜렷해진 좋은 기억들로 가득한 순간이었다. 그 순간을 온 마음으로 만끽할 수 있게 도와주신 사랑하는 부모님과 친구들, 늘 굳건히 그 자리에서 기다려주신 윤병훈 신부님, 그리고 때로는 친구처럼 가족처럼 대해주신 존경하는 수녀님, 선생님들께 다시 한번 감사드리며 사랑한다고 말씀드리고 싶다.

함께 살아가고 있다는 행복을 다시 한번 되뇌면서 그 행복을 서로 나눌 수 있는 그런 사람으로 살아가겠습니다. 감사합니다.

승범이는 고등학교를 졸업한 후 대학에 진학하지 않고 곧바로 유럽으로 배낭여행을 떠났다. 그리고 군 전역 후 영어를 익히러 호주에 가서 한 식당에서 요리사로 일했다. 그리고 서핑을 했고, 현재는 발리에 가서 살고 있다. 영국인 친구와 영상 콘텐츠 사업을 구상하며 준비 중이라고 한다. 그리고 여러 언어를 공부 중이며, 서핑과 영상제작을 하면서 자기 사업을 하기 위해 성장하는 중이다.

대안학교 교사가 된 아들

명주현

양업고 제12기 졸업생, 조성범 어머니

＊＊＊＊＊ 성범이는 공부 잘 하는 큰누나, 놀기 좋아하는 작은 누나 밑에서 마냥 자유롭게 자기표현을 다 하며 자란 아이였다. 초등 1학년 때부터 산만한 아이였기에 엄마는 학교로 불려가야 했고, 교실 청소는 단골이었다. 학교에서도 혼나고 집에서도 혼나고….

어느 순간 호기심 때문에 궁금한 것이 있으면 수업에 집중을 잘 하지 못한다는 것을 알았을 때 성범이에게 부탁했다.

"최대한 다른 사람에게 피해 주지 말고 선생님께 혼나도 기죽지 말아라. 엄마도 혼내지 않을게."

이때부터 아이는 학교가 즐거워졌지만, 공부는 언감생심이었다. 장난치다 친구의 앞니가 부러져 치료해줘야 했던 적도 있었다. 막내라는 호칭이 싫은지 밖에서는 엄마 아빠가 부르는 소리에도 못 들은 척 했지만, 용돈을 모아 고슴도치를 키우며 인터넷에 수기를 써서 비싼 값으로 분양하고 또 분양했다.

그 당시 값나가던 MP3도 사고, 엄마에게 한경희 스팀청소기도 사주고, 새끼를 낳으면 분양해 버려 고슴도치 어미에게 미안하다며 제일 좋은 고슴도치 우리를 사주고 분양을 마무리하고, 머리에 노랑 브릿지를 하고, 몰래몰래 촛불에 바늘을 달궈 귀를 뚫고, '찐'이라는 친구들과 어울려 다니고, 인터넷 삼매경에 잠도 안 자고 빠지고….

아들 괜히 낳았다고 자괴감에 빠진 적도 있었다. 특이한 점은 어떤 수업이든지 좋아하는 부분만 잘했다. 과학 과목은 시험성적은 거의 바닥인데 실습은 만점이고, 수학도 도형은 만점, 다른 부분은 거의 바닥이었다. 환경미화에 교실 시간표를 밤새 만들어 가져갔는데 전교생이 구경을 했다고 한다.

성범이는 간혹 예측불허의 행동을 했다. 중3이 되어 고등학교 진학 문제가 코앞이니 스스로 걱정이 태산이 되었고 대학생이었던 큰 누나의 권유로 대안학교 문을 두드리다 양업고 면접에 응시하게 되었다.

우리는 공부 못한다는 사실에 모든 게 다 절망인 듯했는데, 네 번의 면접을 통해 우리 부부는 놀랐다. 자기소개서나 면접 시 소신이 분명했고 아이 스스로는 엄청 준비되어 있었다. 그때 비로소 성범이가 그냥 놀았던 것이 아니고 놀면서 자신을 많이 키웠다는 것을 알았다. 놀이를 통해 자기를 성장시키고 있었다.

학교 기숙사라는 단체 생활을 어떻게 적응할 것인지 염려스러웠다. 그런데 우리에게 찐하고도 놀아보고 착한 아이들하고도 놀아보니 결국 저랑 맞는 아이들이랑 어울리게 되더라며 친구 문제는 걱정하지 말라고 오히려 우리를 안심시켰다.

그때 다시 성범이에게 부탁했다. 공부를 하든 무엇을 하든 인생의 목표가 생기고 꼭 하고 싶은 것이 있으면 그때는 최고가 되어달라고 했다. 그 말을 기억하는지 안 하는지 잘 모르겠다.

학교가 즐겁고, 친구가 좋고, 선생님이 좋았던 성범이는 바르게 비판할 줄 알고 친구의 장점을 먼저 보고 단점을 덮을 줄 아는 그런 학생이되었다. 주님을 모시고 성모님을 공경하며 바른 아이, 당당한 아이가되어가고 있을 무렵 고2 때 미술에 소질이 있다는 것을 알게 되었다.

성범이의 소질을 찾아준 담임 선생님 덕분에, 성범이를 보듬어주고인도해 준 선생님들 덕분에 대안학교 선생님이 되고 싶다는 꿈을 키웠다. 기초학력이 부족해서 엄청난 고생을 했고, 포기하고 싶은 순간에도 신부님과 함께하며 히말라야 트레킹에서 얻었던 동력으로 악바리로버틴 끝에 세 번째 도전으로 임용고시에 합격했다.

참말로 기다리던 학교 선생님이 되었다. 최고의 행복한 학교에 다녔다고 자부하고 고마운 분들이 많기에 성범이는 아이들에게 행복한 선생님이 되고 싶다고 했다. 세 아이를 키우고 나니 확실한 것은, 아이는무엇이 되어주길 바라서 되는 그런 것이 아니며, 아이들 스스로 무엇이 되어간다는 것을 알았다. 자식에 대한 믿음과 부모의 성실함은 어느 시대라도 같다는 것도 알았다.

박순옥

양업고 제15기 졸업생, 박준휘 어머니

***** '교육은 사랑으로 해야 한다'며 진정으로 학생들을 위한 교육을 추구하시는 존경하는 신부님! 어느새 좋은 학교 양업 20주년이 훅 지났네요. 감사하고 축하드립니다.

제가 수도권에서 살다 1997년도에 청주에 내려와 살 때 양업을 설립하시고 학생들 하나하나를 사랑으로 대하시고 믿고 존중해주시며 자유의 의미를 가르쳐주시고 자율적으로 좋은 선택을 할 수 있도록 인도하신다는 소식을 듣고, 우리 아이도 자라면 맡기고 싶다는 생각을 했어요.

그런데 신기하게도 우리 아이가 고등학교에 들어가야 할 때 양업고에 일반 중학교 졸업예정자도 들어갈 수 있다는 소식을 듣고 저희는 무턱대고 아이를 데리고 양업고를 방문했어요.

아이는 양업고를 방문한 후, 양업고 홈페이지를 살펴보고 신부님께서 쓰신 『너 맛 좀 볼래』, 『발소리가 큰 아이들』을 사다 읽고는 양업고에 진학해야겠다며 자기 스스로 원서를 써서 오창에서 양업고까지 자전거를 타고 가서 원서 접수를 하고 왔습니다.

그런데 원서 마감이 임박해서 알게 되어 준비 없이 시험을 보니 떨어지고 말았지요. 아이가 실망을 너무 하기에 중학교를 졸업하기에 충분한 수업 일수인데도 담임에게 중학교를 자퇴해 달라고 이야기하고 검정고시를 봐서 성적을 올리고 글쓰기를 잘 준비해서 내년에 다시 도전해 보는 방법도 있다고 했더니, 준휘는 고민 끝에 그러겠다고 했습니다.

그 후 연풍성지에서 배티성지까지 최양업 신부님께서 활동했던 순례길을 도보로 순례하며 생각해 보고 결정을 하겠다며 3박 4일 순례길을 떠났습니다. 발에 물집이 잔뜩 잡혀 돌아온 아이는 다니던 중학교를 자퇴하고 검정고시를 봐서 재도전하겠다고 했습니다.

그러고는 열심히 준비하더니 4월 검정고시 시험을 봤는데 평균 95점이 나왔어요. 양업고 시험을 보기까지 시간이 많이 남아 있으니 글쓰기 준비도 하고 교구 청소년국에서 하는 또래 사도 활동도 하고 필리핀 봉사 활동도 다녀오고 아르바이트를 해 레일로 전국 여행도 다녀왔습니다. 그러고는 양업고에 재도전해 입학하게 되었습니다.

아이는 몸을 움직이며 체험 활동을 즐기는 아이라서 양업고는 최고의 학교였어요. 아이가 입학하자 학부모도 함께 입학한 것과 같았어요. 한 달에 한 번 있는 학부모 교육과 가족 캠프, 가족 체육대회, 게릴라 콘서트, 축제 등 수많은 행사를 함께 치르며 아이들과 부모들도 하나가 되었지요.

특히 1학년 오월에 다녀온 가족 캠프는 서로서로 배려하며 누가 뭐라 하기 전에 각자 알아서 자기의 역할을 해내며 서로가 서로에게 감동을 주고받는 시간이었습니다. 가족 체육대회 또한 아이들과 가족들이 함께 어우러져 치른 멋진 체육대회였지요. 양업고는 학생과 선생님과 학부모가 함께 신뢰하며 기다려주는 자율적인 학교였기에 모두 행복한 학교였어요.

아버지 같은 신부님, 엄마 같은 수녀님들 형님 누나 같은 선생님들이 었지요. 아이들에게는 모든 부모님이 내 부모가 되어 주고 부모에게는 모든 아이가 우리의 아들, 딸이 되어 주었지요. 그리고 아이들이 친구 집에 놀러 가면 내 자식이 집에 온 듯이 서로 받아주었지요. 지금도 가족 모임을 함께 하며 그때 일들을 회상하면 절로 행복해집니다.

일주일 전 양업고에 볼 일이 있어 들렀더니 아이들의 모습이 예전이나 다름없었습니다. 인사하는 아이들에게 "몇 기지?" 하고 물으니 "20기입니다."라고 했습니다. "나는 15기인데…." 하니 아이들은 머리가 땅에 닿도록 "선배님 안녕하십니까?"라며 인사를 했습니다.

역시 양업고는 아이들, 선생님, 부모님, 선·후배가 따로 없이 다 통합니다. 그래서 행복한 학교입니다. 당장 눈앞의 것만 보지 않고 아이들의 긴 인생을 바라보는 양업고의 교육은 진정으로 참 교육임을 오감으로 느끼게 됩니다.

앞으로도 신부님께서 마련하신 참 교육철학을 토대로 양업고가 더욱 발전해 가기를 기도합니다. 아이들과의 행복한 시간을 가질 수 있는 장을 마련해 주신 윤병훈 신부님께 무한한 존경과 감사를 드립니다.

'2013 포스코 청암교육상' 선정에 드리는 헌시

옥순원

양업고 제11기 졸업생, 윤요섭 어머니, 시인

아, 좋은 학교였습니다.

우리 떠날 때야 비로소

당신 떠나심에야 비로소 알았습니다.

당신이 누구였는지, 그곳은 또 나에게 어떤 곳이었는지

헛도는 세상,

상처 입은 묘목들 이 뜰 안에 불러

한 명 한 명 이름 불러주며

날마다 먼저 깨고 나중 누우시더니

이제 그 나무들 무게 중심이 잡혀

양업 교정을 호위하는 거목이 되었습니다

위로만 뻗치던 나무들의 헛힘을 매번 잠재우며

틈틈이 잡초를 뽑고 넝쿨손을 바로잡아주셨던 눈길, 손길

그 나무들 끼리끼리 소란스러울 때, 우쭐거릴 때마다
단호한 말씀과 얼쑤, 추임새로 이 터를 지켜주신 당신과
그림 같은 양업 교정을 가만히 마음에 새겨봅니다.

부모도 감당하기 벅찼던 나무들의 성장 고통을
올곧은 십자가 울타리로 지켜내느라
부모보다 더 아름다운 배경으로 저물어 가시는 당신께
깊이 감사합니다

오래 고단하셨을 그 마음
깨끗이 지워드리지 못해 부모 된 부끄러움으로
두 손으로 바치는 고백의 시 한 편
간직할 것입니다, 그리고 우리는 사랑할 것입니다
소중한 이름 양업과,
당신의 고독한 의지를.

사랑으로 함께 이루어낸 좋은 학교

좋은 학교가 된 것은 하느님의 도우심이었다. 그리고 수많은 은인 분들, 함께했던 수도자들, 선생님들, 봉사를 맡아주신 각 성당의 은인 분들, 돌아보면 모두가 은총이고 사랑이었다. 함께했던 학부모님들, 그리고 나의 사랑하는 제자들, 힘들게 했던 장면들이 떠오른다.

이렇게 빨리 '좋은 학교'로 자리를 잡게 되리라는 생각을 처음에는 하지 못했다. 그러나 분명한 것은 놀이가 가져다준 체험은 우리의 인성을 바로 세웠고, 바로 그 체험은 교육이 되었다는 점이다.

한때 어려운 시기를 보냈던 제7기 학생들에게 고마웠던 점은 좋지 못한 경험들을 일소에 날려버리는 자발적 작업의 시간이 있었다. 그들은 전체회의에서 합의한 대로 폭력과 음주, 흡연이라는 부정적 수단들을 제거하기 위해 서로 노력해 좋은 결과를 도출했다.

학생들이 주체가 되고 그들이 합의한 결의는 새로운 학교를 위한 전환기가 되어주었다. 물론 그 뒤에도 그런 일들이 발견되었지만, 해결하느라 함께 겪었던 일련의 과정 안에서 넉넉하게 대처하는 방법을 체득하게 되었다. 이제는 학생들과 학부모들도 자발적으로 감싸 안고 보살피게 된 내공이 우리 안에 자라나게 된 것이다.

지금의 양업 학교는 가톨릭 대안학교로서 그 본보기로 자리 잡고 있으며 수많은 내방자가 과연 어떤 학교인지 알아보기 위해 붐비고 있다. 이는 우리 공동체 전체가 이룩한 노력의 놀라운 결과이며 교육의 부활이다. 거저 이루어지는 결실이 아니라 환희와 고통을 통해 빛을 만나게 된 것이며 서로 소통하고 반복하는 가운데 좋은 그림의 양업 학교로 탄생하게 되었다.

혹자들은 학교가 변질되었다고 말하지만, 너희도 가서 그렇게 살아보라고 권하고 싶다. 수난과 죽음의 삶만이 생명을 만든다는 것을 신앙 안에서 발견했고 우리는 그 고통을 넘어 부활을 보았기 때문이다. 교육은 제일 어려운 작업이다. 예수님의 일생은 인간교육이었다. 그 방법은 함께하고 기다려주고 낮은 자가 되어 한없이 내려갔던 삶의 결과였다.

생명의 결실은 수난과 죽으심의 십자가에서 왔다. 나의 신앙고백은 확실해졌다. "스승님은 살아계신 하느님이시고 그리스도이십니다." 이 신앙고백을 분명히 할 때, 교육은 부활로 살아난다.

2019년 10월 9일
윤병훈 베드로 신부

1999년 교내 체육대회

2009년 입학식

2010년 학생들과 함께

네팔 이동 수업

중국 이동 수업

교정에서

안나푸르나 트레킹 중에 현지 도서관 설립 기금을 전달하고 나서

대통령상을 받고 나서 학생들과 함께

교내 체육대회를 마치고 나서

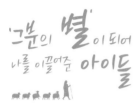

1판 1쇄 발행 2019년 10월 15일
1판 2쇄 발행 2020년 9월 15일

지은이 윤병훈
발행인 김소양
편 집 권효선
마케팅 이희만

발행처 다밋
출판등록번호 제321-2010-000113호
출판등록일자 1998년 06월 03일
주소 경기도 광주시 도척면 도척로 1071
마케팅팀 02-566-3410 **편집팀** 031-797-3206 **팩스** 02-6499-1263
홈페이지 www.wrigle.com

ⓒ 윤병훈, 2020

ISBN 978-89-6426-094-4   03810

이 도서의 국립중앙도서관 출판예정도서목록(CIP)은 서지정보유통지원시스템 홈페이지(http://seoji.
nl.go.kr)와 국가자료종합목록 구축시스템(http://kolis-net.nl.go.kr)에서 이용하실 수 있습니다.
(CIP제어번호 : CIP2019040362)

잘못 만들어진 책은 구입하신 서점에서 교환해드립니다.